嵐にも負けず

ジャナ・デリオン

新町長シーリア就任のせいで、シンフルの町はいまだ落ち着かない。長年、行方不明だったシーリアの怪しい夫も現われ、不穏さは増すばかり。そんななか、ハリケーンが襲来、困難な状況をあまたくぐり抜けてきたフォーチュンも、自然災害にはお手上げだ。なんとかやり過ごしてほっとしたのもつかの間、嵐はとんでもない置き土産を残していっていた……。今度は、偽札に殺人?!　フォーチュンに公私ともども最大級の危機が迫る！　型破りすぎな老婦人ふたりの助けを借りて、フォーチュンは町と自分の窮地を救えるか？　好評〈ワニ町〉シリーズ第七弾！

登場人物

レディング（フォーチュン）……CIA秘密工作員、別名サンディ＝スー・モロー
アイダ・ベル……地元婦人会SLSの会長
ガーティ・ハバート……アイダ・ベルの親友、SLS会員
マージ・ブードロー……サンディ＝スーの亡くなった大おば
マリー・チコロン……アイダ・ベルとガーティの友人
マートル……SLS会員、保安官事務所勤務
アリー……カフェの店員、フォーチュンの友人
シーリア・アルセノー……シンフル町長、アリーのおば
マックス・アルセノー……シーリアの失踪していた夫、自称画家
ネルソン・コモー……シーリアのいとこ、前保安官
ノーマン・フィリップス……シーリアの友人
フランシーン……カフェの店主
ウォルター……雑貨店の店主、カーターのおじ
ベリンダ・ヒンクリー……シンフルの住民

ランドン……………………ベリンダの息子
ブロディ・サンプソン……シンフルの郵便配達員、マックスの親友
グレイシー………………旧姓ピードモント、ブロディの妻
オーウェン・ランダル……画廊の経営者、グレイシーの血縁
ハリソン…………………CIA工作員、フォーチュンの相棒
リー………………………元保安官
ブロー……………………保安官助手
カーター・ルブランク……保安官助手、フォーチュンの恋人
エマライン・ルブランク…カーターの母
コンラッド・ジェイミソン…ニューオーリンズの犯罪組織のボス
アーマド…………………武器商人

カーターの母親の名前をシリーズ五作目『どこまでも食いついて』では〝エメリーン〟と表記していますが、本来の発音により近いのは〝エマライン〟であるため、その他の巻では〝エマライン〟といたします。

（編集部）

嵐にも負けず

ジャナ・デリオン
島 村 浩 子 訳

創元推理文庫

HURRICANE FORCE

by

Jana DeLeon

嵐にも負けず

第１章

わたしが特別おいしいラズベリーペストリーと最高に濃いコーヒーを楽しんでいたそのとき、携帯電話が鳴った。午前七時。画面に表示されそうな名前の候補はほんのひと握りだ。アリーの名前を見たときはほっと安堵《あんど》のため息が漏れた。こんな朝早くに電話をかけてくる可能性があるのは三人。そのなかでアリーは、わたしの身元が割れたり命が危険にさらされたりする緊急事態とは、一番縁のなさそうな人物だ。それに、特別おいしいラズベリーペストリーを作ってくれた当人でもあるし、わたしは月曜の朝一に喜んで彼女の力になろうと思った。

「いますぐカフェへ来て」わたしが電話に出るやいなや、アリーは言った。

「どうしたの?」

「マックスおじさんが朝食を食べにきてるんだけど、シーリアおばさんも月曜の朝は必ずここで食べるのよ。修羅場になるのは間違いなし」

「すぐ行く！」

アイダ・ベルとガーティの仇敵《きゅうてき》であるシーリア・アルセノーはシンフルの新町長に決まったが、選挙についてはいま監査が行われている最中だ。彼女が町長になってまず実行したのは年老いた保安官をクビにし、自分のいとこをその座に就かせることだった。新保安官はふつか前に覚醒剤密売の容疑で逮捕された。シンフルにおけるシーリアの信用はがた落ちとなり、そこへ長年死んだと思われていた夫が姿を現したことで、すでにかんばしくなかった評判がこれからさらに下落するのは間違いなかった。

わたしは急いで立ちあがり、車のキーをつかんでからペストリーをペーパータオルで包むと、外へ走りでてジープに飛びのった。片手で運転とペストリーを食べるのを交互にこなしながら、アイダ・ベルとガーティに電話をかける。わたしが家の前に車をとめたとき、アイダ・ベルはすでに表で待っていて、とても彼女の年齢とは思えない柔軟性と敏捷《びんしょう》さで助手席に飛びのってきた。わたしたちは角を曲がってガーティの家へ向かった。

ガーティも表に出て待っていた……梯子《はしご》を半分ほど登った状態で。

「いったいどういうこと？」わたしは車を走らせながら大声で言い、指差した。

「急いで！」ガーティが叫んだ。「車はとめなくていい。あたしがここから飛びおりるから。そのほうが時間の節約になるわ」

「たまげたね」アイダ・ベルがつぶやいた。

うまくいかない可能性が五十通り思い浮かんだいっぽう、うまくいく可能性はひとつも浮かんでこなかった。それでも、わたしはスピードを落として車をできる限り歩道に寄せながら、ガーティがボンネットに着地したりしないように祈った。あるいはアイダ・ベルの上に。そんなことになったら、永遠に文句を言われそうだ。

わたしののろのろ運転にいらだった様子で、ガーティがもっと速くと手を振った。彼女を侮辱したくはなかったが、これ以上スピードを出したらどうなるかはわかっている。ガーティがシルク・ドゥ・ソレイユのオーディションを受けるには、五十歳ほど若返ることとそれなりの平衡感覚および視力が必要になる。わたしが車を近づけると、アイダ・ベルが運転席のほうへ体を傾けて、ガーティのエアバッグになる可能性をなるべく避けようとした。ガーティは膝をわずかに曲げてジャンプする準備をし、車が真横に来たところで梯子から飛んだ。

まっすぐ後ろへ向かって。

どうやらジャンプしたときにいささか力が入りすぎ、梯子を前へと押しやってしまった結果、彼女自身は後ろ向きの推進力を得たらしい。ジープに向かって倒れてくる梯子を見て、わたしは衝突を避けるためにアクセルを踏みこみ、後ろを振り返ってガーティが歩道へと落ちていくのを見守った。

運悪く、歩道は無人ではなかった。十二歳ぐらいの少女とペットのジャーマンシェパードが、まずいときにまずい場所に居合わせた。ガーティが衝突したため、少女は犬のリードを離してしまった。ちょうどそのとき、隣家の玄関ドアがぱっと開き、猫を抱いた女性が出てきた。

「いったいなんの騒ぎ?」彼女が大声で訊いた。

ジャーマンシェパードは猫に気づくなり、狙いを定めて弾丸のように突進した。倒れていた少女が飛びおき、犬のあとを追いかける。猫は災難が迫りくるのを察知し、女性の肩を飛びこえて家のなかへと逃げこんだ。犬が正面ポーチに飛びのる前に、女性はなんとか間に合って玄関の網戸を閉めたが、そんなことで犬は勢いをそがれなかった。網戸を突き破って家に侵入し、女性は悲鳴をあげながら犬のあとを追った。

ガーティが歩道から跳ねおき、よろよろとジープにのりこむと床に倒れた。隣家からガラスの割れる音が聞こえてくる。「早く車を出して!」彼女は大声で言った。

「梯子と犬はどうするの?」わたしは訊いた。

「あたしはドロシーもあの猫も好きじゃないし、梯子はうちのじゃないわ」

いまの説明では大事な要素がいくつか欠けている。たとえばドロシーに訴えられそうかとか、梯子は誰のものかとか。とはいえ、答えを知りたいとも思わなかった。もめごとのにおいがする。わたしはふたたびアクセルを踏みこみ、ジープを発進させた。

アイダ・ベルが後ろを振り返り、叫んだ。「あれはあたしの梯子じゃないか!」

まあ、これでひとつは疑問が解けた。わたしは角を曲がりながら、ドロシーの目が悪いことと、いまごろ弁護士に電話していないことを期待した。

ガーティがシートに這《は》いあがった。「新しい梯子を買えばいいでしょ」

「もう買ったよ」とアイダ・ベル。「あんたにあれを貸したのは十年前だからね」

「それなら問題ないじゃない。でしょ？」

アイダ・ベルがそうは思っていないのが表情からわかったが、議論してもしかたがないとあきらめたにちがいない。「で、緊急事態ってのはなんなんだい？」彼女は尋ねた。

　わたしはアリーからの電話の内容を伝えた。

「修羅場になるわね！」ガーティが五歳児のようにシートの上で飛びはねた。

　アイダ・ベルが目をすがめてわたしを見た。「あんた、こういう内部情報を手に入れるのがうまくなってきたじゃないか。ふつうなら、なんでもあたしが一番に聞きつけるのに」

「そりゃ、アリーが一緒に住んでるんだもの。今回はわたしが優位に立ってもおかしくないでしょ。きのうの夜、〈シ《S》ンプル・レ《L》ディース・ソ《S》サエティ〉のメンバーからマックスの帰還について何か聞けた？」

　アイダ・ベルは首を横に振った。「シーリアの仲間は全員、あたしたちに劣らず驚いてるらしいよ。それに誰から見ても、シーリアも同じくらい衝撃を受けてるって。芝居のうまい人間じゃないからね、たぶん本当だよ」

「姿を消したとき、マックスが持ちだしたのは服とピックアップ・トラックだけ――ってことで合ってる？　シーリアは夫をさがすか、失踪届を出すかした？」

「ああ、したとも」アイダ・ベルが答えた。「一週間帰ってこなかった時点で州警察が呼ばれたよ。でも何も見つからなかった。銀行口座からの引き出しなし、クレジットカードの使用なし、行きつけの場所での目撃情報なし。クルーザーはあたしたちが盗んだ場所に停泊したままだった」

　わたしは顔を引きつらせた。「最後の件は隠しておいたほうがよさそう。クルーザーの本当の持ち主が死からよみがえったからには」

「そのうえ、あたしたちはクルーザーを沈めちゃったしね」とガーティ。

「そこのところは間違いなく覚えてる」わたしは言った。「で、マックスが失踪したときの状況は？」

「まるでエイリアンに連れ去られたみたいだったのよ」ガーティが答えた。「いまいたと思ったら、次に気づいたときは影も形もなくなってたの」

「警察としては犯罪行為を疑う理由が何もなかった」とアイダ・ベル。「それにね、シーリアに会ったら、なんでマックスがああいう消え方をしたのか、察しがついたんだと思うよ」

「でも、シーリアのいとこはふたりが離婚したって言ってた気がするんだけど」

「その話、あたしは一度だって信じなかったわ」ガーティが言った。「シーリアが嘘をついたのよ、真実のほうが恥ずかしいから。自分が人としてひどすぎるせいで、夫は身元も何もかも、かっこいいキャビンクルーザーまで捨てて逃げだしたなんて認めたい人いる？」

「いい指摘ね。それで、みんな何が起きたと考えたの？　ほら、マリーの夫が消えたときは、マリーが殺したんだって考えたわけでしょ。でもシーリアに関しては、そういうことをほのめかす人っていなかったじゃない。服を燃やして、ピックアップをバイユー（アメリカ南部特有の濁った川）に沈めるのって、むずかしくないはずだけど」

「マリーの亭主は金持ちだったけど」アイダ・ベルが説明した。「マックスは自称画家の負け犬だった。他人の絵を模写するのはうまかったが、独創性はとんとなかったからね。それじゃ大成功をおさめるのは無理だろ。シーリアはある程度自分の金を持ってた……相続したもんだから、マックスは手がつけられない。彼女はそれを抜け目なく、夫婦の共有財産とはつねに別にしておいた」

「ゴシップじゃ、なんて言われてたの？」

「一部では、町を出たマックスがバーに寄ってへべれけになったあと、湿地に入りこんで溺れたんだろうって考えられてたわね」とガーティ。「かなりの酒飲みだったから。シーリアと結婚してたんだもの、当然よね。それにピックアップがバーの駐車場に二、三日とめっぱなしになってたら、誰かが盗んでいったはずよ。バーの従業員は、発砲事件でも起きない限り警官を呼ばないわ」

「それはわかる。あと、バイユーに沈んだ死体は発見されない場合があるってことも知ってる。でも、彼が生きてるってことがわかったいま、住民たちはどう考えてるの？　つまり、マックスはどこかで暮らしてたわけでしょ。で、さっき聞いた限りじゃ、独創性のない絵で生計を立てるのは無理。仕事をしてたにちがいないけど、身分証は使ってなかったはず。さもなければ、ほんの数日で警察に見つかったにちがいないから。マックスは二十年以上も行方をくらましてた」

「そのとおり」アイダ・ベルが言った。「この件が好奇心をそそる理由はまさにそこだ。そりゃ、追跡可能な記録を残さずに生活している人間がいっぱいいるのは知ってるよ。でもうまくやるのは簡単じゃない。マックスは昔からそんなに頭のいいやつじゃなかった。ただし、そう考えたあたしたちが間違ってたって可能性もある」

マックス・アルセノーというミステリーについて考えをめぐらしながら、わたしは車をメインストリートに入れた。興味深いことがいくつも明らかになりそうな予感がする。

「これだけの年数がたったあとで姿を現したのには、理由があるはず。彼は何かたくらんでる」

「そりゃ間違いないね」アイダ・ベルが同意した。

ガーティがパチパチと手を叩いた。「早く知りたくてうずうずしちゃう」

カフェの前の駐車スペースに車をとめると、わたしたちは急いでなかに入った。奥のテーブルにひとりで座っている男性がいる。マックスにちがいない。わたしは一度も見たことがない顔だし、店内にいる全員が彼のほうをちらちら見ているのに、話しかけようとする人はひとりもいない。

身長百八十センチ、体重百三十キロ弱、筋肉量は新生児にも劣る。脅威になるのは、本人の目の前にあるパンケーキにとってのみ。

アイダ・ベルが店の中央にあるテーブルをすばやく確保し、わたしたちはそこに座った。

「対決場面《ショーダウン》を見物する特等席だよ」アイダ・ベルはそう言って腕時計を見た。「シーリアはいつ来てもおかしくない」

コーヒーを持って足早に現れたアリーは、顔が紅潮していた。「なんかもうすごく変な気分」声をひそめて言った。「あたしは小さかったから、マックスおじさんのこと、よく覚えてないんだけど、テーブルを担当するのは気まずすぎて。フランシーンに頼んだの」

「彼女、何か聞きだせた？」ガーティが尋ねた。

アリーは首を横に振った。「朝食のオーダーだけ。聞きだそうとしなかったわけじゃないのよ。フランシーンを知ってるでしょ」

ガーティが目をみはった。「彼女って、ＫＧＢとジェダイの騎士を合わせたようなものよね。フランシーンが何も聞きだせなかったなら、マックスはまったくしゃべる気がないってことだわ」

店内を見まわすと、月曜の朝にしては不自然なほど混んでいる。「噂はもう広がってるみたいね」

ガーティがうなずいた。「シンフルじゃ、こんなに刺激的なことってないもの。ここ……」

「一日二日？」わたしが代わりに締めくくった。

ガーティはにやりと笑った。「一本取られたわね。でも、今回はシーリア絡みだから、選挙をめぐる騒動もあるしで、最高におもしろいことになるわよ、ここしばらくのシンフルで死人が出ない出来事としては」

「まだ出てない、だよ」アイダ・ベルが言った。

ガーティが正面のガラス窓の外を見てわたしの腕をバシッと叩いた。「来たわ」

店内のざわめきが風に流されたようにすーっと消え、静寂だけが残った。アリーはわたしの横に立ったまま固まり、さながらマダム・タッソー館にいる蠟人形のようだった。厨房からスプーンのカチャンという音が聞こえてくることすらない。厨房とのあいだのスイングドアを見ると、隙間から三組の目がのぞいていた。フランシーンはコーヒーポットを持って漁師たちが座っている入口近くのテーブルの横に立っている。

カフェにいる全員の目が入口にそそがれるなか、ドアベルがジャランジャランと鳴り、シーリアが入ってきた。奥の隅に目をやると、マックスはパンケーキにフォークを刺しているところで、彼だけはシーリアの到着にまったく動じていない様子だ。ますますおもしろい。入口で立ちどまったシーリアの後ろでドアが閉まる。彼女は店内を見まわした。「どうしたの？　あたし、スリップでも見えてる？」

すべての頭がわずかに動いて、奥の隅に座っている男へと向けられた。男はパンケーキを平らげ、ハムを食べはじめたところだった。シーリアは夫の姿を認めてはっと息を呑んだ。

「ちょっと！　ここで何してるの？」

マックスは退屈の極みという表情で皿から目をあげた。「食事だ」また下を向くと、ハムを切りはじめる。

シーリアの顔が真っ赤になり、手がぶるぶると震えだした。

わたしはガーティのほうに体を傾けた。「彼女、銃を携帯してる？」

「してないといいんだけど。床に伏せることになって、このスラックスを汚すのは嫌だから」

「あなた、さっき歩道に倒れたわよね」

「あら、そうだった。忘れてたわ」

シーリアがカフェの奥に向かってのしのしと歩いていく。わたしは彼女の手を注意深く見つめた。「バッグに手は入れてない。それはいい兆候」

「ここはカフェよ」ガーティが小声で言った。「ナイフならあっちこっちにある」

「ナイフなら、わたしがなんとかできる」

シーリアはマックスのテーブルの前で足をとめ、彼を見おろした。「シンフルへ何しに来たの？」

「ここはおれの故郷だ」マックスが答えた。「故郷を訪ねちゃいけないのか？」

かすかにあざけるような口調だったので、わたしはシーリアの首がくるっとまわって体から抜けるのを待った。

「いけないわ」とシーリア。「故郷とそこにいる人たちをずっと前に捨てた場合はね。電話も手紙もなし。まだ生きてるってことを知らせる便りは何ひとつなし」

「それがいわば狙いだったからな」

「あなた、娘の葬儀にも帰ってこなかったじゃない！」

マックスはせせら笑った。その瞬間、わたしの心は決まった。シーリアのことがどんなに嫌いでも、マックスのほうがもっと嫌いだ。彼の態度はどこか完全に異常である。シーリアはとことん嫌な女《ビッチ》だし、彼女との結婚生活は死の陰の谷（旧約聖書詩篇第二十三篇）を歩くにも似ていただろう。でも、あのせせら笑いの奥には何か次元の異なる、残酷なものがあった。

「まだそんな古い嘘をついてるのか？」マックスが訊いた。「おれもおまえもパンジーがおれの娘じゃないって知ってるじゃないか」

息を呑む音が聞こえたのでアイダ・ベルとガーティを見ると、ふたりはわたしを見て小さく首を振った。うわ、ますますおもしろくなってきた。パンジーがマックスの実の娘ではなくて、ガーティとアイダ・ベルもそのことを知らなかったなら、彼の帰郷はシンフルを地震が襲ったに等しい。シーリアの家直下型の。

シーリアは顔が紫色になったかと思うと唾を飛ばしてしゃべりだした。「あなたはこの町に帰ってくるべきじゃなかった。あなたに帰ってきてほしい人なんてひとりもいない」

「だろうな。ま、おれは自分のもんを取りに帰ってきたんだ」

「あなたのもの？」シーリアの声が数オクターブ高くなった。「あなたのものなんて何もないわよ。ここを出ていったときに、何もかも権利を放棄したんだから」

「そっちはそのつもりかもしれないが、法律上は違うんだよ。あの家はおれたちがふたりで買った。だからあの家の半分はおれのもんだ。それにクルーザーもある」

「あのいまいましいクルーザーなら沈んだわよ！　それから、あの家の半分を手に入れようだなんて、やってごらんなさい。あたしの知る限り、法律上、死んだ人間に財産の所有権はないから」

マックスの目がわずかに見開かれた。

「そうなの」シーリアは言葉を継いだ。「あなたは法的に死んだと判定されたのよ。あたしにとって、今後もその状態は変わらないわ」

「それは脅しか？」

「でしょうね」シーリアはくるっと向きをかえると大股に店から出ていき、バシンとドアを閉めた。一秒置いて、カフェのいたるところで興奮した会話が始まった。

「驚いた。パンジーは彼の娘じゃなかったわけ？　ちらっとでも考えたことあった？」

アイダ・ベルとガーティはかぶりを振った。

「本当だと思う？」

「シーリアは反論しなかった」とアイダ・ベル。「それに、いまにも気絶しそうに見えた。だから、そうだね、可能性は大いにあると思うよ」

ガーティが身をすくめた。「彼女と寝た男がほかにもいたなんて信じられないわ。ゲエ。パンジーは予定日より早く生まれたって、シーリアは何度も言ってたけど、出産のためにニューオーリンズへ出かけていって、一カ月帰ってこなかったのよね。パンジーが退院できなかったからだって説明してたけど、ようやくシンフルへ戻ってきたら、赤ん坊はやけに大きく見えたわ、あたしに言わせると。もちろん、シーリアは結婚する前に妊娠してたんじゃないかって考えも頭をよぎったわよ。結婚式はちょっと慌てて挙げた感じだったし。でも、パンジーの父親がマックスじゃないなんて、一度も考えなかったわ」

「こんなに大きな秘密がまったく漏れなかったなんて信じられない」わたしは言った。

アリーが眉を寄せた。「あたしたちがまだ小さかったころ、パンジーが〝本当のお父さん〟の話をしたことがある。そんな人がいるふりをしてるだけかと思ったんだけど。ほら、マックスおじさんはいなくなっちゃったから。でも彼女、何か知ってたか、感づいてたのかも」

「父親が誰か、言ってたかい？」アイダ・ベルが尋ねた。

アリーは首を横に振った。「シーリアおばさんがサンフランシスコへ行ったときの話をしただけだった」

アイダ・ベルとガーティが顔を見合わせた。「まさか？」とガーティ。

「何？」アリーが訊いた。「そこに何か意味があるの？」

アイダ・ベルが携帯電話を取りだした。「シーリアはサンフランシスコに親戚がいて――おばさんといとこだったね――ときどき訪ねてたんだけど、高校を卒業したあと、とんと行かなくなってね」

「そうそう」とガーティ。「もちろん、当時は特にどうってことなかったのよ。彼女はマックスと結婚してシンフルに落ち着いたわけだし、おかしいことは何ひとつなかったから」

「あった！」アイダ・ベルが携帯電話をこちらに向け、高校の卒業写真を見せた。写っている男子生徒はマックスよりもずっとパンジーと似ている。

「それ、誰？」わたしは訊いた。

アイダ・ベルがにやりと笑った。「シーリアのおばさんの旦那」

「嘘でしょ！」アリーが叫んでから、慌てて口を押さえた。カフェを見まわし、テーブルに身をのりだす。「シーリアは自分のおじさんと情事を重ねてたの？　うちの親戚ってどうなっちゃってるわけ？」

ガーティが眉をひそめた。「情事と呼べるものだったのかしらね。そのおじさんって、当時四十代半ばだったはずよ。シーリアはまだ十八歳。最近の女性はいろんなことに関してずっと豊富な知識を持ってるけど、あのころは、その年齢の男性が、感化されやすい若い女の子を騙すのなんて簡単だったわ。シーリアの母親は厳格だったし。彼女、身を守るための知識なんてひとつも持ってなかったはずよ」

「そのとおりだよ」アイダ・ベルが言った。「それに、シーリアがそれまで一度ももてた経験がなかったことを考えれば、遊ばれちまうお膳立てがそろってたようなもんだ」

「それじゃ、シーリアのおなかにほかの男の子供がいたなら、マックスはどうして彼女と結婚したの？」

アイダ・ベルがかぶりを振った。「まったくいい質問だね」

「それはブルーベリー・パンケーキを食べながら、じっくり考えない？」ガーティが提案した。

わたしはうなずいた。「そんな最高のアイディア、ひさしぶりに聞いた」

「メモしときな」アイダ・ベルが言った。「ガーティは次もすごくいいアイディアを思いつくこと間違いなしだからね」

第２章

　わたしたちがカフェから出たとき、カーター・ルブランク保安官助手が事務所から走りでてきた。ジーンズに黒いTシャツ、ちょっとワイルドでハンサムな顔、すごく魅力的な体つき。セクシーな警察官のカレンダーから抜けでてきたみたいだ。わたしは体がぞくっとし、心臓が大きく飛びはねた。カーターはわたしがシンフルで遭遇した最大のサプライズだ。同時に最大のジレンマでもある。

　こちらに気づいた彼は、顔をしかめて道路を足早に渡ってきた。近づいてくる彼に、わたしは右手をあげてみせた。「何があったにしろ、わたしたちはやってないと誓います。朝食を食べながら、シーリアとマックスの対決を見物してたから」

「マジか」とカーター。「シーリアとマックスが対決したって？　見逃しちまったか。で、どんなだった？」

「マックスが、パンジーは自分の娘じゃないと宣言」わたしは答えた。

　カーターが目を丸くした。「ほんとか？」

「スカウトの名誉にかけて」ガーティが言った。

「あんた、スカウトには入ってなかっただろ」とアイダ・ベル。

「それは女子の入団を認めてくれなかったからよ」ガーティが答えた。「とにかく、マックスは帰ってきた理由も、長年どこにいたのかも明かさなかったわ。フランシーンが聞きだそうとしたのにね、シーリアがカフェに来る前に」

カーターが感心した表情になった。「フランシーンが聞きだせなかったなら、マックスは本気で何かデカいことをたくらんでそうだな。彼女はイラクでも役に立つ腕前だ」

「ねえ、わたしたちが絶対にやってないって断言できることについて、小言を言いにきたんじゃないなら、どうしてしかめ面をしてたの？」わたしは尋ねた。

「ハリケーンだよ」カーターは答えた。

「まったく」

「やっぱりね」

アイダ・ベルとガーティが同時に言った。

「え？」わたしにはどういうことかさっぱりわからなかった。

「熱帯低気圧リジーがきょうの未明にハリケーンに変わったんだ」アイダ・ベルが答えた。

「最初はモビール（アラバマ州メキシコ湾岸の都市）に向かってたんだけどね、方向をかえたらしい」

カーターがうなずいた。「ニューオーリンズとガルフポート（ミシシッピ州メキシコ湾岸の都市）のあいだに上陸しそうだ」

わたしはかすかなパニックに襲われた。砂漠の嵐や暗殺者、爆発物ならなんとかできるが、ハリケーンはわたしの対応可能範囲外だ。「避難する必要がある？」

「いいや」とアイダ・ベル。「それだけ東寄りに進むなら、この辺は水が出るのと竜巻が一、二本ってところだよ」

「わたしには充分避難が必要な理由に聞こえるけど」

「洪水や竜巻のおそれがあるたんびに避難してたら、ここに住む人なんていなくなっちゃうわよ」ガーティが言った。

「真面目に？」わたしは三人の顔を見まわした。「いつなんどき天候のせいで危険にさらされるかわからない土地で暮らしてるのに、誰もそのことをわたしに教えようと思わなかったの？」

　カーターが眉を片方つりあげた。「シンフルに来てからきみがどんなことに首を突っこんできたかを考えると、言わせてもらおう、シンフルがハリケーンに直撃されたとしても、きみが過去に選んだあれこれよりは安全だ」

　わたしは顔をしかめた。事実と異なるとは言いがたい。でも、わたしがパニックを起こしているときに指摘するのはいささか失礼ではないか。「わかった」少し安心して、わたしは言った。「あなたたちが心配ないって言うなら、心配しないことにする。準備は何をしたらいいの？　お湯を沸かすとか？」

「赤ん坊を産む気ならね」とガーティ。「二年ほど前のハリケーン中にはそういうことがあったのよ」

「ガーティが赤ん坊を取りあげたの？」急に恐怖が舞いもどってきた。

「もう一日待ってくれるよう、彼には頼んだんだけど。男の子だったの」とガーティ。「でもほら、赤ん坊ってそういうとこ頑固でしょ」

「ガーティは本当に頼んだんだよ」アイダ・ベルが言った。「っていうか、あれは懇願だったね」

「責めはしない」わたしは言った。「それじゃ、出産は置いとくとして、わたし、何をすればいいの？」マージの家にあるものが頭のなかをぐるぐると駆けめぐった。窓に板を打ちつけるのだろうか？　ビールはハリケーンが通りすぎるまで足りる？　停電したら？　アリーは焚き火でブルーベリーマフィンを焼けるだろうか？　で、わたしはどうやって火を焚く？　庭にあるイチジクの木はあまり好きじゃないから薪にしてもいいけど、生木はよく燃えないだろう。

「簡単さ」アイダ・ベルが答えた。「雨戸を閉めてはずれないようにする、浴槽に水をためる、懐中電灯と電池があるのを確認。それだけだよ」

「入浴するのはどうして？」

カーターが声をあげて笑った。「電気や水道がとまったら、トイレを流すのに水が必要って意味だ」

「バイユーから水をくんできたければ別だけど」とガーティ。「そうする人もおおぜいいるわ」

「それは遠慮しておく」バイユーにどんなものが棲息しているかは見て知っている。どれも絶対、自分のお尻がむきだしになる場所には近づけたくない。「それじゃ、備えを固めてのりきればいいのね？　間違いない？」

「いやいや、ハリケーンが上陸したら、あんたは家にいちゃだめだ」アイダ・ベルが言った。「あんたのとこはすぐ後ろをバイユーが流れてるからね、水がキッチンまで入ってくる可能性がある。地所が川沿いの住人はみんな、教会へ行くんだ。バプティスト教会に集まった人たちは、ガーティとあたしが仕切る。カトリック教会のほうはシーリアと取り巻き連中が仕切る」

「今週は教会へ行かなくて済むと思ったのに」わたしはぶつぶつ言った。

「ドン牧師は姉妹を訪ねていて留守だから、お説教を聞かされる心配はないわよ」とガーティ。「ただし、合唱やお祈りが始まることはあるかもしれないわね。嵐が来ると、みんな不安になりがちだから」

なるほど。それはわたしもだ。

「雑貨店に行って電池を買っておくのがよさそうだ、人が押し寄せる前に」アイダ・ベルが言った。

「あとでまた連絡する。おれはハリケーン警報を鳴らしてもらいに消防署へ行く途中だったんだ」カーターはわたしにすばやくキスしてから走り去った。

ガーティがバッグに手を入れて、耳栓を三組取りだした。「これが必要になるわよ。信じて」

アイダ・ベルがひと組受けとり、耳に突っこんだ。「ガーティの言うとおりだ」大声で言う。「サイレンはおそろしい大音響だからね。恐竜サイズの猫が鳴いてるみたいなんだ」

わたしは片方を耳に突っこんでうなずいた。アイダ・ベルがわめき声でしゃべりつづけるなら、いまからもう耳栓が必要だ。

わたしたちは通りを歩いて雑貨店に入った。ウォルターはカウンターの奥の定位置に座って新聞を読んでいる。顔をあげると、わたしたちを見てうなずいた。「ハリケーンのことを聞いたら来ると思ってたよ。教会のために生活必需品を箱に入れて用意しておいた。帽子掛けの横に置いてある。自分たちで中身を調べてくれ。ほかに必要なものはないとなったら、スクーターに届けさせる」

「電池が必要なんだけどね」アイダ・ベルが大声で言った。

ウォルターが顔をしかめたので、わたしは耳栓を振ってみせた。

「そうか、カーターがサイレンを鳴らしにいったんだな」彼はイヤーマフを引っぱりだして着けた。「おれはお客の声が聞こえなくなると困るが、イヤーマフをすればましにはなる」

アイダ・ベルとガーティに手を振り、いま言った箱を確認するために案内しようとする。

「少しのあいだでいいからそれをはずして」わたしは言った。

「なんだって?」ウォルターが大声で訊いた。

わたしは手を伸ばして彼の頭からイヤーマフをはずした。「わたしは叫びたくないから」

「まあ、このほうがいいかもしれんな。サイレンを鳴らすにはたいていひどく時間がかかる。

お客が何を言ってるかまったく聞きとれなかったら、接客はむずかしい」

「マックスのこと、聞いたでしょ？」

「ああ、聞いたとも。きのうあの男が現れたあと、漁師がふたり大急ぎでここへ来たし、それからけさ、シーリアがやってきた。頭がいかれたみたいに怒鳴り散らしながらな。それは何もいまはじまったことじゃないが、いいか、シーリアはショットガンの弾をひと箱買っていったんだ」

「彼女、理由は話した？」

「家を守る必要があると言ってた。マックスが押し入ろうとすると考えてるんだろうな」

「で、シーリアは彼を撃つことがいい解決策になると考えてるわけ？」さまざまな法的可能性が頭を駆けめぐった。この場合は不法侵入になるのだろうか？　侵入しようとした人物がかつてはその家を所有しており、その後死んだものと思われていたが、実は妻を捨てて二十年以上音信不通だったろくでなしにすぎないと判明した場合。もしシーリアが、彼女の――夫婦の家に侵入しようとしたマックスを撃ったら、それは正当防衛になるのか？　それとも第一級殺人？

「面倒なことになったな、シーリアは」ウォルターがわたしの考えを読んで言った。

「まったくね。彼女がマックスを撃ったらどうなるのか、見当もつかない」

ウォルターがうなずいた。「おれもだ。それが判明するようなことにならないよう、祈るばかりだよ」

「マックスをよく知ってた？」

「とは言えんな。だが、それを言うなら、シーリア以外はみんな同じだったと思うよ。どうやら、彼女もマックスをそれほどよく知ってたわけじゃなさそうだが。マックスは昔からひとりでいるのを好むタイプだった。たいていの住民から、ちょっと変わったやつだと思われていた。いつもスケッチブック片手に歩きまわっては、建物やら人やらの奇妙な絵を描いていたんだ。人をじっと見つめたかと思うとスケッチを始めるんで、みんな気持ち悪がっていたよ」

「そりゃそうだと思う」誰かが許可も得ずにわたしのことをスケッチしはじめたりしたら嫌だ。気味が悪い。

「どうしてこんなこと訊くんだ？」

「これだけの年数がたってから帰ってくるなんて、相当な理由があってのことだろうけど、いまのところ、誰も納得のいく答えを教えてくれないから」

「誰も納得のいく答えを知らないからじゃないかな」

「マックス以外は」

「まあ、本人は知ってるだろうが、話さないだろうな。その気になるまでは」

「そうよね。とにかく、シーリアの金品を強奪するためじゃないよう期待しましょ」

「期待するだけじゃなく祈るよ。シーリアは射撃がひどく下手なんだ。おそらく近所の誰かを撃っちまうぞ」

わたしはぞっとした。「マリーに警告しておかないと」アイダ・ベルとガーティの親しい友人であるマリーは、シーリアの隣の家に住んでいるのだ。

ウォルターがうなずいてから、ドアベルが鳴った入口を見た。「おっと。噂をすれば影だ」

「マックスが来たの？」わたしは勢いよく振り向いてじろじろ見たくなるのをこらえた。

「こっちに来る」ウォルターは口をあまり動かさずに言った。

足音が近づいてきたところで、ウォルターがわたしの背後を見た。「やあ、マックス、何か入り用かな？」

「ハリケーンが接近してきてるそうだな」マックスが答えた。「懐中電灯と水を調達しておいたほうがいいと思ったんだ」

こらえきれなくなり、わたしは振り向くと片手を差しだした。「はじめましてよね。サンディ＝スー・モローです。マージ・ブードローの姪よ」偽装の身元をプロらしく述べ、〝サンディ＝スー〟と名乗ったときにぞっとした顔にならなかった自分を心のなかで褒めた。

マックスがわたしの手を握った。「マージはどうしてる？」

「死にました。わたしは遺産整理のためにこちらに来てるんです」

わたしの率直な物言いにぎょっとした様子だったが、彼はすばやく落ち着きを取りもどした。「それは、寂しいな。彼女はかなりおもしろい人だった」

「本当に。ところで、聞くところによると、長いあいだ姿を消していたんですってね。どうして戻ってきたんです？」

マックスの顔が完全な無表情になった。「ちょいとやり残したことがあってな。すぐに片づく。そうしたらシーリアは下落中の評判を大急ぎで取り繕って、また下々相手《しもじも》に威張りちらせばいい」

「あなた、自分の奥さんが本当に嫌いなのね」

ウォルターが鼻を鳴らして笑ってから、ティッシュをつかんでむせたふりをした。

マックスがにやりと笑った。「おれの女房は誰からも好かれちゃいない。なんでおれだけ好かなきゃいけないんだ？」

「さあ。あなたは彼女と結婚したから？」

「おれの人生最大の失敗だ。だから、チャンスを見つけるとすぐやりなおすことにしたのさ」

わたしは顔をしかめた。確かにシーリアは猛烈なビッチだし、少しでも分別のある人にとっては絶え間ないいらいらのもとだ。でも、結婚の誓いを交わした相手からそこまで侮辱されていいなんて、ありえない。わたしの最初の評価は正しかった。マックスは嫌な男だ。

またドアベルが鳴り、白髪の女性が二十歳ほど年下の男性と手をつないで入ってきた。男性は女性と似た顔立ちをしているが、うつむいて床をじっと見つめている。なんらかの障害があるのはすぐにわかった。いつもやる脅威度判定はしない。彼をおそれる理由は何もないから。

「おはよう、ミセス・ヒンクリー」ウォルターがあいさつした。「ハリケーンに備えて、ランドンと買いものかな？」

ミセス・ヒンクリーはマックスをちらりと見て、何か不快なにおいを嗅いだかのように鼻にしわを寄せた。ウォルターにうなずく。「電池と灯油《ケロシン》、それに飲み水を大きいサイズのボトルで二本お願いするわ」

ウォルターは段ボール箱を手に取ると、ミセス・ヒンクリーの注文をそろえにいった。マックスはミセス・ヒンクリーにうなずきかけてから、青年を見た。

「ひさしぶりだな、ランドン。おれを覚えてるか？　前はよくおれに絵を描いてくれたよな」ランドンはようやく視線をあげ、マックスの顔を見つめたかと思うと母親の後ろに隠れた。

「嫌だ！　もう描かない！　絶対！」

マックスが目を丸くした。「そうか、そいつは残念だ」彼は慌てて言った。

ミセス・ヒンクリーが後ろを向いてランドンの腕をさすった。「大丈夫よ」落ち着いた柔らかな声だった。「絵は描かなくて大丈夫。あなたのために新しい粘土をひと缶、買ってあるから」

肩から少しこわばりが抜けて、ランドンは母親を見た。「青いやつ？」

「もちろん青よ。あなたの好きな色でしょ？」

ランドンがうなずいた。「青、好き」

「ウォルターのところへ行って、手伝えることがあるか訊いてみたら？」ミセス・ヒンクリーはそう言って、息子がいなくなるのを待ってからこちらに向きなおった。

「ランドンを動揺させるつもりはなかったんだ」マックスが言った。

「あなたのせいじゃないわ。グループホームからシンフルへ連れて帰ってきて以来、ずっとああなの。粘土で動物を作るのは大好きなんだけど、鉛筆はまったく持とうとしない。何かしらそういう時期なんだと思うわ」

マックスが顔をしかめた。「残念だな。ランドンはいつでも絵を描くのが好きだった。もちろん、おれは長いこと会ってなかったわけだが。まあ、いろいろ変わるってことだな」

「そういうことね」とミセス・ヒンクリーは言ったが、口調は冷ややかだった。

マックスは空気を読んでわたしたちにうなずいてみせた。「おれは要るものをそろえないと。それじゃ、失礼」

ミセス・ヒンクリーは彼が遠ざかるまで待ってから、わたしを見た。「あなた、マージの姪っ子さんね。噂はあれこれ聞いてるわ」

「いい噂ばかりだといいんですけど」わたしはおどけて言った。

彼女はほほえんだ。「だいたいはね。シーリアから聞かされたものは違ったけど、わたし、シーリアの言うことに耳を貸すのはやめたから。生まれてすぐぐらいに」

わたしはうなずいた。「賢い女性って好きです」

ミセス・ヒンクリーは声をあげて笑った。「それじゃ、わたしたち気が合うはずよ。あなたもハリケーンに備えるために？」

「ええ」ウォルターが用意した箱の中身を店の隅で調べているアイダ・ベルとガーティを指した。「あのふたりの教えに従って。ハリケーンに遭遇するのは初めてなんで」

「あら、彼女たちなら助けを請う相手として最適よ。アイダ・ベルとガーティはハリケーンが来たときのシンフル危機管理チームのメンバーだから」

「自分たちで大騒ぎ《ハリケーン》を起こしてないときはな」ウォルターがそう言いながら、ミセス・ヒンクリーに渡す段ボール箱を持ってカウンターのなかに入った。

「聞こえたわよ！」ガーティが店の隅から叫んだ。

「もう一度耳栓をしろ」とウォルター。

ミセス・ヒンクリーは笑って箱をのぞきこんだ。「すべてそろえてくれたみたいね、ウォルター」

「こいつはつけとくよ、ベリンダ。窓の対策に手が要るときは電話をくれ。きょうはスクーターに言ってハリケーン対策にまわらせてるんだ」

「雨戸を新しくしたから、特に何もしなくて大丈夫なんじゃないかと期待してるの。でも、手を貸してもらいたくなったら電話するわ。スクーターに、気をつけるようにって言って。もう風が強くなりはじめてるから」

「言っとくよ」

「お目にかかれて嬉しかったです」わたしは言った。

「こちらもよ」ミセス・ヒンクリーが答えた。「シーリアが間違ってるとわかってよかったわ、いつものことだけど」段ボール箱を指さし、ランドンに持たせると、彼女は先に立って店から出ていった。

「シーリアの人気下落はかなり深刻ね」ガーティがカウンターに段ボール箱をひとつのせながら言った。「ベリンダ・ヒンクリーは筋金入りのカトリック信者だもの」

アイダ・ベルが箱をもうひとつカウンターに持ちあげた。「ベリンダは嫌な女じゃないよ。シーリアの大騒ぎにのったことは一度もない。例のばかげた〈ゴッズ・ワイヴズ〉に加わったこともないし。旦那は漁師だったんだけど、ランドンが十歳くらいのときに船の事故で亡くなっちまってね。ベリンダの生活は完全に息子中心だった。三年前、あの子がニューオーリンズのグループホームに入るまでは。その後、園芸を熱心にやるようになって——菜園だよ、花を育てるんじゃなくね。ベリンダが育てるトマトは、あたしが食べたなかで最高に甘くて大きいんだ」

ウォルターがうなずいた。「もっとたくさん育ててくれれば、店で売るんだがな。そうしたら彼女もおれも悠々自適の生活に入れる」

「グループホームが閉鎖されたのは残念よねえ」とガーティ。「ベリンダの話だと、ランドンはとてもよくなじんでいたようなのに。彼女だって少しは自分の時間を持てていいはずよ。とはいえ、自分の子供の面倒を見ないわけにはいかないんでしょうけど」

「そうだな」ウォルターが箱のなかを見た。「これで足りないもんはないか？　大丈夫と思ったものが必要になるかもしれないぞ」

「そういうものはハリケーンが通りすぎてからじゃないとわからないものなの」ガーティが答えた。「それにもちろん、足りないものはあるわ。でも、そこはあたしたちの自家製咳止めシロップで補うから」

ウォルターは箱の中身をメモしはじめた。「これは教会につけとくよ。スクーターに関しちゃ、あんたら三人も同じだ――ハリケーンの備えに手が必要なときは電話をくれ。スクーターをやるから」

「ハリケーンのあいだはあなたも教会に来る？」わたしはウォルターに訊いた。

「いや、その必要はないと思うよ。うちはかなりしっかり備えがしてあるんだ。土地も少し高くなってるし、あんたのところよりバイユーから離れてるしな」

「わたしが思ったのは、誰か手を貸してくれる人が必要になるかもってことなんだけど」

ウォルターはちょっとまごついたような、と同時にかなり嬉しそうな顔になった。「おや、おれに何か手伝えることがありそうなら、ひと晩、信者席で過ごしたってかまわないよ」

ガーティが首を横に振った。「あなたが足を踏みいれたら、教会が爆発するわよ。最後に教会へ行ったのはいつ？」

ウォルターは肩をすくめた。「最後に葬儀が行われたときかな。それ以外に行く必要を感じないんでね。ドン牧師は週に一度ここへ食料品を買いにきて、そのときに説教を最初から最後まで披露してくれるんだ。二度聞いてもしかたないだろう。寝過ぎになっちまうよ」

メモを終えた彼は、箱はスクーターに教会まで届けさせると言った。店から出たわたしたちはジープにのりこんだ。

「さっきのはどういう了見だい？」アイダ・ベルが訊いた。

「なんのこと?」わたしはわからないふりをした。

彼女はこちらをにらんだ。「しらばっくれるんじゃないよ。頼りにしてますっておだてて、ウォルターを教会へ来させようとしただろう」

ガーティが運転席と助手席のあいだに身をのりだした。「あらやだ嘘。フォーチュンったら、キューピッド役を演じたのね」

「違います」と答えたが、説得力のない返事だった。

ガーティによれば、ウォルターは幼いころ、アイダ・ベルにひと目ぼれしたそうで、プロポーズも二、三度しているらしい。しかし、アイダ・ベルは非婚の立場を決して崩そうとしない。気持ちはわかる。本当に、心から。毎日、ひとりの男性と生活を共にするなんて――同じバスルームを使うのはなおのこと――考えただけでおそろしい。砂漠で水漏れする水筒片手に迷子になるほうがましだ。でも、わたしはウォルターのことが好きだし、彼とアイダ・ベルが若返ることはない。ふたりは世界最長の〝達成困難ゲーム〟をプレイしていると言っていいかもしれない。

「そうね、わかった。もしかしたら、そういう気持ちがちょっとはあったかも。でも、ふたりを祭壇までぐいぐい押していこうなんて思ってない」

「あら、あなた、ふたりをそろって教会へ行かせることに成功したも同然だけど……」とガーティ。

「わたしは恩返しがしたかっただけ」

「恩返しってなんの?」アイダ・ベルが尋ねた。

「あなたとガーティで、わたしとカーターをくっつけようとしたでしょ」

アイダ・ベルが眉を寄せた。「あたしは人と人をくっつけようとなんてしないよ、恋愛については特にね。こっちは、もう見え見えなことを指摘しただけだ。あんたたちが惹かれ合ってるのは派手なネオンみたいに明らかだったからね。目をつぶってたってわかったはずだよ」

「ほんと」とガーティ。「あたしは新しいサングラスを注文したぐらいよ」

「それは度を新しく調整する必要があったからだろ」

「違います」ガーティが後部座席に戻ったので、わたしはにやりとせずにいられなかった。

アイダ・ベルがこちらを見てため息をついた。「あんたがキューピッド役を演じるとは。やわになったね、レディング」

わたしは声をあげて笑った。「わたしがそんなこと言われるなんて、初めてかも」

第3章

上陸したハリケーンはすさまじかった。最初に暴風が教会の壁を襲ったとき、信者席に座っていたわたしは思わず飛びあがった。弁護のために言っておくと、貨物列車が突っこんできたかのような音がしたのだ。人々は祈りはじめ、犬と子供は不安そうな声をあげ、猫は悲しげに鳴いた。マーリンを除いて。彼はガーティが用意してくれた猫用キャリーのなかから、アイダ・ベル言うところの〝軽蔑の目〟でわたしをにらんでいた。そのあまりの怒りっぷりに、わたしはハリケーンが去ったあと、マーリンを家に連れて帰ることをためらいだした。睡眠が少しも取れなくなったら困る。

アリーが勢いよく立ちあがったかと思うと、聖歌隊席で身を寄せ合っているカフェのウェイトレス仲間に声をかけにいった。ウォルターとカーターは教会内を歩いてまわり、窓やドアがしっかり閉まっていることを確認しはじめた。アイダ・ベルとガーティは自分の席にくつろいで座ったまま、ぴくりとも動かない。

「え、冗談じゃなく？」わたしはふたりを見おろして訊いた。「まったく平気なの？」

「年寄りなもんでね」アイダ・ベルが答えた。

「あたしは年寄りじゃないわ」とガーティ。「怖いもの知らずなだけよ」

「年寄りすぎて、怖がることを忘れちまったんだろ」アイダ・ベルが言った。

次の強風の波が襲ってきたため、教会が激しく揺れた。説教壇を見あげると小さく左右に揺れている。「なんの心配もないっていうのは確か？」

「こう考えたらどうだい」アイダ・ベルが言った。「実は何か心配なことがあったとして、あんたに何ができる？」

わたしは彼女の顔を見つめた。癪《しゃく》にさわるけれど、彼女の言うとおりだ。

アイダ・ベルの隣にドスンと腰をおろす。「こういう状態ってふつうどれくらい続くの?」

「嵐のピークはたいてい二時間ぐらいで終わるわ」とガーティ。「でも、竜巻は数日気をつける必要があるの。油断できないのよ。ハリケーンみたいに、夕方のニュース番組で来るぞ来るぞって報道されることもないし」

「忘れるんじゃないよ」アイダ・ベルが言った。「ここは直撃されてるわけじゃない。されてたら、あたしたちはいまごろオクラホマ州のどっかのカジノにいるだろうね。最悪の場合は電気が二、三日使えなくなるだろう。運がよけりゃ、あした復旧する」

「運よく停電しないってことはないの?」わたしは訊いた。

頭上で雷がとどろいたかと思うと、教会近くのどこかに落ちた。あまりの大音響に耳鳴りがした。照明がまたたき、次の瞬間あたりは真っ暗になった。二、三秒後、教会のあちこちで懐中電灯がともされた。

「いまの質問は忘れて」わたしも懐中電灯をつけて会堂内を照らし、正面玄関へと急ぐカーターとウォルターを見つけた。「ふたりとも、あんなに急いでどこへ行くの?」

「何か燃えてないか、助けが必要な住民がいないか見にいくんだよ」アイダ・ベルが答えた。

わたしはあきれて首を振った。「こんなときに外に出てるクレイジーな人なんていないでしょ?」

アイダ・ベルが眉をつりあげてガーティを見た。

「一度だけでしょ」とガーティが言った。「ハリケーンのときに一度外へ出ただけで、一生その話をされるんだから」

「あたしより、保険会社にその話を持ちだされることが多かったはずだけどね」アイダ・ベルが言った。「こっちは笑うのに忙しくてさ」

「何があったのか、訊いてもいい？」

「やめといたほうがいいけど、お望みのようだからね」とアイダ・ベル。「誰かさんは肉屋の裏の船着き場にバスボートを舫《もや》いっぱなしだって思いだして、取りにいくことにしたのさ。私道を半分ほど行ったところで、ドロシーの家の木が雷に直撃されて、ガーティの車のトランクにまっすぐ倒れてきたんだ。ガーティはいつもシフトレバーに手を置いてるから、驚いた瞬間にギアをバックからドライブに入れちまったんだよ」

「あたしが入れたんじゃありません」ガーティが反論した。「車が勝手にやったのよ」

「そうだろうとも。とにかく、勝手にギアチェンジしたとき、車は自分でアクセルも踏んだにちがいないんだ。だって、前へ飛びだしてドロシーの家のポーチに突っこんだんだからね」

ガーティが腕を組んだ。「あたしは昔から、あのオークの木もポーチも好きじゃなかったのよ」

わたしはにやついた。「ボートはどうなったの？」

アイダ・ベルがばかばかしいと言うように手を振った。「たぶんアーカンソー州まで流されてったんじゃないかね、ガーティが車にのりこむより先に」

「わたしのエアボートはスクーターが四駆で裏庭にあげてくれたの。よかった。あれが漂流の旅に出るかもしれないなんて、考えもしなかった」

「あのボートはあたしが絶対に守ってみせる」とアイダ・ベルが言った。

彼女の真剣な表情はちょっと怖いぐらいだった。あのエアボートにアイダ・ベルが傾ける愛情は、ウォルターが彼女に傾ける愛情に劣らないとわたしは確信している。背後からドシンドシンという音が聞こえてきたので、振り返るとカーターとウォルターがドアを開けようと奮闘しているところだった。わたしは信者席から飛びだすと玄関へと急ぎ、ウォルターと並んでドアに肩を押し当てた。「もう一度やって」

カーターがうなずいた。「一、二の三！」

三で、わたしたちが力の限り押すと、ドアが勢いよく開いた。すさまじい風がぶつかってきたので、わたしはバランスを維持するために一歩さがった。顔を打つ雨粒が針のように感じられる。目の上に手をあげ、ウォルターとカーターと一緒に外を見るために前へ出た。ウォルターが道路の反対側でボンネットから煙をあげている車を指差した。人はのっておらず、この土砂降りなら、火が広がるおそれはない。

カーターがうなずいたので、わたしたちはドアの端をつかんで閉めようとした。あと六十センチほどというところまで引っぱったとき、暴風の直撃を受けてドアがわたしたちの手から離れた。何か薄い固形物が顔にぴしゃりと当たったので、わたしは頭を低くし、この強風のなかをもっと重いものが舞っていないように祈った。電柱とか、消防車とか。

果てしなく時間がかかったように思えたけれど、ようやくドアを閉めることができた。わたしたちのまわりを葉っぱのようなものが舞っていて、ひらひらと床に落ちていく。下を向き、その葉っぱがみな長方形をしているのに気づいたわたしは眉をひそめた。一枚拾って懐中電灯で照らし、ウォルターとカーターのほうに突きだした。

「お金よ」床に懐中電灯を向けると、濡れた緑色の百ドル札がカーペットのように床を覆っていた。

「なんてこった」ウォルターはわたしが突きだした百ドル札をつかみ、顔に近づけた。「本物じゃないか。本物だぞ！」

「ここから一番近くにある銀行でも三十キロ以上離れてる」わたしはいった。「ハリケーンだからって、お金がそんなに遠くの金庫から飛んできたと思う？」

カーターが顔をしかめた。「違うだろうな」

「一番近い金庫が三十キロ以上離れてるってのも違うぞ」ウォルターが言った。「一番近い金融機関はそれぐらい離れてるかもしれないが、古株の住民のなかには町のあちこちに現金を隠しているのが何人もいるはずだ」

「誰かの退職金がハリケーンで飛ばされてきたってこと？」わたしは尋ねた。「それっていろんな意味で最悪」

「いまおれたちにできることはない」とカーター。「日曜学校の教室からくずかごを取ってくる。全部拾って隠しておこう。誰かが見つけたら、ハリケーンのなかに飛びだしていく人間が何人も出るだろう、神がわれらに金を与えたもうたって叫びながら」

三人で濡れた紙幣を拾いあつめ、くずかごに入れると、カーターがすぐにそれを教会の奥にある部屋のクロゼットにしまいにいった。わたしはあとでよく調べるために紙幣の一枚をポケットに突っこんだ。大量のお札がハリケーンの風にあおられ外を舞っているという事態に、警戒心のスイッチが入った。何かがおかしい。奇妙なことの多いシンフルとはいえ、その通常レベルを超えている。残念ながら、この町に足を踏みいれてからというもの、わたしの〝おかしい検知器《メーター》〟が間違っていたことは一度もない。

「外にはあとどれくらいあるのかしら」

カーターがわからないと首を振った。「ほかに誰も見ていないことを祈るばかりだ」

信者席に戻ると、わたしはアイダ・ベルとガーティのあいだに腰をおろした。後ろを見て、カーターとウォルターがそばにいないことを確かめてから紙幣を引っぱりだし、携帯電話で照らした。

「ハリケーンのなかをお札が舞ってる」ささやき声で言った。「その一部が教会のなかへ飛ばされてきた。いまさっきの突風で」

ガーティがわたしの手をつかみ、自分の顔にぐいっと引きよせた。「百ドル札じゃないの。ハリケーンが高額紙幣をいっぱい連れてきたってこと?」

「ばかなこと考えるんじゃないよ」アイダ・ベルが言った。「ハリケーンが連れてきたのは金メッキされたレンガかもしれないし、ハリケーンのなかへ出ていく価値なんてないからね」

「いますぐはやめておくわ」とガーティ。「でも、ハリケーンがおさまったら、外へ出るのは絶対にあたしが一番ですからね。お札の雨を神さまが降らせてくれてるんだから！」

二列前に座っていた六歳ぐらいの少女が振り向いてうなずいた。「雨を降らせるのは神さまに決まってるじゃない、ミズ・ガーティ。なんで騒いでるの？」

「もっと声を小さく」とアイダ・ベル。「さもないと、おばかたちがそろって外へ走りでるよ」

ガーティから紙幣を取り返すと、わたしはよく検《あらた》めた。見た目も手触りも本物に思える。それでも、何か引っかかった。

「その顔」アイダ・ベルが言った。「何が問題なんだい？」

わたしはかぶりを振った。「はっきりこれとは言えないんだけど、何かがおかしい気がして。わかってる、それじゃ怪しむ根拠として薄弱……」

「そうとも言えないと思うよ」とアイダ・ベル。「あんたみたいに訓練されて能力のある人間は、見た目と違うものに敏感だ。あんたが何かおかしいと思うなら、何かおかしいにちがいない」

「ここはシンフルよ」とガーティ。「〝おかしい〟と〝おかしい〟の違いがあたしたちにわかるかしら？　あたしの言いたいこと、わかる？」

わたしは紙幣をポケットに戻した。「ガーティの言うとおり。この町はわたしからすると何ひとつふつうじゃない。そのうえ、わたしはハリケーンのせいでずっとぴりぴりしてる。いまはふだんのわたしじゃない。だから、たぶんわたしの勘が狂ってるんだと思う」

アイダ・ベルはうなずいたものの、納得した顔ではなかった。彼女を責めはしない。わたしだって納得していなかった。携帯電話が振動したので、そもそも電波が届いたことに驚きつつジーンズのポケットから出した。画面をチェックする。

ハリソンからだ！

モロー長官を除いて、わたしの居場所と連絡方法を知っているのは、ＣＩＡでのパートナーであるハリソンだけだ。最新情報を伝えるふだんのやり方は、天候と作物、それに彼の父親について語っているように見せかけたメール。緊急事態でなければ、彼は電話をかけるというリスクの高いことをしない。

ここで電話に出るわけにはいかなかった。誰かに聞かれるとまずい。ＳＭＳに切りかえる。

いまは出られない。ハリケーンの最中だから。

二秒ほどして返信が来た。

カクテルなんかあとまわしにして電話に出ろ。

ため息。

カクテルじゃない。ホンモノのハリケーン。いまはほかの住民たちと一緒に教会に避難中。ニュースで確認して。

〝送信〟をクリックし、待った。長くは待たされなかった。

急ぎだ、レディング。クロゼットでも告解室でもどこでもいいから話せる場所を見つけろ。

背中がこわばった。おかしい。どうしてもというときでなければ、ハリソンはこんなことを言わない。「ハリソンから電話」わたしはアイダ・ベルとガーティに言った。「いますぐ話がしたいって」

ふたりは不安げに目を見交わした。

「教会堂の右側、ピアノの向こうにあるドアを入ると、その先にひとり用のトイレがある」アイダ・ベルが言った。「あそこを使いな。充分電波が届くかわからないけど、少なくともメインの化粧室と違って、ほかの誰かが入ってきたりする心配はない」

わたしはポケットに携帯電話を突っこみ、いま教えられたトイレへと歩きだした。それは建物の裏側の角にあり、叩きつけるような強風のせいで外壁がうなっているのが聞こえた。トイレに入って鍵をかけ、携帯を出して電話をかける。三度目にやっとつながったが、それでもハリソンの声はかろうじて聞こえる程度だった。

「なんとか聞こえるって程度」わたしは言った。「だから大きな声でしゃべって。それと急いで。回線がいつまでもつかわからない」

「風洞のなかみたいに聞こえるぞ」

「風洞のなかにいるのよ。ハリケーンなんだから」

「それはマジなのか？」

「マジ。回線が切れるかもっていうのもマジ。急いで！」

「おまえのリスク評価が〝高〟から〝伏せろ〟になった」

体に冷たいものが走った。「何が起きたの？」

「ニューオーリンズのカジノで偽造紙幣が見つかった。アーマドとの取引で使われた紙幣とほぼ完全に一致。あの取引だよ、おまえが正体をばらしちまったときの」

携帯を握る手に力が入るあまり、指がずきずきと痛みだした。「間違いないの？」

「ない。ラボは紙幣を少なくとも十回は比較した。今度の紙幣のほうがわずかによくできているが、原版は同じだ」

「どこを見ればわかる？」

「一番に見るべきは肖像の右目だ。前の偽札は右目の端が仕上げを急いだみたいになってただろ？　今度はずっと精巧にできてるが、それでも右目の端には瑕疵《かし》が残ってる」

ポケットに手を入れ、百ドル札を引っぱりだすと懐中電灯で照らした。できるだけ顔に近づけてみる。右目の端の図案が乱れてる？　確認するには拡大鏡が必要だ。

いや、必要ないかもしれない。わたしにはすでにわかっているかもしれない。


通路を戻っていくと、アイダ・ベルとガーティが心配そうにこちらを見た。ふたりのあいだに腰をおろす。カーターとウォルターは窓に損傷がないか調べているところで、ほかの人たちはほとんどがうたた寝をしている。

「何があったんだい？」アイダ・ベルが訊いた。

ハリソンの話をふたりに聞かせた。

ガーティが目を見開いた。「ハリケーンのなかを舞ってるお札、その偽札じゃないわよね？」

「確信が持てるほど細かいところまで見てないけど……」

「最初から、あんたは何かおかしいって感じてた」とアイダ・ベル。「あんたが正しかったんだよ」

「でもどうしてそんなことがありうるの？」ガーティが不思議がった。「なんであなたの居場所がわかったのかしら？　そりゃ、あなたはシンフルで注目されないようにしてたとは言えないけど。でもシンフルは世界で大注目の場所ってわけじゃないわよ」

「わたしにもわからない。もしかしたら偶然かも」

「そんなこと、あんた一瞬だって信じちゃいないだろ」アイダ・ベルが言った。

「うん、本当は信じてない」フーッと息を吐く。「CIAが武器の新たな買い手を追っていたとき、メキシコ湾を通じて荷を受けとっていると思われる買い手がいた。こういう取引を行う場所として考えられるのはニューオーリンズ。大型船は積荷が多いから、見つからずに済む傾向がある」

「それじゃ、その新しい買い手がニューオーリンズで荷を受けとっていたなら」アイダ・ベルが言った。「偽造紙幣があの街のカジノで使われたことの説明がつく。取引にかかわった人間はみんな、偽札で支払いを受けて、そのなかのひとりふたりがカジノへ向かった」

「納得いく説明」わたしは言った。

アイダ・ベルが眉をひそめた。「武器の買い手はアーマドに偽札で支払いをしたなんて話さないよね」

「ありえない。アーマドは資金洗浄のために世界中でいくつもの商売をしている。だから、偽札が見つかるまでにしばらく時間がかかってるのかもしれない。偽札はよくできてる。本当によく。専門家か機械じゃなければ見わけがつかない。新たに安全対策が取られていても、今度の偽札は裸眼じゃよく見ても気づけない」

「でも、完璧じゃないのよね」とガーティ。

「ない。完璧ってことは絶対にない。カジノは銀行に劣らず偽札を見つけるのがうまい。CIAのラボは、今回ニューオーリンズで見つかった紙幣は以前アーマドが別の取引で受けとった偽札の改良版だと確信している」

「いまの話で、その偽札がニューオーリンズで見つかった理由はわかったけど」アイダ・ベルが言った。「でもどうしてそれがシンフルにも現れたんだい？」

「わからない」と答えたものの、わたしには思いあたるふしがあった。アルコール《A》・タバコ《T》・火器及び爆発物取締局《F》はシンフル経由で商売をしている武器の密輸業者を追っていた。その武器の出所《でどころ》は中東で、アーマドの提供するものと一致した。しかし、わたしには確信する根拠がなかった。そこへ今度は、さらにおそろしい可能性を考慮しなければならなくなった。

「支払いに偽札が使われたと、アーマドが気づいたらどうなるの？」ガーティが訊いた。

そう。それがさらにおそろしい可能性。

わたしがすぐには答えなかったので、アイダ・ベルとガーティはたがいに目を見交わしてからこちらを見た。「まったく予想つかず？」ガーティが尋ねた。

「そうじゃない。あの男がどうするかは正確にわかってる。相手を追いつめ、そして殺す」

アイダ・ベルが険しく目を細めた。「ハリソンの話じゃ、アーマドは最近行方がつかめなくなってるんだろう？　まさか自ら手を下そうとはしないよね？」

「すると思う。アーマドは傲慢で、さらに重要なのはおそれ知らずだってこと。誰ひとり彼の商売を乗っ取ろうとしないのは、あの男が自ら殺すのも厭《いと》わないから。それも必ず苦痛を伴う方法で。その評判のせいで小悪人《ジャッカル》は変な気を起こさない。忘れるなってメッセージを送る機会があれば、あいつは利用する」

「それじゃ、ATFが見つけたシンフル経由で取引されてた武器だけど、あれの出所がアーマドだとすると」アイダ・ベルが言った。「そして偽造紙幣がこの町に現れて――」

「アーマドの行方がわからなくなってるなら」ガーティが先を引き受けて言った。

「そのとおり」わたしは言った。「アーマドがシンフルに向かっている可能性がある」

ガーティが唇を噛み、不安げな顔でアイダ・ベルを見た。「アーマドはあなたに気づくかしら？」わたしに尋ねる。「だって、あなたの外見はすっかり変わってるのよね？」

「気づくはず」わたしは答えた。「人の顔を覚えるのはあいつの仕事の一部だし、あいつはわたしを憎んでる。決して忘れない。わたしの顔のほんの小さな特徴まで。エクステもワンピースもきっと効果なし」

「だとしたら、あなたはこの町から出ていかないと」ガーティが言った。

「当面、それは選択肢にない。そのことを、わたしは六十秒使ってハリソンにわからせようとしてきたところ」

「ハリケーンが去ったら、あたしたちがシンフルの外のどこか安全な場所にあんたを連れていこう」アイダ・ベルが言った。「それまで、地面よりも低く身をひそめてな。あんたの知る限り、アーマドにはルイジアナにあんたがいるんじゃないかと思う理由はないんだろ。もしかしたら、目的の殺しを終えたあとはすみやかに立ち去るかもしれない」

「もしかしたら」とわたしは言ったが、そんな簡単には済むはずがないという予感がした。

第４章

何も見えないほどの雨とすさまじい風は真夜中ごろにおさまり、あとは柔らかな雨音が聞こえるだけになった。わたしは信徒席でうとうとしたものの、深い眠りが訪れることはなかった。アイダ・ベルは夜中《よるじゅう》さかんに身動きしていたので、彼女もたいして眠れなかったのだと思う。いっぽうガーティはいびきをかきながら爆睡していて、信者席に伸びた姿は轢《ひ》かれて路上に放置された動物さながらだった。ものすごく大きないびきをかく路上轢死動物。彼女の口に毛糸玉を突っこんではどうかと言いだす人もいたが、結局は自分たちが耳に毛糸を突っこむことにした。カーターとウォルターは教会堂の入口近くに座っていたが、彼らが眠っているところは一度も見なかった。

荒れ狂う風雨がおさまったときには、わたしは必要とあれば這ってでも家に帰りたくなっていた。わたしが思いとどまったのはひとえに、アイダ・ベルに指摘されたからだった――シンフル・バイユーが居間を流れているかもしれない、現状確認は明るくなってからしたほうがいい、と。湿地に棲息する生き物がうちの一階にいる可能性は、わたしを信者席に戻らせるのに充分だった。

雨戸の隙間から最初に日が差した瞬間、堂内に歓声が響き渡った。誰もが疲れきり、被害が最小であるようにと祈っていた。ずっと閉じこめられていたため、一刻も早く外に出たいという人たちが戸口へと歩きだした。カーターがドアを開けると、身のまわり品の入ったごみ袋やクーラーボックスを引きずりながら、人々が一列に並んで表へと出た。

　すぐに最初の叫び声が聞こえた。

「金《かね》だ！　通りが金で埋めつくされてるぞ！」

　それまでのろのろ歩いていた人々が突然、オリンピック選手五十人分のエネルギーを得たかのようだった。戸口に向かって突進し、カーターを階段から突きとばしそうになった。ガーティが跳ねおきたかと思うと、ほかの人たちと一緒に走りだした。「あたしも入れて！」

　わたしはアイダ・ベルの顔を見た。「あれは偽札の可能性が高いって話をしたとき、彼女一緒にいたわよね？」

「いつもどおり一緒にいたよ」

「訊くだけ無駄だった。様子を見にいったほうがよさそう」

　教会を出ると、わたしたちはカーターとウォルターがいる階段の上で立ちどまった。ふたりはメインストリートの状況を途方に暮れた表情で眺めている。半狂乱の人々が、麻薬を与えられた実験用ネズミさながらに通りを駆けずりまわっていた。先を越されてなるものかと、落ちている紙幣にタックルをかけている人もいる。騒ぎのど真ん中で、ガーティが猛スピードで百ドル札をつかんではシャツに突っこんでいた。

「何かすべき？」わたしは訊いた。

アイダ・ベルとウォルターはただ首を横に振ったが、カーターは葛藤《かっとう》の表情を浮かべた。

「おれはきみとおふくろにうるさく言われてるからな、傷病休暇中だって」

わたしは目をぐるりとまわした。「勘弁して。いまさらお母さんとわたしの気持ちを優先させてるふりなんてしても駄目よ。この騒ぎに飛びこんでいきたければ、あなたはとっくにそうしてる。発砲するとか何かしたほうがいいんじゃないの」

「みんなのしていることが違法かどうか、おれにはわからないんだ」

「違法になるのは九月の第一火曜日だけだね」アイダ・ベルが言った。

「ほらな」とカーターは言い、その場から動く気はない様子だった。

わざわざ説明を求めたりしなかった。シンフルにはあらゆる種類の奇妙な法律が存在し、どれも起源はコロンブスが地球は平らではないと発見したときまでさかのぼる。おそらく、お札まみれになってころげまわることが違法とされるのは、九月の第一火曜日だけなのだろう。

「騎兵が到着」わたしはそう言って、通りを馬にのって進んでくるリー保安官を指した。理論上は元保安官になるはずだ。シーリアが彼を解任し、自分のいとこでいまは裁判にかけられる日を獄中で待っている男を後釜に据えたから。しかし、そんなことがあっても、年老いた湿地カウボーイは義務感を失わなかったらしい。彼の能力が――それとあるじに劣らず年老いた馬の能力も――仕事への熱意に負けないレベルであってくれさえすれば、事はいつもよりうまく運ぶかもしれない。

リー保安官が拳銃を引っぱりだしたので、わたしは彼がそれを誰かに向けて、なかから〝Bang〟と書かれた旗が飛びだすのを待った。ところが、今回はお遊びではなかったようだ。保安官は拳銃を上に向けると引き金を引いた。次の瞬間、閃光弾が飛びだしたかと思うと空へとあがっていき、人々が驚いて動きをとめた。

「必要とあれば本物の銃を抜くぞ」リー保安官が大声で言った。

仕事熱心だが若くて経験不足のブロー保安官助手が、両手を振りまわしながら走ってきた。

「撃つのはやめてください！」

ガーティが馬の前へ進みでるとリー保安官を見あげてにらんだ。「何してんのよ、このヘンクツ」

ガーティの叫び声は高齢馬の耳に届いたにちがいない。閃光弾が放たれたときはぴくりとも動かなかった馬が、彼女を見るために頭をさげたからだ……が、頭はさらにさがりつづけた。ガーティが拾ってシャツに突っこんだ札が胸元からはみでていたのだが、保安官の馬はその緑色のものにぐっと顔を近づけるとおいしい馬用おやつと勘違いしたらしい。シャツに鼻先を突っこんだかと思うと、ぱくっと紙幣に食いついた。

ガーティが悲鳴をあげ、胸の谷間から馬の頭を遠ざけようとした。「この馬、痴漢よ！訴えてやる」

馬は口に入れた紙がおいしいおやつではないと気づき、頭をあげて鼻を鳴らすと、ぬるぬるした紙幣と鼻水をたっぷりガーティに向かって飛ばした。ブロー保安官助手が駆け寄って手綱をつかみ、馬を彼女から離した。ガーティは目をつぶり、顔に百ドル札が何枚もはりついた状態で固まった。

お札に手を伸ばした彼女は、わたしだったらはぎとって捨てるところを、しっかりと握りしめた。ガーティがこちらを見たとき、わたしたちは全員、驚きと嫌悪の表情を浮かべていたと思う。「うちにファブリーズがあるから」と彼女は言った。

「まあ、馬の鼻水のおかげで通りから人がいなくなったのは確かね」とわたしは指摘したが、いったいどう考えたらいいか決めかねていた——装塡された銃をリー保安官が撃つことより、馬の鼻水をおそれる人たちとは。

「こっちにもっと札があるぞ！」そう叫ぶ声が、カトリック教会の裏の森から聞こえてきた。

「黙れ、このばか！」別の声が怒鳴った。

まだ歩道に残っていた数人が弾丸のような速さで教会の角を曲がっていった。走る人々をうらやましそうに見てから、ガーティがため息をついた。「このストッキングをはいて森に入るわけにはいかないわ。ダニを引きよせちゃうから」

わたしはまじまじと彼女を見つめた。いったいなぜダニがストッキングに引きよせられるのか？　それに、そうとわかっているなら、どうして彼女はそんなものをはいているのか？理解不能だ。

「ジープはハリケーンをのりきったみたい」とわたしは言った。アイダ・ベルとガーティ、アリー、そしてわたしは、荒天後の移動に向いているだろうと考えて、ジープで一緒にダウンタウンまで来ていた。「それぞれの家の様子を見にいく？」

アイダ・ベルとガーティはうなずいた。「停電してるだろうけど」とアイダ・ベルが言った。「どういう修理が必要か、だいたいのとこはわかるだろう。取りよせなきゃならないもんは早く注文するに越したことないからね」

「気をつけてくれよ」とカーター。「おれは車であたりをまわって、動けなくなってる住人がいないかどうか確認する。途中で見かけた様子を知らせてくれ」

「あたしを置いていかないで」アリーが教会の階段を駆けおりてきた。「うちの工事中の箇所、風で飛ばされてないといいんだけど」アリーの家のキッチンは放火の被害に遭い、改築工事の最中なのだ。当面彼女はうちに居候中で、こちらは非凡な焼き菓子職人との同居からたっぷり恩恵を受けている。残念ながら、恩恵を受けているのはわたしの味蕾《みらい》だけではない。キッチンの改築が終わることを、お尻と腿が切に必要としている。さもないと、わたしはウェストがゴムの服しか着られなくなるだろう。

「マーリンはどうしたらいい？」わたしは訊いた。

「いまのところはここに置いていきな」アイダ・ベルが答えた。「教会にいれば安全だし、あんたが今夜どこで過ごすか決まったら、迎えにくればいい」

「了解」わたしたちはジープにのりこみ、まずアリーの家へ向かった。着くとすぐ、彼女は後部座席からひらりと歩道へ飛びおりた。

「身軽なとこ見せつけちゃって」ガーティがぶつぶつ言った。

「待っててくれなくて大丈夫」アリーは言った。「何もかも点検するにはちょっと時間がかかるから。今夜も教会に泊まる予定?」

「ううん。バイユーが居間を流れてなければだけど、うちで寝る」わたしは三日間どぶで寝たことがあるし、ラクダの腹の下に入って寝るという忘れられない経験も一度している。停電生活ぐらい対処できる。停電なんて子供の遊びだ。

「家が住めない状態だったら、ガーティのとこかうちに泊まればいい」アイダ・ベルが言った。

「ありがとう」アリーはそう言ってから自分の家へ向かって歩きだした。

「どっちかが顕微鏡を持ってたりする?」見込み薄《ロングショット》と思ったが訊いてみた。ここはシンフル。

「持ってるに決まってるじゃないか」とアイダ・ベル。「あたしはオリジナルの火薬を調合してるんだ。それを細かく見たいからね」

ガーティは肩をすくめた。「あたしはマニキュアの仕上がりをチェックするのに使うだけ」

わたしはアイダ・ベルの家へと車を走らせた。彼女なら顕微鏡がどこにあるかちゃんと把握しているはず。ガーティのほうは片づけがずっと下手だ。先週わたしは彼女の家の冷蔵庫にティッシュボックスが、食品庫に手持ち式芝刈り機がしまってあるのを見つけた。彼女は少なくともその三日前から芝刈り機をさがしていた。

わたしたちはアイダ・ベルの家を手早く見てまわり、大丈夫だと判断した。大きな枝が折れてしまった木が数本あったが、それをどけるのと、小さな残骸を片づける必要がある以外、被害はなかった。アイダ・ベルの顕微鏡は黒色の粉が入った容器数個と共にダイニングテーブルの真ん中に置いてあった。

「あなた、なんで小麦粉をほかの人と同じように保管しないの?」ガーティが訊いた。

「ほかの人と同じようにするのが嫌なんでね」アイダ・ベルが答えた。

窓の外を見ると雲間から日が差している。「これを表に持っていきましょ。もっと明るい場所じゃないと」わたしたちは裏庭に出た。ピクニックテーブルの傾きを正し、その上に顕微鏡をのせる。

「あたしが拾ったのを使う?」ガーティがブラから百ドル札を一枚引っぱりだした。

「こっちで大丈夫」わたしはポケットから紙幣を取りだした。

それをレンズの下に置き、ピントを合わせる。ハリソンの言っていた目印がはっきりとそこにあった。

「むかつく」わたしは背筋を伸ばした。

「合ってたわけだ」アイダ・ベルは尋ねる手間をはぶいた。

わたしはうなずいた。なんとなくわかってはいたが、それでも自分の間違いであることを期待していた――ハリケーンのせいでわたしの勘が狂っているのではないかと。

「あたしたち、何をしたらいい?」ガーティが訊いた。

きゅっと縮まっていた胃がゆっくりともとに戻り、わたしは笑顔になった。

あたしたち、何をしたらいい?

そのひと言で気分ががらりと変わった。わたしはひとりじゃない。この町へ来て五週間のうちに、武器商人の前に立ちはだかろうとするほどわたしを大切に思ってくれる友達ができた。少なくともこの十年で世界一凶暴な武器商人の前に。

「あんたは身を隠す必要があるけど」アイダ・ベルが言った。「ハリケーンのせいで、そうするのはふだんより困難だ」

「もうっ」とガーティ。「そこは考えてなかったわ。でもアイダ・ベルの言うとおり。この町とモビールのあいだにあるホテルはどこも、自宅から避難した人でいっぱいよ。とはいえ、隠れる場所ならほかにもあるわ。ホテルほど居心地はよくないし、ルームサービスもないけど、アーマドには見つけられっこない場所」

「ナンバー・ツー（〝ナンバー・ツー〟は幼児語でうんちの意味）に隠れるつもりはないから」湿地に浮かぶその島は悪臭を放つ泥でできているため、そのように呼ばれている。地元の漁師には人気のスポットだが、彼らの鼻は麻痺してしまって、もはやあのにおいを感じなくなっているにちがいない。

「どっちにしろナンバー・ツーは地元民に知られすぎてる」アイダ・ベルが言った。「誰かがあんたを見かけて、なんかのついでに話したら、みんなに知られちまうよ」

「もうひとつ考えなきゃならない問題があるんだけど」わたしは言った。「突然、人にあまり会わない場所に行きたくなった理由をカーターになんて説明したらいい？」

アイダ・ベルは眉をひそめた。「そこまで考えてなかったけど、確かに問題だね。ハリケーンが来たりしなければ、ニューオーリンズ旅行ってことにして、あんたを連れだしたあとで計画を練れたんだけど。さて、どうしたものか」
「カーターに打ちあけるしかないと思う」ガーティが言った。

アイダ・ベルは彼女を見てからわたしに目を戻し、ため息をついた。「ガーティの言うとおりじゃないかね。あんたが最初、真実を明かさないことにしたのは相手を守るためだったってのは知ってるし、あんたが正しかったと思うよ、ある程度はね。でもいまは、あんたがカーターに話さない理由って、怖いからだろ」

胸がぎゅっと締めつけられた。アイダ・ベルはいつも率直だが、ふだんは感情にかかわることに踏みこんでこない。悔しいけれど、彼女にはわたしが自分に言い聞かせてきた人生最大の嘘を見破られた。わたしはカーターに本当のことを話すのが怖いのだ。彼に対するような気持ちを抱くのは生まれて初めてで、それを失いたくないという自分本位な気持ちがある。カーターは名誉を重んじる男。わたしに嘘をつかれていたと知ったら、怒り、傷つき、落胆するだろう。嘘をついていた理由とわたしの正体を知ったら、さらに怒りが増して、嫌悪感すら抱くかもしれない。そりゃ彼は軍隊にいたことがあるし、狙撃兵のひとりやふたり知っているだろう。でもそれと、自分の彼女が暗殺者であることを受けいれるのとではまったく次元が異なる。

「彼がわたしとはもう一緒にいたくないと思ったら?」

ガーティがわたしの肩に手を置き、ぎゅっとつかんだ。「ハニー、その日は必ず来るのよ。夏の終わりまで先延ばしするより、いま済ませちゃったほうがよくない? いつかあなたはこの町をあとにしなければならない。それは最初から決まっていたことでしょ」

「わかってる。ただ、自分じゃここまで関係が進むと考えてなかったんだと思う。わたしって彼女タイプとは言えないから」

「前は違ったかもしれないわね」とガーティ。「でも、この町へ来てから、あなたは変わった。わからない？」

「たぶん変わった」たぶんなんかじゃない。自分が変わったことははっきりとわかっている。でもまだそれについて居心地悪さを感じていた。変わったことを認めたら、こうあるべきと思っていた人物は本当の自分ではなかったのかという問題に向き合わざるをえなくなる。最終的には、母の死と父による放置《ネグレクト》、そして仕事上の評判がどれだけ、わたしの決断を左右していたか見きわめることに。

それはつまり、自分がどういう人間かを明らかにしなければならないということだ。なぜなら、いままで決して本当にはわかっていなかったから。

アイダ・ベルの携帯電話から着信音が聞こえ、画面を見た彼女は眉を寄せた。

「マリーからだ。シーリアの家の様子が変だから見にいくって」

「シーリアの家の様子が変なんて当たり前じゃない」ガーティが言った。「シーリアが住んでるんだもの」

「マリーは人騒がせなことは言わない」とアイダ・ベル。「どうなってるのか、あたしたちも見にいったほうがよさそうだ」

家のなかに戻って玄関へと向かう途中、アイダ・ベルはマリーに電話をかけようとしたが、つながらなかった。三人でジープに飛びのり、二、三ブロックの距離を一分以内で駆け抜けた。

マリーはシーリアの家の前庭に立っていた。隣には頭を抱えて地面に座りこんでいる男性。

「ノーマン・フィリップスだわ」とガーティ。「シーリアの友人よ」

タイヤを軋らせて車をとめると、わたしたちはふたりのそばへと急いだ。わたしたちが近づいていっても、ノーマンは顔すらあげなかったが、具合がよくないのは医者でなくてもわかった。

身長百八十センチ。体重八十五キロ。肝臓が悪い。死体のように顔が白く、チワワのように震えている。おそらく脅威度はチワワに劣る。

「何があったんだい?」アイダ・ベルが訊いた。

マリーはかぶりを振った。「ノーマンはシーリアの代わりに家の状態を見に寄ったんだと思うのよ。叫び声が聞こえたから、わたしが正面の窓の外を見ると、彼が家から飛びだしてきて芝生の上に倒れたの。そのあとはひと言も発していない。ただここに座って震えてるだけ」

「ショック状態ね。あなた、家のなかに入った?」わたしは訊いた。

マリーが目をみはった。「まさか。九一一に通報したわ。救急隊員がこっちへ向かっているところ。法執行機関の人も誰か来るといいけど、ハリケーンのあとだから……」

「わたし、なかを見てくる」

「やめておいたほうがいいんじゃないかしら。ノーマンは世界一のタフガイってわけじゃないけど、なよなよもしてないわ。この人がこんなふうになった原因は見当もつかない」

「シーリアはまだ教会?」わたしは訊いた。

「あたしたちがジープにのりこんで走りだしたときは教会の入口に立ってたけど」とガーテイ。

「すぐ戻る」わたしが玄関に向かうと、アイダ・ベルも慌ててあとをついてきた。彼女に来るなとは言わなかった。アイダ・ベルは四十年後のわたし。わたしは年を重ねるごとに頑固さが増している。ポーチにあがると、途中まで開いたままになっていた戸口をすり抜けた。居間は問題なさそうなので、奥へ向かう。キッチンに足を踏みいれるなり、何がノーマンに胎児姿勢をとらせたのかがわかった。

シンクの真ん前に一部が大きく吹き飛ばされたマックス・アルセノーの遺体がうつ伏せに倒れていた。

「ショットガンだね」アイダ・ベルが言った。「少なくとも二発」

わたしはうなずいた。「至近距離から。食器棚がなかったら後ろへ飛ばされてた」

「出よう。あんた、何もさわってないよね」

「絶対にさわらない。職業上の習慣」

「よし。いまのあんたはこういう面倒なことに巻きこまれるのが一番まずいからね」

「これ、本当に面倒なことになる。ウォルターによれば、シーリアはショットガンの弾を買っていったって。カフェでマックスと鉢合わせしたあとに」

アイダ・ベルが口笛を吹いた。「カトリック教会にいた全員が、ひと晩中シーリアに目をそそいでいたならいいけど」

わたしたちは玄関から外に出て歩きだした。「シーリアが教会をこっそり抜けだしてマックスを殺したなんてありえない。彼がここにいたことすら知らなかったはずでしょ？　だいたいマックスはなんでここにいたわけ？」

「シーリアは知らなかったはずだ。マックスが家に押し入って脅したなら話は別だけど、シーリアならやりかねないことが数々あるにしても、殺人はそのなかのひとつじゃないとあたしは思うよ」

「でも、ほかの人はあなたと同じように考えるとはかぎらない」

「みんなカフェでのやりとりを現場で聞いたり、又聞きしたりしてるからなおさらね」

わたしたちが近づいていくと、ガーティが顔をあげた。サイレンが近づいてきていて、それはよかった。ノーマンは先ほどと比べてほんの少しも回復していない。それどころか呼吸が速くなりつつあり、救急隊員が到着して酸素を与えるより先にパニック発作を起こしそうで心配だった。アイダ・ベルがガーティを見て首を横に振り、ガーティがマリーを見ると、マリーは下唇を嚙んだ。ノーマンがいるので何も話せないが、ふたりとも家のなかにあるのはかなりまずいものだと察したようだ。

救急車がとまると隊員ふたりが飛びおりてきて、ノーマンに駆け寄った。一台のSUVが救急車の後ろにタイヤを軋らせてとまり、助手席側のドアからシーリアが両手を振りながら飛びだしてきた。「いったいなんなの？　あんた、ノーマンに何をしたの？」わたしをねめつける。

「この娘《こ》はなんにもしちゃいないよ」アイダ・ベルが言った。「マリーが見つけたとき、ノーマンはもうこんな状態だったんだ」

シーリアがばかにした顔で笑った。「そんなこと信じるわけないでしょ。この女がいるところ、必ずトラブルありなんだから」

「あら、トラブルはありよ」わたしは言った。「でも、わたしはなんの関係もない。好戦的な態度はやめといたほうがいいんじゃないかしら、法執行機関が到着したあとのために」

シーリアは不安げに自宅を見てから、わたしたちに目を戻した。「うちに何があったの？」

救急隊員はノーマンを立ちあがらせ、救急車に向かって歩きだした。彼らが話の聞こえないところまで行くのを待ってから、アイダ・ベルが答えた。「あんたの家は犯罪現場だ」

シーリアがいらだたしげに両手を突きあげた。「何言ってんのかしら、いかれたばあさんが。ハリケーンの被害に遭ったからって、それは犯罪じゃないでしょ」

「殺人は犯罪だよ」

第５章

ガーティがはっと息を呑み、マリーが手で口を覆った。一瞬忘れていたが、アイダ・ベルとわたしがなかで何を見たか、シーリアだけでなくふたりも知らないのだった。

シーリアは両手を腰に置いて目を怒らせた。「今度はどんな策略をめぐらしてるのか知らないけど、こっちは引っかかりませんからね」勢いよく向きをかえると、家へとのしのし歩きだした。

「なかへ入るのはやめときな！」アイダ・ベルが声を張りあげた。「一度くらい、あたしを信じたらどうなんだい？」

シーリアは〝見てらっしゃい〟とでも言いたげな顔で振り向いたが、歩く速度は緩めなかった。

「頑固でおばかなビッチだね」アイダ・ベルが言った。

「とめたほうがいい？」わたしは聞いた。

「いいや。なかに入ってひと目見るがいいさ。自業自得だよ。現場が荒らされる可能性もないしね。どのみちあの女の指紋は家中についてるんだから」

「誰が死んでたの？」ガーティが訊いた。

「マックス」アイダ・ベルが答えた。

ガーティは目を見開き、マリーはあえいだかと思うと真っ青になった。

「殺人だっていうのは間違いないの?」ガーティが訊いた。

わたしはうなずいた。「胸部にショットガンで数発、至近距離から。たぶん二発。それより多いかもしれないけど。うつ伏せに倒れてたから、体をひっくり返さずに確かめるのはむずかしかった」

わたしが描写した状況を、ガーティは正確に理解した様子で、一瞬激しく顔をしかめた。マリーはよろよろとしゃがみこみ、両手をぎゅっと組み合わせた。

家のなかから甲高い悲鳴が聞こえたかと思うと、まもなくシーリアが玄関から飛びだしてきてドアマットにつまずき、ポーチに倒れたまま動かなくなった。ガーティが走っていって身をかがめると状態を確認した。「息はしてるわ。気を失っただけだと思う」私道をこちらへと戻ってきた。「ノーマンの手当てが終わったら、救急隊員に診《み》てもらいましょ。彼女には動くなって言ってきた」

「ええと、それでね、実はさらにまずい事情があって」わたしはきのう雑貨店でウォルターから聞いた話を繰り返した。

「シーリアが撃ち殺したはずはないわ」すぐにマリーが言った。

ガーティもうなずいた。「彼女にできたはずがない。いまの様子を見てよ……大晦日の酔っ払いみたいに伸びてる。マックスを撃ったあとに家から逃げだすなんて無理」

「あたしたちがどう考えようと関係ない」アイダ・ベルが言った。「マックスが殺された時刻にシーリアを見た人間がいなければ、彼女は第一容疑者だよ。玄関の扉が壊れてるけど、ハリケーンが来てたからね、こじ開けられたのか、強風で壊れたのかは証明できないだろう」

「うちのドアを取りかえたとき、シーリアにもあの古いドアはかえたほうがいいって言ったのよ」とマリー。「でももちろん、彼女はかえなかった。自分の思いつきじゃないから」

「いかにもだね」アイダ・ベルが言った。

救急隊員のひとりが歩いてきた。「あの人に何があったか、知ってますか?」

わたしがキッチンのありさまを短く語った。若者の目が大きく見開かれ、唾を呑みこんだときに喉仏が上下した。「ありがとうございます」彼は慌てて立ち去ったが、シーリアの家にちらりと不安げな視線を送った。おそらく自分たちがなかへ入って死体を運びだすことになると考え、おそろしくなったのだろう。

「警察が来た」ガーティが言った。「ともかくそれっぽいものが」

カーターのピックアップ・トラックが停車し、彼とブロー保安官助手がおりてこちらへ向かってきた。

「何があったんだ」とカーターが尋ねた。

アイダ・ベルが概略を話すと、カーターの表情が険しくなった。ブロー保安官助手は、きっと動揺するだろうと予想していたのだが、飲酒紊乱《びんらん》などの通報を受けたときとあまり変わらない様子に見えた。彼は狩猟シーズンにずっと悲惨なケースを見聞きしているはずだと思いだし、納得がいった。

「どうしてシーリアは気絶してるんです?」ブロー保安官助手がポーチを見やって尋ねた。

「彼女も襲われたんですか?」

「自分自身の愚かさにね」アイダ・ベルが答えた。「あたしたちはやめときなって言ったんだけど」

「なるほど」ブロー保安官助手はうなずいた。「それなら、そっちは救急隊員にまかせましょう。愚かな人間の相手はおれたちの仕事じゃない」

「何言ってるの」わたしは言った。「この町であなたたちが相手にしてるのってひとり残らず愚か者でしょ」

「一本」とガーティ。

「現場検証をしないと」カーターが言った。

「あなたはまだ傷病休暇中よね」わたしは釘を刺した。

「これは緊急事態だ。おれが自分の現場復帰を認める。ブロー保安官助手がひとりで現場を見てまわるのは無理だし、きみたちの誰かを代理に任命する権限はおれにはない」

ガーティが目をみはった。「あら、それすてき。その権限って、誰ならあるの?」

「保安官です」カーターが言った。

「でも、いま保安官はいないわ」とガーティ。「厳密に言えば」

「それじゃ、権限は誰にもないってことです」カーターが答えた。「だから、妙なことは考えないように」

　わたしはにやついた。シンフルの町にとって一番避けたいのはバッジをつけたガーティだ。彼女は人を逮捕する権限がなくても、あのさまざまな道具が詰まったバッグで町にもう充分なダメージを与えている。現在リー保安官はいらだちを募らせているだろうから、もし権限を持っていたら、輝く金属片を彼女に渡していただろう。アイダ・ベルが、ガーティを見て顔をしかめていた。たぶんわたしと同じことを考えているにちがいない。

「さあ、この件を片づけるとしよう」カーターがそう言って歩きだすと、ブロー保安官助手があとを追った。

　ふたりがポーチにあがると、シーリアががばっと身を起こし、カーターの脚をつかんだ。

「あの女を逮捕してちょうだい」わたしを指差す。

「なんの罪で?」カーターが尋ねた。

「あれよ」シーリアは自分の家のなかを指差した。

　カーターのあごに力が入ったのを見て、シーリアに対する礼儀が限界に達したのだとわかった。

「さあ、見ものだよ」アイダ・ベルが嬉々としてささやいた。

「法の運用について説明しよう」カーターが言った。「あんたが理解できていないのは明らかなんで。第一に、われわれは捜査を行い、証拠を集める。証拠が手に入ったら、逮捕を行う。あんたが宇宙の長だろうとかまわない。たとえそうだったとしても、証拠なしに人を逮捕しろとおれに命令することはできない。だから、黙っておれに正しく職務を遂行させるか、あんたが入っていって忌まわしいキッチンの片づけを自分でするかだ」

「きゃー、ぎゃふんと言わせてやったわね」ガーティがそう言って手をパチパチと叩いた。

カーターはシーリアをまたいで家のなかへ入っていった。ブロー保安官助手はちょっとためらってから、シーリアの脚のほうをまわって急いでなかへ姿を消した。

シーリアはふたりの背中を憎らしげに見つめていたが、すぐにこちらを嫌悪の目で見た。

「このままじゃ済ませないわよ」

「あなたの家の前庭に立ってるのがいけないの？」わたしは訊いた。「この前確かめたときは、別に違法じゃなかったわよ。あなたなら法律を変えられるんでしょうけど、それまでは、この見ものをここで楽しませてもらうわ」

シーリアは立ちあがり、ドスドスとポーチからおりた。「これを娯楽だと思ってるの？人がひとり死んだのに、心を痛めないなんて」

「あなたは痛めてるんでしょうねえ。きのうカフェでマックスを脅していたの、聞いてたんですけど。それに、あのちょっとした衝突のあと、あなたがまっすぐショットガンの弾を買いにいったのも知ってる。マックスが殺されて、ここにいるなかのひとりがドツボにはまった。でも、それはわたしじゃないと断言できる」

シーリアははっと息を呑み、顔から血の気が引いた。「あ、あたしは……絶対、違う」途切れ途切れに言う。

「それなら、心配することは何もないでしょ？」わたしはほほえんだ。「だって、シンフルでは無実の人が強引に連行されるなんてありえないものね、個人の憂さ晴らしのために」

「またまたぎゃふん」とガーティ。

シーリアはガーティをきっとにらみつけてから脇に押しやり、のしのしと歩いていってSUVにのりこんだ。タイヤを軋らせて発進した車が角を曲がるまで、わたしは見送った。

「ねえ、あのSUVを運転してたのは誰？」

「フリーダ・ウィリアムズ。シーリアの腰ぎんちゃくのひとりだよ」アイダ・ベルが答えた。

「彼女、車から一度もおりなかったわよね。シーリアがポーチで気を失ったときも」

「フリーダは間抜けなうえに臆病なんだ」とアイダ・ベル。「それにガーティを怖がってる」

「なんでガーティを怖がるの？」わたしがそう尋ねながらガーティをちらりと見ると、彼女は急に自分の靴を見つめだした。

しばらくぎこちない沈黙が流れたあと、ガーティが両手をあげた。「一回人を誤って撃っちゃったら、一生根に持たれるのよ」

わたしは彼女をまじまじと見た。「フリーダを撃ったの？」

「編みものが拳銃に絡んじゃって。あれは事故だったの」ガーティが答えた。

「安全装置をかけ忘れた拳銃だよ」とアイダ・ベル。

「弾はかすった程度だったわ」ガーティが言った。「フリーダのお尻に当たったけど、面積が広いんだもの。包帯だって本当は必要なかったのに、あのやかまし屋がピーピー騒ぐから、ほんのちょっと巻くことになって」

「すいません」救急隊員のひとりが声をかけてきた。「あの男性を病院に搬送します。どなたか一緒に来ますか？　あるいは誰か連絡のつく人を知ってます？」

「わたしが一緒に行きます」マリーが答えた。「途中で彼の娘に電話をかけられるわ。娘さんはニューオーリンズにいるから、こっちへ来るのに少し時間がかかるでしょうね。ハリケーンの直後に動ければだけど」

「助かります」救急隊員はそう言って救急車へと戻っていった。

「家に戻ったら電話するわ」マリーが言った。「できるだけ情報を集めておいて。ここはうちの隣。わたしにとってありがたくない状況だから」わたしたちに小さくうなずいてみせると、彼女は救急車に向かって歩きだした。

「マリーが巻きこまれたりしないわよね？」ガーティが訊いた。

「大丈夫」アイダ・ベルが答えた。「彼女にとってはタイミングがよかった。マリーは犯人を見ていない。殺人が行われた時刻に自宅にいたなら、銃声が聞こえて外を見たはずだ。でも、彼女はあたしたちと一緒に教会にいた。だから心配ない」

「殺人犯はそれを知ってたと思う？」ガーティが尋ねた。

「知ってたと思う」わたしは言った。「何かここから持ちだしたいものがあったなら、マックスはこの家に人がいないときを選んだはず。両方の教会をのぞいてみて、誰がそこにいるか確認するのは簡単だった」

アイダ・ベルがうなずいた。「この通りの住人は誰も自宅にとどまらなかったと思うよ。ルイジアナ北部に身内がいる人間は、ハリケーンの進路がわかったときにそっちへ向かっただろう。そのほかは教会へ避難した」

「よかった」ガーティがほっとした顔になった。「マリーにはもう余計な面倒を抱えてほしくないから」

「同感だね」とアイダ・ベル。「だが、死亡時刻がはっきりするまでは、油断できないかもしれない。シーリアはいま、怒りと不安を感じてるだろうけど、いったん落ち着いたら、フォーチュンじゃなく、マリーを殺人犯として責めはじめるよ、きっと」

「いったいなんでそんなことをするの?」ガーティが訊いた。

「町長の座に就きたいマリーが、シーリアを事件に巻きこむ目的でマックスを殺したんだって主張するためさ」

わたしは口笛を吹いた。「シーリアならやりかねない。死亡時刻がしっかり絞りこまれて、マリーがまだ教会でおおぜいの証人に囲まれていた時間であるよう期待しましょ」

「その願いが神に聞き届けられますように」ガーティが言った。

わたしたちはカーターとブロー保安官助手が出てくるのを無言で待った。ふたりがなかにいたのは十五分かそこらだったが、果てしなく長い時間に感じられた。蚊が飛びはじめてからはなおのこと。腕にとまった一匹をピシャリと叩いたとき、ふたりが玄関から出てきたのを見て、わたしは嬉し泣きしそうになった。

「いますぐ供述を取ってくれる？　わたしたちが蚊の大軍に連れ去られる前に」

カーターはうなずいてから、ブロー保安官助手を見た。「保安官事務所で三人から供述を取ってくれ。発電機を使えば、照明とコンピューターの分の電気はなんとかなるだろう。おれは検死官を待って、この家を封鎖する」あたりを見まわした。「シーリアはどこへ行った？」

「急いで退散したよ」アイダ・ベルが答えた。「フォーチュンにこのままで済むと思うなって言ってから」

カーターがぐるりと目玉をまわした。

「そこでフォーチュンが思いださせてやったんだ、あんたはカフェでマックスを脅し、そのあとまっすぐ雑貨店に行って、ショットガンの弾を買っただろうって。そうしたらあの女は黙っちまって、退散したってわけ」

「何を買ったって？」カーターがわたしを見た。

わたしはうなずいた。「ウォルターから聞いたの」

「畜生」カーターはブロー保安官助手をもう一度見た。「おじきを見つけて、供述を取っておいてくれ。それからシーリアも見つけてこう言え、法執行機関の同行なしに自宅に入ることを禁ずる、町を離れるな、とな」

ブロー保安官助手の目が大きく見開かれたのを見て、シーリアに向かっていまの指示を敢行したらどんなおそろしいことが起こりうるか、つぎつぎ想像しているのがわかった。同情する。ガーティが彼の腕をポンポンと叩いた。「おいしいバントケーキ（アメリカで一九六〇年代から人気の出たリングケーキ。ブントケーキとも）を焼いてあげるから。それと〈シンフル・レディース〉の咳止めシロップがあれば、きっとショックがやわらぐわ」

ブロー保安官助手はガーティを見た。「咳止めシロップとケーキをもらえるのは、シーリアと話す前、それともあとですか？」

ガーティはバッグから咳止めシロップを一本取りだすと彼に渡した。「こっちはいまあげられるわ。ケーキのほうは電気が復旧するまで待ってもらわないと。でも、待つだけの甲斐はありよ」

ブロー保安官助手はシーリアと話す対価がケーキという点に納得したようには見えなかったが、咳止めシロップをもらえたのは嬉しそうだった。「それじゃ、行きましょう」と彼は言った。

わたしたちはジープにのりこみ、ブロー保安官助手の車についてダウンタウンへと向かった。

「ブロー保安官助手にさっきのことを言いわたされたら、シーリアは激怒するでしょうね」わたしは言った。

ガーティがうなずいた。「ジープにのりこむなり、祈りはじめたわ、あたし」

「具体的には何を祈ったの？」こういうことで、彼女が神をどんなふうに口説こうとしたのか好奇心をそそられた。

「まず、ブロー保安官助手に精神力をお与えくださいって。あの子が大慌てで逃げだしたりしないように。それから、シーリアが口以外の武器を持っていませんようにって」

「なかなかいいじゃないか」とアイダ・ベル。

「次に」ガーティが言葉を継いだ。「シーリアが何か愚かなことをしでかしますようにって。ブロー保安官助手が彼女を逮捕しなければならなくなるように」

「なんでまたシーリアを逮捕させるんだよ」アイダ・ベルが訊いた。「それじゃブロー保安官助手の苦労が増えるだけじゃないか」

「そうなんだけど、シーリアが留置場でひと晩、それも停電してるときに過ごすことを考えると、なんとも愉快だから」

にやついた。それはわたしにとっても愉快だ。

わたしたちの供述がもっと長引くようにとブロー保安官助手が期待しているのはわかったが、こちらはほぼ何も知らないので、供述することはあまりなかった。自分では口にもしたくない任務へと向かう前、若き保安官助手が得られたのはたった四十五分間の執行猶予だった。最後にガーティが彼をぎゅっとハグしてから——おかげで彼の恐怖はさらに強まったはずだ——わたしたちは表に出た。

「それじゃ、さっきの続きをやりましょうか」わたしは言った。

アイダ・ベルの家の前に着いたとき、わたしの携帯電話が鳴った。「アリーから電話」

「シーリアおばさんったらいったいどうしたの?」アリーが訊いた。「あたしに電話をかけてきたかと思ったら、あなたたちとカフェとマックスについてまくしたてて。もう完全に頭がいかれてる感じだった。本当の意味でよ、いつものおばさんってことじゃなく」しまった。アリーはシーリアと不仲だけれど、姪とおばという関係を考えると、何が起きたか彼女に黙っているわけにはいかない。

わたしは送話口を覆ってアイダ・ベルを見た。「シーリアが完全にいかれてるってアリーから。彼女に一部始終を電話で話すわけにはいかない」

「あんたはアリーを拾いにいきな」アイダ・ベルが答えた。「あたしはガーティと一緒にうちの状態を確認してから、ガーティの家に行く。あんたのとこが住めない状態だったら、電話をしとくれ。あんたたちふたりを、うちかガーティのとこか、状態のいいほうに泊めるから」

「すぐ迎えにいく」わたしはそうアリーに言ってから通話を切った。アイダ・ベルとガーティが車からおりると、わたしはふたりに手を振って発進した。

アリーは家の前の歩道に立っていた。「家はどんな状態だった?」わたしは訊いた。

「大丈夫だった」アリーはものすごく嬉しそうに言った。「目に見える被害はなし。裏庭はかなり水浸しになってたから、物置のなかのものが駄目になってるかも。芝刈り機はハリケーンがこっちに来るって聞いたときにガレージに移しておいたし、大きな被害はなかった」

「よかった。うちも大丈夫であるように祈る。もし駄目だったら、アイダ・ベルかガーティが泊めてくれるって」

わが家に着いてみると、正面から見たところは前庭にいくつか瓦礫《がれき》がころがっている以外、問題なさそうだった。雨戸もなくなっていないし、屋根板が飛ばされた箇所もない。湿地に棲息する生き物が這いまわっていることもなし。ボートでキッチンにのりつけられるような状態でなければ、居住可能かもしれない。玄関ドアを開けると、わたしはまっすぐキッチンへと向かった。ここまでは問題なしだ。床のタイルは乾いているし、一時的にバイユーの不動産物件と化していた形跡もない。

窓から外を見たわたしは、安堵のため息をついた。裏庭のなかほどまでバイユーが迫ってきているが、家からは十メートル近く離れている。「箱船を作る必要はなし」

「よかった」とアリー。「あたし、電動の器具が使えるときしか大工仕事はやらないって決めてるの。前にふつうのドライバーで本棚を組みたてたことがあるんだけど、二日間右腕が使いものにならなくて」

「二階の窓が無事かどうか確かめましょ。無事だったら、発電機が動くことを確認して、動けば、わたしは今晩ここで寝るのでかまわない、あなたがよければ」

「あたしは発電機が動かなくてもかまわない。二階へあがって本物のベッドに入るまで懐中電灯がもってくれれば、大賛成よ。信者席で寝るのってつらくて」

「座ってるのだってあんまり楽じゃないくらいだもの」

「それでも、ドン牧師がお説教をしてたら、あなた頑張って寝ようとするでしょ」

「鋭い」わたしは階段をのぼりきった。「あなたが右側を確認して。わたしは左側を見る」

自分の寝室に入り、室内を見まわした。窓は異常なし、浸水なし。バスルームの水道管から妙なものが侵入してもいない。浴槽は水で満タンなまま。だから在宅避難大作戦の準備は万端だ。もうひとつの寝室とバスルームをざっと確認してから、アリーと一緒に階下《した》におり、キッチンへ向かった。

「冷蔵庫のなかの食料ってどれくらいもつ？」わたしは訊いた。

「この暑さだと、ふつかぐらいね。ときどき発電機を使って二、三時間冷やせば、もう少しもたせられる。できるだけ食べちゃうしかないと思うわ。あなたが食料を買いこむタイプじゃなくて、あたしたちの腿はラッキーだった」

「停電がいつまで続くかによってはアンラッキーってこともある」

「心配しないで。大きな嵐が来たりすると、町の住人のほとんどがガーティの家のバーベキュー・パーティに大集合するの。彼女、この世の終わりに備えてるのかってぐらいたくさん肉を冷凍してるから」

「カフェの営業は？」アリーとガーティ、フランシーンのカフェのおかげで、わたしの食生活はかなり充実している。三人が同時に料理を作れなくなったシンフルなんて、考えたくもない。

「フランシーンは発電機に大金を払って、燃料のガソリンの入手についても優先権を確保してるの。保安官事務所でさえ、フランシーンの優先順位をあげるために枠をひとつ放棄したぐらいで」

「それは当然ね」わたしは冷蔵庫のドアをぎりぎり必要な幅だけ、できる限りすばやく開閉してなかからソーダを二本取りだした。二本ともテーブルに滑らせると、腰をおろした。

「あなたに話さなきゃいけないことがあるの」

アリーは眉を寄せてわたしの前に腰をおろした。「そんな前置きをするの、初めてよね。よくない話の予感」

「当たり。ただし今回はわたしじゃなくて、シーリアと……マックス絡みなの」

「シーリアおばさんとマックス絡みでいい話なんてありえない」

「そうなんだけど、今回はふつうじゃなくて。マックスが死んだのよ」

アリーがはっと息を呑み、目をみはった。「ハリケーンで？」

「違うと思う。ハリケーンがショットガンを撃てたら別だけど」

アリーの顔からやや血の気が引いた。「ああ、嘘。マックスおじさんのことは昔からあんまり好きじゃなかったし、カフェでの一件のあとはさらに好きじゃなくなった。おばさんは確かに最悪な人だけど、マックスおじさんはひどく酷なことをした。それでも、あたしはおじさんが誰かに殺されればいいとまでは思ったりしなかった」

「もちろんよ。それに、あなたの気持ちが少しでも軽くなるなら言うけど、わたしもカフェでの彼のやり方は気に入らなかった」

アリーはうなずいてから、息を呑んだ。「まさか……シーリアおばさんが……」

「違う。少なくとも、わたしは違うと思ってるし、アイダ・ベルとガーティも同じ意見。ただ彼が発見されたのはシーリアの家のキッチンだし、彼女、きのうカフェを出た直後にウォルターからショットガンの弾を買ったのよ」

「えっ、嘘！　それってまずい」

「問題はないかもしれない。死亡時刻がハリケーンのあいだなら、シーリアはカトリック教会でおおぜいに目撃されていたにちがいない。鉄壁のアリバイがあるはず」

「で、死亡時刻がはっきりしなかったら？」

「そのときはそのときだけど、心配はないと思う。知ってのとおり、カーターはほかの事実を全部無視して簡単な答えに集中するってタイプとは違う。彼は昔からシーリアを知ってる。この事件の犯人とは考えないと思う」

アリーは唇を噛んだ。「そう祈るわ。シーリアおばさんとのあいだにはいろいろ問題があるけど、あたしの身内であることに変わりはないし。それに、ヘビみたいに意地が悪いとはいえ、おばさんがマックスおじさんを平気で撃ち殺すなんて想像できない」

「わたしもできないけど、彼はシーリアの家にいたし、それって妙よね。シーリアの家のなかにいたのは理由があってのことでしょ。呼ばれたんじゃなかったら、どうして行ったのかわからない。あなたわかる？」

アリーはゆっくりと首を横に振った。「シーリアおばさんはおじさんのものを何もかも処分した。湿地にある宣教教会のひとつに、おじさんの服を持っていくのを手伝ったことがある。銃も釣り道具も全部売ったわ。クルーザーだけは値打ちがあって残したけど、誰かが盗んで沈めちゃったみたい」

わたしはうなずいた。マックスのクルーザーが盗まれ、沈められた件はよく知っている。その両方が起きたとき、あのクルーザーにのっていたから。「でもシーリアはそのクルーザに一度ものらなかったのよね。どうして処分しなかったのか不思議」

「すごいのよ。もしおじさんが姿を現したら、あれに火をつけてやるって言ってた。おばさんはずっと文句を言ってたの、おじさんがクルーザーで過ごす時間が長すぎるって」

「それって、彼がクルーザーを愛していたからってわけじゃなさそう。さもなけりゃ、ずっと前に取りに戻ってきたはずでしょ」

「もちろん違うわよ。あれはシーリアおばさんから逃げるために利用してただけ」

「だから、いったん町を出たら、もう必要なかった。そうは言っても、クルーザーはかなりのお金になったはずよね。いままでずっと、マックスは何をして生活してたのかしら」

「それがわかったら、おじさんを殺したいと思ったのが誰か、突きとめられるかも」

わたしはかぶりを振った。「わたしは何も突きとめようとしない。カーターから、法執行機関の仕事に首を突っこむなって一度ならず警告されてる。それにわたしが一番近寄っちゃいけないのは、シーリアのいる場所。彼女、わたしを刑務所送りにする口実を目を皿のようにしてさがしてるから」

と口では言ったものの、機会がありしだい、自分が首だけでなく全身で、このごたごたのど真ん中に突っこんでいくのはわかっていた。特にこれと言った理由はない。いまはまだ。でもシンフルに来てからの生活で、ひとつだけ予測可能なことがある——何か犯罪が起きた場合、わたしはそれにどっぷりつかる羽目になるのだ。

第6章

在宅避難可能の判断がついたので、わたしはダウンタウンへ戻ってマーリンを引きとってきた。猫用キャリーをキッチンの床に置き、ドアを開けると、重々しい足取りで出てきた彼は、わたしをにらんでから勝手口を開けろと要求した。視線で人を殺せるなら、わたしはその場で溶かされていただろう。今夜、寝るのがちょっと不安になった。マーリンには通りがかりに額を一撃されたことがあったが、あのかみそりのような鉤爪《かぎづめ》のせいで流血の事態となった。

アリーと一緒にビールを飲もうと栓を抜いたとき、玄関からノックの音が聞こえた。そろそろ夕方だったし、カーターとはすでに電話で話をしていた。仕事に復帰すると決めた彼は、今夜保安官事務所に泊まるつもりだという。万が一誰かが立ち往生して緊急電話をかけてきたときのために。

ドアを勢いよく開けると、立っていたのはガーティとアイダ・ベルだったので驚いた。

「パジャマ・パーティをしようと思って」わたしがなかに招き入れると、ガーティが言った。

「え、そうなの?」彼女の口調からわくわく感はまったく聞きとれなかった。

アリーが居間まで来てふたりに手を振った。

「うちの発電機、調子が悪くてね」アイダ・ベルが言った。「あんたんとこのは動いてるって話だったから、うちにある燃料をこっちに持ってきて、夜中に故障したりしない機械に使ったほうが賢いと思ったんだ」

「それであたしは、あなたたちが一緒に楽しんでるときに、ひとりで家にいるつもりはなかったってわけ」とガーティ。

「了解」と言ったけれど、わたしはふたりの話をこれっぽっちも信じていなかった。アイダ・ベルの家で何かが故障するなんてありえない。ハリケーンが発生するやいなや、彼女は外に出て発電機を動かしてみたあと、掃除したり油を差したり、とにかく機械を正常に運転させるのに必要なことをしっかりやったはずだ。

ありがたいことに、アリーはわたしほど疑い深くなかった。「名案だわ。いまフォーチュンと、残りもののジャーマン・チョコレート・ケーキでビールを飲むところだったの。よかったら一緒に。もう少しして涼しくなったら、グリルに火を入れようと思って」

「助かったわ」ガーティはそう言うと、アリーのあとについて廊下を歩きだした。「車のトランクにハンバーグ用の肉を二十キロは積んできたの」

「本当のところはどうしたの?」ふたりが声の聞こえない場所まで離れてから、わたしは訊いた。

アイダ・ベルはとぼけた顔でこちらを見た。「なんのことだい？」

「あなたの家の発電機はたぶんアーンハート・ジュニア（アメリカ人レースドライバー）の改造車よりも調子がいいはず」

「全米自動車競走協会《NASCAR》ネタを使うとはうまいじゃないか。あんた、ほんとに南部流を身につけるのが早いね。でもってそのとおりだよ。うちの発電機は一流品だ。けど、いまの状況じゃ、あんたには仲間が必要だろ」

「どうして？」

「アーマドがすぐそこまで来てるかもしれないってときに、あんたをここにひとりで置いとくわけにはいかない。掩護《えんご》が要るのに、残念ながら、アリーは本当のことを知らないだけじゃなく、たとえ知っててもいい掩護はできない。それどころか、彼女はいるだけで状況をさらに危険にする」

「まったく」アイダ・ベルの言うとおりだ。たとえアリーが真実を知っていたとしても、アーマドと手下たちを相手にできるような訓練を彼女は受けていない。はっきり言って、それはアイダ・ベルとガーティも同じだが、射撃よりお菓子作りの知識が豊富なアリーに比べたらはるかにまさっている。

「本当に何か起きると思ってるわけじゃないんだ」アイダ・ベルが言った。「でも、あんたたちがふたりだけでここにいるってのは落ち着かなくてね」

「わたしたち、あなたの家へ移ったほうがいいのかも。わたしを見つけるために、アーマドがこの町の新顔をさがしはじめたら、最初に調べるのはこの家のはず」

「ともかぎらないよ。よそ者から最近この町に越してきた人間を教えてくれって言われたら、地元民がすぐに思い浮かべるのはあんたじゃない。みんな、あんたのことをマージの姪っ子だと考えてる。新顔じゃなくね。それに、人相が全然違うだろ」

「坊主頭はさておき、身長、体つき、年齢、それに物言いと、すべて合致する」

アイダ・ベルが眉をひそめた。「確かにそうだね」

「きょうは何かするにはもう遅い。どうするかももう決まってるし。今夜はここにとどまって、あしたの朝、再検討しましょ。うまくすれば、ハリソンがすぐに追加情報を手に入れる。何かわかりしだいメッセージを送ってくることになってるから、かけられるときにこっちから電話をかける」

アイダ・ベルが何か言おうとしたが、ガーティとアリーが居間に戻ってきたので口を閉じた。

「ガーティの話だと、挽肉がシンフル住民の半分にいきわたるぐらいあるんですって」アリーが言った。「それを車から運んできて、今夜はハンバーグを焼こうってことになったの。一部はあたしがミートローフにする。フォーチュンがビール以外は冷蔵庫にあんまり物を入れておかなかったのがラッキーだった。アイダ・ベルの持ってきたガソリンを発電機に使えば、何日かもたせられると思うの」

「いい面はあたしが鉄剤を飲まずに済むってことかね」アイダ・ベルが言った。「今回は牛肉だし。前のとき、ガーティはケンタッキー《K》フライド《F》チキン《C》より大量の鶏肉を冷凍してたんだ。こっちは一年近く、鶏肉も卵も食べたくなくなったよ」

アリーはにやにやしながら表へ出ていったが、ガーティはあとに残った。「フォーチュンに計画を話した？」

「そこまでいかなかった」アイダ・ベルが答えた。

ガーティとアイダ・ベルに会ってからというもの、〝計画〟という言葉はそれまではなかった含みを持つようになった。たいていは違法なこと絡み。「計画って？」

「ええと、まずね、ハンバーグを焼いたら、あなたがそれを保安官事務所にいるカーターに差し入れして、色仕掛けで彼からマックスに関する極秘情報を手に入れるって方法を考えたの」

「だけど、あたしが釘を刺したんだ」とアイダ・ベル。「フォーチュンと〝色仕掛け〟は相容れないよってね」

「そうなんだけど」ガーティが言った。「カーターは男だから、あなたは立ってるだけで彼の気をそらすことができると思うのよ」

「男だってことを考えると」わたしは言った。「カーターはハンバーグだけで充分気をそらされるんじゃない？」

アイダ・ベルにちらりと見られて、ガーティは両手を宙にあげた。「わかってるわよ。それをあなたはすでに指摘済み。でもフォーチュンがそばにいたら、気をそらされる理由が倍になるし、あたしの知る限り、ハンバーグはこっちが必要とするときに、人を説得してその場にとどまらせることなんてできないでしょ」

「具体的にはなんで、カーターをその場にとどまらせる必要があるの？」

「そりゃもちろん、アイダ・ベルとあたしがマックスに関するカーターのメモを読むためよ」

わたしはあきれて首を振った。「そんなふうに信頼してくれて嬉しいけど、たとえわたしがビキニの代わりにハンバーグをはりつけてカーターのオフィスに立っていたとしても、あなたたちふたりが書類をあさってたら、彼は気づくと思う」

ガーティの表情がぱっと明るくなった。「ハンバーグのビキニ。それなら、用意できるわ」

彼女を一瞥したアイダ・ベルは、〝何言ってんだい〟と〝頭は大丈夫かね〟が入り交じった表情をしていた。

「実はね」アイダ・ベルが言った。「カーターは受付のほうにいるはずなんだ。任務に就いてるのはほかにブロー保安官助手だけだから。マリーは今夜も教会にいる。家が住める状態じゃない人たちと一緒に。ブロー保安官助手がパトロールに出たら、マリーが連絡をくれるから、そうしたら三人で突撃しよう。あんたはカーターが受付を離れず、ハンバーグを食べてるようにしておいてくれるだけでいい。あたしたちはトイレに行くのを口実に、カーターのオフィスに寄る」

わたしはトイレを口実にカーターのオフィスに寄ったことがあるが、その過程でまだまだ履けるテニスシューズを一足駄目にした。「で、カーターがメモを受付に持っていってた場合はどうする?」

「その場合は、なんとかして彼をオフィスへ追い払うしかないわね」とガーティ。

「そんなこと、どうやったらできるの?」

「さっきの〝ハンバーグ・ビキニ〟ってアイディアが使えそう」ガーティが言った。

アイダ・ベルがダメダメと言うように手を振った。「メモが受付にあったら、あたしたちのどっちかがカーターの気をそらして受付から遠ざける。そうしたら、あんたがメモを読めるだろう」

「これ以上ないほどゆるゆるな計画。それが意味することは明らか」

アリーが網戸にバシンとぶつかったので、ガーティが急いで開けにいった。「すぐ追いかけなくてごめんなさいね。挽肉のレシピについて三人で話しこんじゃって」

挽肉のパックを少なくとも十五個は抱えたアリーが片眉をつりあげた。「フォーチュンがレシピの話?」

「彼女がしたのは何が食べたいかって話」とガーティ。

アリーが笑った。「それなら信じられる」そう言って廊下を歩いていった。

「細かいことはあとで詰めましょ」ガーティが言った。「でも基本はいまの計画で。傷まないうちに肉を取りにいかないと」

わたしは言われなくてもすぐに動いた。ガーティの車はわたしたちが捜査をするときの主たる移動手段のひとつである。うん、この呼び方……〝捜査〟のほうが〝違法行為〟よりもずっと聞こえがいい。なんてことはさておき、眼鏡の新調を拒否したり、ほかにもいろいろ問題があったりで、ガーティにはわたしのジープを運転させたくないし、アイダ・ベルのオートバイに三人はのれない。だからガーティのキャデラックはしばしば唯一の選択肢になる。その車が十日たった殺人現場みたいなにおいをさせはじめたら、わたしは徒歩を選ぶだろう。

　外に出てキャデラックのトランクを見ると、ぎょっとした。ガーティは冗談を言っていたわけではなかった。挽肉入りのパックがトランクから溢れそうになっている。パックを手に取り、手書きのラベルを見た。

「恐竜でも轢《ひ》き殺したの？」前に聞いた不運な牛のエピソードを思いだして尋ねた。

「違うわよ、嫌味な人ね」ガーティが答えた。「知りたいなら教えるけど、畜産農家をしていた友人が引退を決めて、フロリダのアパートメントに移る前に一掃処分をしたの」

　わたしは首を横に振った。「これを全部食べたら、わたし、次のアイアンマンの映画で主役をはれそうな気がする。たぶんコスチュームなしで」

「これを全部食べたら、あたしたちが出られるのは例のトイレットペーパーの広告（P&Gのトイレットペーパーのぽっちゃりしたクマが登場する）だけだよ」

　わたしは腕いっぱいに挽肉のパックを抱えると、家に向かって歩きだした。マリーによれば、まだかなりの人が家へ戻れず、道路の通行が困難なために町を出ることもできないという。大量のハンバーグを教会に届けたら、喜ばれるのではないだろうか。ウォルターの店にハンバーガー用のバンズがまだ少し残っていればいいんだけど。

「これ、焼いたら教会へ少し持っていくといいんじゃないかと思う」わたしは言った。

「それってすごくいい思いつき」アリーが答えた。「サンドウィッチばっかりじゃ飽きちゃうものね」

「ウォルターに電話して、バンズが残ってるかどうか確かめないと」

「バンズならあるわよ」ガーティが腕いっぱいに挽肉を抱えてよろよろとキッチンに入ってきた。

すぐ後ろからアイダ・ベルも。「フォーチュンが言ってるのは食べるバンズのほうだよ。座るときに使うのじゃなくね（bunsには〝尻〟という意味もある）」

ガーティが中指を突きたてたので、その拍子に挽肉のパックが腕から飛びだし、床に散らばった。

アイダ・ベルはやれやれと首を振った。「舌を出すだけにしとけばいいじゃないか。あんた、無駄が多すぎなんだよ」

「あたしはもう引退してるのよ」ガーティは肉を拾いながら言った。「無駄をなくす必要なんてある？」

「バンズはいくつあるの？」口論をとめるためにわたしは訊いた。

「いっぱい」とガーティ。「ハリケーンが来るってわかったときに、ウォルターに取りよせてもらっておいたの」

アイダ・ベルは肉のパックをカウンターに置いてから、ガーティをまじまじと見た。「バックシートに大きなごみ袋がいくつもあったけど、あれがそうかい？　ハリケーンが向きをかえてフロリダに向かったらどうするつもりだったのさ」

「そうしたら、公園でパーティを開いたわよ。この辺の人間が無料の食べものを断るわけないでしょ」

「肉はまだ運ぶ必要あり？」

アイダ・ベルがうなずいた。「ガーティの車のトランクはね、底にブラックホールがあるにちがいないよ。それを通ってほかの惑星から肉がやってくるんだ」

ふたたび肉を取りに向かおうとしたとき、携帯電話にメッセージが届いた。ハリソンからだ。

なるべく早く電話をくれ。情報が入った。

わたしはアイダ・ベルを見て、頭でアリーを指した。アイダ・ベルが小さくうなずいたので、わたしはハリソンに電話をかけるために外に出た。電波はあまり強くなかったが、それでも電話はつながった。

「ハリケーンは去ったのか？」ハリソンが訊いた。

「去った。でも停電中で、被害を受けた家もある」

「町を離れられるか？」

携帯を握る手に力がこもった。ハリソンは慎重だ。わたしが彼とコンビを組むのが気に入っている理由はそこにある。工作員を死に追いやるスタンドプレー好きでもないいっぽう、人騒がせな警報を発したりもしない。

「まだ道路が通れないところもある。何がわかったの？」

「ニューオーリンズのカジノでアーマドの手下がふたり目撃された。現場工作員がサイコロ賭博《クラップス》のテーブルで確認した。ふたりは例の偽百ドル札を使った」

わたしは勢いよく息を吐いた。最良を期待していたが、疑問の余地なく最悪の結果だ。

「同じ偽札なのは間違いない？」と尋ねたが、答えはわかっていた。ハリソンは確信を得るために紙幣を五回はチェックさせたはずだ。

「工作員はカジノの支配人と話して紙幣を手に入れた。紙幣は前に使われたものと一致した。事態がどれほど深刻か、あらためて言う必要はないだろう。アーマドは行方が知れず、手下が偽札を持ってニューオーリンズに現れた。近すぎる」

わたしはポケットのなかの百ドル札について考えた。「あなたが思っている以上にね」

「どういう意味だ？」

シンフルを襲った百ドル札の舞う暴風についてハリソンに語った。こちらがまだ話し終えないうちに、彼は悪態をつきはじめた。「そこを離れろ。ボートでも徒歩でもいい。くそ、ヘリを派遣してもいいぞ」

「それなら絶対に気づかれないものね。で、どこへ行けって言うの？　ニューオーリンズは明らかに駄目だけど、一番近い大都市はあそこ。空港や長距離バスのターミナルには近寄れない。わたしの居場所についてアーマドが少しでも見当をつけていたら、手下に見張らせる場所だもの」

「そうは言っても、そこにとどまるわけにはいかないぞ。出口がひとつしかない町で、おまえは格好の標的だ。それに、こっちが念入りに偽装を仕立てあげたのに、おまえは何度も騒ぎに巻きこまれて目立ちまくってるからな」

　反論しようとしたが、うまい切り返しを思いつけなかった。本当のところ、彼の言うとおりだ。アメリカの小さな町に潜伏する任務に、わたしは大失敗した。シンフルへ来てから、この町で重大な犯罪事件が起きるたび、そのど真ん中に突っこんでいき、さらには保安官助手とつき合いはじめてますます事態をややこしくしている。人生で一日も工作員としての訓練を受けたことがないかのようだ。自分のしたことは何ひとつ後悔していないものの、ハリソンが激しくいらつくのも百パーセント理解できた。

　と考えたところで、ある思いつきが形を成しはじめ……。これは大博打《ロングショット》だけれど、そもそもわたしのルイジアナ遠征そのものがそうだったのではないか？

「あなたの考え方はまったくの見当違い」とわたしは言った。

「そんなことはない」

「あなたはわたしを安全な場所へ移そうとしてるけど、アーマドが死なない限り、安全なんて幻想。あいつが偽札に気づいたのなら——部下が姿を現したってことは気づいたってことだと思うけど——アーマドを奇襲する絶好のチャンスよ」

「冗談じゃない。危険すぎる」

「海外でやるのに比べてどれだけ危険？　ここなら、わたしが優位に立てる。わたしがここにいるなんて、アーマドは夢にも考えてない。わたしがまだ偽装を保っていたあいだに、ＣＩＡはこのあたりに武器の新たな買い手がいるんじゃないかって当たりをつけていたわよね。向こうはわたしがいるなんて予想もしていない。あいつを倒せば——面倒な状況が丸ごと永遠に解決する」

「自分が何を言ってるか、わかってるのか？　通常、作戦準備には何週間もかかるんだぞ。今回使えるのは多くて数日ってところだ。そのうえハリケーンが来襲した直後とあっちゃ、現地法執行機関の使える人員は史上最少だろう」

「それなら、外から増員するって手がある。ＦＢＩにいるあなたの友達に電話して、昇進するチャンスだって言ってやればいい。どのスポーツでもかまわないから、友達が入れこんでるチームの年間指定席《シーズンシート》を買ってあげて。なんなら、買うのは女だっていい。とにかく、実現させて」

　ハリソンは黙りこんだ。あらゆる可能性を検討しているのだ。

「わたしの本当の仕事は司書じゃない」静かに言った。「本来の仕事をさせて」

　ハリソンがため息をついた。「畜生。モローと話して、意見を訊く必要があるぞ」

「でも、あなたもわたしに賛成？」

「まったく勘弁してほしいがな、ああ、賛成だ。モローと話したら、メッセージを送る」

わたしは通話を切ると、携帯をポケットに突っこんだ。アイダ・ベルは居間から様子をうかがっていたにちがいない。ドアを開け、バンズの袋を取りにきたふりをして外へ出てきた。後部座席からごみ袋を引っぱりだすと、わたしに受けとらせた。

「で、どうしたって？」彼女は訊いた。

ハリソンから聞かされた話と、奇襲作戦の応援を要請したことを話した。アイダ・ベルが浮かべていた警戒の表情が、明らかに心配そうな表情へと変わった。

「得策と思うのかい？」

それはあくまでも質問で、批判的な響きがいっさいなかったため、わたしはひどく嬉しくなった。気を揉む友人という立場も取れたのに――実際、気を揉んでもいるだろう――アイダ・ベルは戦士《ソルジャー》であることを選んだ。

「正直言ってわからない」わたしは答えた。

「それなら、何もしないほうがいいかもしれないよ」

わたしはごみ袋を置いて車にもたれた。「自分の力を信用してないわけじゃない。百パーセント信頼してるし、わたしは誰よりもケリをつけたいと思ってる」

「でも？」

「でも、この町のみんなのことを考える必要がある。わたしがしようとしているのは自分が悪魔払いをするために、悪魔をルイジアナへおびき寄せることだから」

アイダ・ベルは眉をひそめてうなずいた。「やっと銃撃戦になって、誰かが巻きこまれるのを心配してるんだね」

そう。それこそわたしが心配していること。ふつうの市民は、目と鼻の先で何が起きているかまったく知らずにふだんどおりの生活を続けていくだろう。しかし、わたしがどんなに阻止しようとしても、ガーティとアイダ・ベルは絶対に協力しようとする。ふたりを遠ざけておくには嘘をついて避けるしかないし、通常ならわたしはその達人だが、彼女たちが相手だと、思っている以上に心の揺れを抑えられそうになかった。

それにカーターがいる。彼に真実を話さなければならないのはわかっているのだが、いまがそのときだろうか？　彼は白馬の騎士となってわたしを守ろうとするにちがいないが、わたしからすると一番巻きこまれてほしくない人物がカーターだ。彼を能力不足と見ているからではない。カーターだったら、優秀なＣＩＡ工作員になれるだろう。でも、わたしに対する気持ちが彼の目を曇らせるかもしれない。いま、彼に対する気持ちがわたしにそうさせているように。

話すべきか、話さざるべきか。それが問題だ。

答えがわかりさえすれば。

アリーがハンバーグのパテをもう一枚、アルミホイルの皿にのせた。「生きているあいだはもう二度と挽肉のにおいを嗅ぎたくない」

　わたしはキッチンを見まわした。少なくともハンバーグがあと三十枚、ミートローフが十皿、焼かれるのを待っていて、そのうえまだ使っていない挽肉のパックが五個ある。最初は生肉のおやつに大喜びしていたマーリンでさえ、おなかがふくれて表に出ると、日向にバタリと倒れた。「原始人相手のケータリングを引き受けたみたいよね、わたしたち」

　アイダ・ベルが新たに焼けたパテを持って勝手口から入ってきた。「これで七十枚。アリー、そこの焼けてるやつの皿に覆いをかけてくれないかね。そうしたら、あたしたちが教会まで持ってくよ。フォーチュン、あんたはカーターとブロー保安官助手のための皿を用意しておくれ。ふたりとも赤身肉の差し入れを喜ぶはずだ、夜勤に就いてるわけだし」

「そのことすっかり忘れてた」アリーがそう言って食品庫からアルミホイルを出してきた。

「シーリアおばさんは見つかったのかしら」

　マリーが病院から帰るとき、ちょうど仕事あがりの看護助手が車にのせてくれて、シンフルに着くまでゴシップも聞かせてくれたそうだ。その看護助手はノーマンが携帯でシーリアに電話をかけたとき、そばにいた。ノーマンはショック状態からただの死ぬほど怯えた状態まで回復し、話ができるようになったらしい。

　看護助手に聞こえたのはノーマンの言ったことだけだったが、シーリアは身をひそめようと決意したらしく、ノーマンはそれが気に入らなかった。当然だろう。彼はシーリアのために彼女の家に行き、おそらく人生で最もおぞましい光景を目にした。にもかかわらず、彼が供述のためにそれをふたたび思い起こさなければならなかったあいだ、シーリアはかたわらにいて手を握ってくれていたのではなく、行方をくらましてしまったのだから。

「見つかったかどうか、誰も知らないんじゃないかしら」わたしはハンバーグが八枚のった皿にバンズを並べた。「あの女《ひと》がどうにも理解できない。自分で事態を悪化させてるだけだもの」

「形勢を立てなおそうとしてるんだよ」とアイダ・ベル。「あの女もとうとうお手上げになったってわけさ。いつもくっついてまわってる能なしのばあさんたちは役に立たないからね。実のとこ、犯人はシーリアだと思ってるメンバーもいるはずだ」

「前は思ってなかったにしても、いまは思ってるわよね」アリーが言った。

アイダ・ベルはうなずいた。「シーリアは頭の悪いばあさんだけどね、今回はそれだけじゃないって気がするんだ。今回は、本気で怯えてるのかもしれない」

アリーが振り向いてアイダ・ベルを見た。考えこむような表情。「その可能性は全然考えてなかったけど、あなたの言うとおりかも。あたし、シーリアおばさんのモンスターぶりに慣れすぎちゃってて。被害者になったおばさんを想像してみるためにギアを切りかえるのがむずかしいんだわ」

「わたしはギアチェンジなんてしない。いったん怯えを克服して憤慨モードになったら、シーリアはマックス殺しの犯人としてマリーを逮捕しろってキャンペーンを張るはずだから」

わたしは言った。

アリーがため息をついた。「そのとおりね。ギアチェンジはやめておく。したところで、すぐまたもとに戻すことになるだろうし」

わたしは皿にアルミホイルをかぶせ、はずれないようにした。アリーが保存容器をふたつキッチンテーブルに出したとき、ガーティが焼けたばかりのパテを持って入ってきた。「外に運んであったのはこれが最後よ」

アリーはうなずいて、残っている未調理の肉を見た。「残りは冷蔵庫に入ると思う、まだ成形してないのも含めて。きょうはもうこれ以上焼かなくていいんじゃないかしら」

「やった」ガーティはそう言って椅子にどしんと腰をおろした。「あたし、自分自身が炭火焼きになってるような気がしてきてたの」

アリーが冷蔵庫からボトル入りのミネラルウォーターを出して彼女に渡した。「グリルの前に何時間も立ちっぱなしだったものね。溶けちゃわなかったのが驚きよ」

「いい風が吹いてて――ほんと助かったわ。さもなきゃ、暑さより蚊のほうに苦しめられたと思うもの」ガーティはボトルを持ちあげて額に当てた。「あれだけ続けて焼いたら、食欲もなくなったくらい」

「そりゃよかった」アイダ・ベルが言った。「こいつを教会と保安官事務所へ届けるから、手伝っておくれ。そのあいだに、アリーには残りの挽肉を片づけておいてもらおう。ちょっと動いたら、あんたもおなかが空くかもしれないよ」

「そうね」ガーティは少し元気が出たようだった。

わたしは腕時計を見た。マリーからガーティに入った知らせでは、ブロー保安官助手のパトロールは一時間半ごとに行われるそうだ。彼がそのスケジュールを守るとすれば、あと十分ほどで保安官事務所を出るはず。

アリーがハンバーグののった皿をもうふた皿テーブルに置いた。「これで足りる?」

「ここにはいくつ残る?」わたしは訊いた。気前よくふるまうことに異存はないけれど、何時間も働いたあとで、シンフル住民の半分がハンバーグにありついたのに、こちらはボローニャ・サンドウィッチを食べる羽目になったら納得がいかない。

「このお皿に十二枚」アリーが答えた。「それにもちろん、まだ調理してない分がある」

「十二枚あれば、わたしたちもあしたまでしのげそうね」わたしはキャデラックのキーをガーティのほうに滑らせ、アルミホイルの皿を何枚か重ねて持った。「さ、出発しましょ」

車の後部座席にすべて積みこむと、わたしたちはダウンタウンへと向かった。半分ほど走ったところで、ガーティの携帯電話が鳴った。

「もうっ」ガーティが言った。「マリーからよ。ブロー保安官助手はたったいまパトロールに出たって」

「予定より早いね」とアイダ・ベル。「巡回にはどれぐらい時間をかけるんだっけ?」

「三十分ぐらいですって」ガーティが答えた。「急がないと」

第7章

　ガーティが急にアクセルを踏みこんだので、車が前に飛びだした。わたしは積んである皿が床に落ちないように慌てて押さえた。「次は軽く予告して」

「悪かったわ」ガーティが答えた。「急カーブ！」

　小さな子をクマの攻撃から守るかのようにわたしがアルミの皿に覆いかぶさった瞬間、車が角を曲がった。

「落ち着きなってば、ばかだね」アイダ・ベルがわめいた。「保安官事務所へ持ってくハンバーグが駄目になったら、この計画はおじゃんだよ」

　ガーティはほんの少しスピードを落として最後の角を曲がり、車をメインストリートに入れた。わたしは保護姿勢をやめて座席のあいだから通りを眺めた。道路や歩道に出てハリケーンの残骸を拾っている人たちが何人かいて、わたしたちの車がとまるとこちらに手を振ってきた。前夜教会で見た顔が二、三人いたので、まだ自宅に帰れない人たちにちがいない。

「ちょっとした清掃班が結成されたようだね」とアイダ・ベル。

「座り心地のよくない信者席に座ってるのが嫌になった人たちだと思う」わたしは言った。

「ドン牧師がきょう帰ってきたから」ガーティが言った。「三時間ほど前にお説教を始めて、まだしゃべりつづけてるんですって」

「遅くならないうちに切りあげてくれるといいけど」わたしは言った。「さもないと、蚊がいるのに外で寝る人が出そう」

アイダ・ベルがうなずいた。「差し入れはこっそりして、牧師に気づかれないことを期待しよう」

「もっといい方法があるわ。時間も短縮できるし」ガーティがそう言って車からおりると、口笛を吹いた。「ハンバーグを持ってきたわよ。取りにきて、教会へ運んでちょうだい」

誰もがそのときやっていた作業の手をとめたかと思うと、急いで車まで来た。わたしはブラックジャックのディーラーさながらにハンバーグののった皿を配り、二分後には保安官事務所へ持っていく分以外すべてがさばけていた。

「時間は？」最後のひと皿をつかみ、保安官事務所へと急ぎながら、わたしは訊いた。

「ブロー保安官助手がパトロールに出てから十五分経過」ガーティが答えた。

「つまり、使える時間は十五分ってとこだね、少しの誤差はあるにしても」アイダ・ベルが言った。

「あたしはいまも色仕掛け作戦のほうが手っ取り早いと思ってるんだけど」とガーティ。

「実行するのがフォーチュンじゃ駄目だよ」アイダ・ベルが言った。

侮辱と感じてもいいところだが、アイダ・ベルの言うとおりなので怒ったところで意味はなかった。「とにかく情報を手に入れてちょうだい。それとつかまらないように」

「心配しないで」とガーティ。「あたしたち、心得てるから」

ガーティぐらい自信満々でいられたらと思った。しかし、わたしにはアイダ・ベルとガーティと共に計画を実行した経験が何度かある。毎回共通するのは、こちらの意図したとおりには決して進まないということだ。

保安官事務所のドアを押しあけ、なかに足を踏み入れた。予想どおりカーターが受付に座っていて、疲れた顔でほほえんだ。

「ハードな一日?」わたしは訊いた。

彼は厚さが二センチ以上ある書類の束を持ちあげた。「行方不明者四人。破壊行為の報告四件。強盗五件に行方不明の猫の届けが十八件」

「猫の行方不明、多いわね」アイダ・ベルとガーティがマーリンを猫用キャリーに入れて、教会まで一緒に連れていこうと言ってくれてよかった。あの子もいまは怒っていても、あとでわたしに感謝するはずだ。いや、それはないか。彼は猫だ。

カーターが声をあげて笑った。「きみの優先順位がわかった」

「あっ」自分の無神経さにいささかうろたえた。

「フォーチュンをからかうのはやめときな」アイダ・ベルが言った。「その四人が行方不明じゃないことは、あんたもよおくわかってるだろ。四人が誰か、当ててみせようじゃないか」四人の男性の名前をすらすら言う。

カーターがうなずいた。「ひとり残らず当たり。豪華賞品獲得です」

「意味がわからないんだけど」わたしは言った。

「いま名前があがった四人は飲み友達なの」ガーティが答えた。「さらに、シンフルで特に気むずかしい女四人と結婚してるって共通点もあるわけ。もちろんシーリア以外でって意味よ。大きな嵐が来るたび、彼らは人助けに出かけて〝うっかり〟足止めを食ったたってふりをするの」

「それなら、本当はどこにいるの？」

「たぶんハイウェイの途中にあるモーテルね。ビールを飲みながら、ケーブルテレビで観たい番組を片っ端から観て、静かに平和に過ごしてるにちがいないわ。あしたになったら、何か作り話を考えて姿を現すわよ、漁師だか観光客だか、はたまたリスの一家を助けてるうちに足止めを食っちまったたって言ってね。で、みんながハッピーになれる」

みんながハッピーになるためには嵐に襲われる必要がある人生。どうしてそんな人生を選ぶのか理解しようとしたものの、わたしには論理の飛躍が大きすぎた。それに、いまはやるべき仕事がある。

「差し入れを持ってきたの」そう言って、書類の束の上に皿を置いた。

カーターはアルミホイルの端をめくり、においを嗅いだ。「うまそうなにおいだ」ガーティを見る。「また牛を轢き殺したのかな？」

ガーティが憤然と両手をあげた。「なんであたしは肉を貯めこんでたってだけじゃ済まないの？　どうしてみんな、あたしが何かを殺したって考えるわけ？」アイダ・ベルに指を突きつける。「答えなくていいから」

カーターはにやついた。「かまわなければ、いますぐひとついただきたいんですけどね」

「遠慮しないで」わたしは言った。「こっちはずっとハンバーグを作ってたから、においだけでもうおなかいっぱいって感じ。とは言っても、作ってるあいだにチップス&ディップやアップルパイをつまんだんだけど」

「いい加減にしろよ、スモールズ」カーターが言った。

「何それ？」

「〈サンドロット〉（一九九三年のアメリカ映画。邦題は〈サンドロット／僕らがいた夏〉）の台詞よ」ガーティが答えて手をパチパチと叩いた。「電気が回復したら、一緒に観ましょ。あの映画大好きなの」

カーターはハンバーグをバンズの上にのせた。彼の目が食べものにそそがれているあいだに、わたしはガーティの脇腹をつついた。時間がどんどんなくなっていく。

「おトイレを使わせてもらいたいんだけど」ガーティが言った。「流すための水は用意してある？」

カーターはハンバーガーにかぶりつきながらうなずいた。

ガーティが廊下を歩いていく。アイダ・ベルはちょっと待ってから言った。「あたしも行ったほうがよさそうだね。前回、ガーティがトイレのタンクに水を入れなきゃならなくなったときは、事件が起きたから」ガーティを追って歩きだし、カーターとわたしはふたりの背中を見送った。

「どんな事件かは知りたくない。ふたりが今晩、うちに泊まることを考えるととりわけ」

「あのふたり、家に被害があったのか？」

「ううん。ただアイダ・ベルがガソリンを発電機一台に集中させれば、なかで扇風機《ファン》をひとつはまわせるって考えて」

カーターがうなずいた。「停電がいつまで続くのか知りたいよ。いまはファンを動かすためならなんだってする」

わたしは胸にはりついていたTシャツを引っぱった。「わかる。この建物、うちに比べるとものすごく暑い」

「うまく風が抜ける位置に窓がないからな。ここは空気が停滞しがちだし、そのうえ雨が降ったから湿度が高い。最悪だよ」

「電力が一日か二日で復旧しなかったら、復旧するまでのあいだ、わたしたちはよそへ移ることになりそう。ホテルが見つかればだけど、もちろん」

「かなり北まで行かないと無理かもな。だが、おれもここを留守にできるなら、絶対にそうする。あすには道路も完全に通行可能になるだろう」

携帯電話から着信音が聞こえたので、ハリソンからだろうと思って取りだした。違った。アイダ・ベルからだ。


マックスの資料はカーターのデスクにない。そっちだ。

もうっ。彼がここにいちゃ、いきなり書類をあさりはじめるわけにはいかない。

陽動作戦を考えて。そしたらわたしが調べる。


「何か問題か?」カーターが尋ねた。

「え? ああ、違うの。アリーから」嘘をついた。「ハンバーグのパテを作り終えたけど、デザート用にペストリーを温めておこうかって」

「うらやましい」

「ごめん。冷凍のペストリーがあるって知ってたら、いくつか持ってきたのに。ところで、シーリアが雲隠れしたって聞いたんだけど」

カーターはため息をついた。「誰から?」

「町中《まちじゅう》で噂になってる」

「だろうな」

「で、捜索するの?」

「その必要はない。シーリアは友人のフリーダの家に隠れてる。フリーダは重罪犯をかくまったとして訴えられるのが嫌だから、シーリアを裏切って通報してきた」

「彼女の友人って……」

「本来なら、逮捕しにいくべきなんだろうが、ひと晩中シーリアの戯《ざ》れ言を聞かされるのはごめんなんでね。その役目はフリーダのほうがお似合いだ」

「間違いなし」わたしは廊下をちらっと見やった。ふたりともなんでこんなに時間がかかっているのだろう。そろそろブロー保安官助手が戻ってきてもおかしくないのに、こちらはまだ何もつかめていない。カーターにペーパータオルをちょうだいとか、同じくらいばかげたことを頼もうとしたとき、建物の奥から悲鳴が聞こえてきた。すぐさまアイダ・ベルが受付へと走って戻ってきた。

「ガーティがトイレに閉じこめられちまった。ドアが引っかかって開かないんだよ」

「なんだって?」カーターが立ちあがった。「二カ月前に金具を取りかえたばっかりなのに」

「ガーティがパニックを起こす前に来て、見ておくれよ」

ガーティがわめいたり、ドアを叩いたりしはじめた。「閉所恐怖症なのよ。息ができない」

「しまった」アイダ・ベルはそう言って、ふたたび廊下を奥へと向かった。

カーターはハンバーガーを置いて、アイダ・ベルを追いかけた。わたしはデスクをまわり、速攻で書類ファイルを調べはじめた。強盗、暴行、違法賭博……マックス・アルセノー!

マックスのファイルを開き、読みはじめる。死因は予想どおり、ショットガンによる二発の銃撃。しかし、空調がとまっていたことと天候のせいで監察医は死亡時刻をあまり絞りこめていなかった。きのうの夕方からきょうの午前一時までと推測するのがせいぜい。ページをめくると、マックスの写真が載っているが名前の異なる運転免許証のコピーがあった。

トーマス・ジョンソン。

　住所と免許証番号を暗記してからページをめくる。ファイルの一番後ろにあったのは、紙幣の入ったビニール袋。脈が速くなった。百ドル札だ。よく見るために顔を近づけたが、拡大鏡なしには偽札かどうかわからない。

　ファイルをもとの場所に戻して立ちあがろうとしたとき、書類の束から別のファイルが飛びだしているのが目についた。ラベルには〝札〟とだけ書いてある。それを引っぱりだして中身を読もうとしたとき、廊下の先が騒がしくなった。

「あたし、もう駄目！」ガーティの叫び声だ。「母に、愛してるって伝えて」

「あんたの母さんは三十年前に死んだだろう」アイダ・ベルが叫び返した。「力いっぱいドアを引っぱりな」

「後ろにさがるんだ、ガーティ」カーターが言った。「おれが蹴り開ける」

　わたしは身をすくめつつ、ファイルに急いで目を通した。

　ドシンという大きな音。続いてガーティの悲鳴。続いてカーターの罵声。

　わたしはファイルをもとの場所に戻し、廊下を走っていった。いまは開いているトイレのドアの前に、アイダ・ベルが立って首を振っている。

「何が起きたの？」わたしは訊いた。

「ガーティだよ」アイダ・ベルが指差した。

　ためらいがちに前へ出ると、わたしはトイレのなかをのぞきこんだ。ガーティが奥の壁と便器に挟まれて床に倒れている。便器は通常の位置からはずれて横倒しになり、タンクからは水が漏れていた。便器の上にのってしまっていたカーターが起きあがり、ガーティをにらみおろした。

「ドアのつっかえが直ったって、どうして言わなかったんだ」

「間に合わなかったのよ」ガーティが答えた。「ぶつからないよう逃げるだけで精いっぱいだったの。これ、あたしの上からどけて」

「二時間ぐらいそのままでいればいい」とカーター。「シンフル全体がガーティ印の脅威からひと息つけるように」

「カーターがタックルする前にドアのつかえが直ったってこと？」わたしは訊いた。

アイダ・ベルが身を寄せてささやいた。「最初からつっかえてなんかいなかったんだよ。ガーティが反対から押してたんだ」

わたしは目をつぶって首を横に振った。何が起きたのか、脳内にはっきりした映像が浮かんだ。「それじゃ、ドアが勢いよく開いて、カーターはなかにころがりこむと同時に便器にタックルしちゃったってわけ」

「そんなとこだね」

カーターがガーティの上にのっていた便器をどかし、彼女を立ちあがらせた。「彼をあんな目に遭わせて、わたしたち、どんな借りができたかわかる？」わたしは尋ねた。

「カーターが取り立てに来ないことを期待しよう」

彼はいらだちと疲労の入り交じった表情でドアまで歩いてきた。錠と戸枠を検め、ドアの開閉を数回繰り返す。「なんの問題もない」

「あら」ガーティが後ろめたそうな表情になった。「あたしったら、引っぱる代わりに押しちゃってたのかも」

カーターは両手をあげたかと思うと、頭にくるあまり言葉もないといった様子で廊下を歩き去った。

「持ってきたハンバーグがものすごくおいしいといいんだけど」わたしは言った。

「何もかもあなたのせいよ」ガーティが言いだした。「あたしは即興で工夫したんだから。あなたがいわゆる色仕掛けっぽいことさえできれば、閉じこめられたふりなんて必要にならなかったもの」

「なんでわたしのせいになるわけ？」そう訊いてから、わたしはアイダ・ベルを見た。「これってあなたのせいじゃないの？　下手なアイディアを思いついたガーティをますます前のめりにさせたりして」

アイダ・ベルは肩をすくめた。「書類は見つかったのかい？」

「見つかった」

「なら、来た甲斐があったってもんだ。あたしはどっちかって言うと結果主義なんでね」

「だと思った」

わたしは受付へと戻った。カーターはすでにデスクに向かって、ハンバーガーの残りを食べ終えようとしていた。

「大騒ぎになっちゃってごめん。その差し入れがちょっとでも埋め合わせになるといいんだけど」

「配管工に来てもらえるまで、おれたちは雑貨店のトイレを使うことになった――でもって、配管工はすぐには来てくれない。しかし、差し入れはうまかったよ」彼は正直に言った。

「それでも、次にここへ来るときは、全員トイレを済ませてきてくれ。さもなきゃ、トイレはドアを開けっぱなしにして使うこと」

「あるいは、とにかく正常な頭で」わたしがそう言ってガーティにほほえみかけると、彼女は中指を立ててみせた。

「これ以上、カーターを煩《わずら》わせるのはやめとこう」アイダ・ベルが言った。「もう充分邪魔しちまったし、片づけなきゃならない仕事が山とあるだろうからね」

わたしが戸口まで歩いたところで、ブロー保安官助手が帰ってきた。いつもよりたっぷり十分は遅れて。カーターが彼をにらんだ。「やっと帰ってきたか」

ブロー保安官助手は困惑した顔になった。「おれ、何かまずいことしましたか?」

わたしは彼の腕を軽く叩いた。「一部始終聞かせてもらえるわよ。ハンバーガー食べて。ダメージがやわらぐはずだから」

アイダ・ベルたちと一緒に保安官事務所をあとにすると、ガーティの車にのりこんだ。

「まったくもうっ、シャワーが浴びたい。トイレの水を浴びちゃったから」ガーティが言った。

「げっ。キッチンの椅子にごみ袋をかぶせなきゃ。それと、あなたが帰ったあと、シーツを燃やす」わたしは言った。

「あたしはガーティを裏のポーチで眠らせたことがあるよ」アイダ・ベルが言った。

「あんなことはもう二度とごめんだわ」とガーティ。「お尻に入った破片を一週間も掘りだしつづけなきゃならなかったんだから。自分のお尻を見るのがどんなにむずかしいか、あなた知ってる?」

わたしはアイダ・ベルを見た。「ガーティをポーチで眠らせたの?」

アイダ・ベルがうなずいた。「前回、ハリケーンが来たときにね。スカンクが絡む不幸な事件が起きたもんで」

「サラ・ジョーのところの猫と勘違いして助けようと思ったのよ」ガーティがぶつぶつ言った。

「今後、救援活動はなしにすること」わたしは言った。「それと、あなたにはこのあとファブリーズをスプレーする」

「頼むから、騒ぎを起こした甲斐があったと言っとくれ」アイダ・ベルが言った。

わたしはうなずき、マックスに関して得た情報をふたりに話した。「彼は百ドル札を数枚携帯していたけど、あれが偽札かどうかはわからない」

アイダ・ベルが眉を寄せた。「あの札はどれくらいのあいだ、風に舞ってたんだろうね」

「わからない」とわたしは答えた。「残念よね。だって彼があれを道で拾ったとすれば、死亡時刻を絞りこめたかもしれないんだから」

「そうだね」アイダ・ベルが考えこむような顔つきで言った。

「もうひとつファイルを見つけたの。そっちは紙幣のファイル。検査にまわせるようになりしだい、カーターはあれの真贋《しんがん》鑑定を行わせるつもりよ」

「おもしろいね、飛躍があるのに、カーターがあんたと同じことを考えるなんて」

「彼は頭が切れる。それに勘もいい」

「それでも」ガーティが言った。「あなたは正体を隠しおおせてるわ、ばれてもおかしくない場面は何度もあったのに」

「でも、それは説明がつくよ」アイダ・ベルが言った。「カーターはフォーチュンに惹かれてるから、見方にフィルターがかかる。それに、司書じゃなくCIA工作員だって気づくには、とてつもない飛躍が必要になるからね」

「そうかもしれないけど」とガーティ。「カーターはそろそろ知る必要があるわ。アーマドへの支払いに使われた偽札がシンフルで見つかって、あなたはCIAのパートナーと一緒に作戦行動を計画してる。カーターに本当のことを話さないと駄目よ」

「作戦を実行することになるかどうかはまだわからない」わたしは言った。「ハリソンはモロー長官に話す必要がある。長官の許可なしに行動を起こすわけにはいかない。掩護する人員を手配してもらわないと無理だから」

アイダ・ベルが首を横に振った。「あんたは避けられないことを先延ばしにしてるだけだ。きょうかあしたか来週か。最終的には明かすことになる。カーターにはあんたから話すほうがいい。あんたが姿をくらましたあと、あたしたちが理由を話さなきゃならなくなるよりはね」

「その役、あたしはごめんですからね」ガーティが言った。「こっちはすでに彼をおそろしい目に遭わせてるんだから。そんな役目、絶対に引き受けないわよ」

ため息。「モローから作戦のゴーサインが出たら、彼に話すと約束する。ただし、話すのは事後になるかもしれないけど」

「前もって知っていたら、カーターは自分も作戦に加わりたがるから、ね」ガーティが言った。「わかったわ」

「あたしはわかんないね」とアイダ・ベル。「あんたにはカーターの力が絶対必要になるよ。あいつはこの町とまわりの湿地をよおく知ってる、古参の漁師に劣らずね。もっと重要なのは、あの男にはあんたを助けるだけの能力があるってことだ」

「能力があるっていうのは確かに」わたしは答えた。「でも権限がない。これは国際捜査になる。CIAと、向こうが承諾したらだけど、FBIの許可なしに、前もってカーターに話した場合は連邦犯罪になる」

アイダ・ベルとガーティが目を見交わした。

「でもあなた、あたしたちには教えてくれるわよね?」ガーティが尋ねた。

「もちろん。事情が違うもの。わたしがあなたたちに話したんじゃないかなんて、誰も考えない」

平然と答えたつもりだったが、アイダ・ベルの目がかすかにすがめられたのが見えた。彼女は嘘を見抜いている。ふたりに奇襲の詳細を教えるつもりなど、わたしにはさらさらなかった。アーマドとの銃撃戦に、自分の大切な人が巻きこまれたら嫌だ。それを避けるには、わたしがひとりで行くしかない。

第８章

午前三時近く、ハリソンからようやくメッセージが来た。

電話くれ。

それだけ。〝計画を考えた〟も〝ゴーだ〟もなし。でも、真夜中に送られてきたことを考えれば、アーマドをはめようというわたしのリクエストが通ったとしか考えられない。〝なしだ！〟とだけ打つほうがずっと短い時間で片づく。

空調が動いていないので、家のなかは不気味なほど静かだった。そのうえ雨がやんだため、声が筒抜けになってしまうだろう。誰かに聞かれるリスクは冒せない。そこで一階へおりると、勝手口から外へ出た。家を見あげたが、暗すぎて窓が開いている寝室があるかどうかわからない。念のため庭へおり、小型の懐中電灯をつけて電話をかけながら歩きだした。電波マークは二本。充分であるよう祈った。

「ゴーサインが出たって言って」ハリソンが出るなり、わたしは言った。

「説得が必要だったが、モローも最後には同意した——これはアーマドをつかまえる最高の機会かもしれないってな。こっちはアメリカの国土で作戦を行うわけだし、アドバンテージがある。おまえがそこにいるってことを向こうが知らないとしてだが」

わたしはピクニックテーブルに座った。「あいつの手下がわたしを殺すためにこっちに現れたとは思えない。居場所が知られていたら、わたしはもう殺されているはず」

「だな。モローも同じ考えだが、長官もおれもこの機会にアーマドを倒すか、さもなければおまえをよそへ移すしかないってことで意見が一致している。おまえが今度の潜伏でどれだけトラブルを起こしてきたかを考えあわせると、おまえにまた別人になれと命じるより、アーマドを倒すほうが面倒が少ないという考えだ」

ハリソンの声にはかすかにからかうような響きがあったが、彼は間違っていない。わたしは求められていたようにはシンフルに溶けこめなかった。アイダ・ベルとガーティのせいにすることもできるが、誰かが危険にさらされたときに、か弱い女のふりなんてしていられないというのが本当のところだ。わたしは行動するように訓練されている。突っ立って助けを待つのではなく。

「で、どういう計画？」

「モローがＦＢＩの友人とコンタクトを取って状況を説明した。おまえが現地にいるってこと以外。伝えたのは地元の情報を提供できる人間がいるとだけ。おまえの名前はいっさい出さないのがベストと考えたからだ」

「わかった」ＣＩＡで情報漏洩《ろうえい》があったなら、ＦＢＩでもありうる。アーマドほどの財力があれば、工作員や捜査官をひとりふたり、抱きこむのは簡単だ。「それから？」

「アーマドは行方が知れないままだが、組織の誰かと連絡を取ってるのは間違いない。商売はいまも行われている」

「でもって、アーマドが意思決定をほかの人間に任せるはずがない」

「そのとおり。ニューオーリンズにいる局員がアーマドの手下を見張っている。やつらが次にどう動くか。いまのところはジェイミソンの組織の本部を突きとめようとしているようだ」

「理にかなってる」コンラッド・ジェイミソンはアーマドと取引があったと思われるニューオーリンズの買い手だ。アーマドが偽札に気づいたなら、問題に対処するためにジェイミソンがどこを拠点にしているか突きとめようとするだろう。さらに、こういった商売上の揉めごとは、商品券を贈ったりデザートをおごったりでは解決しないので、アーマドの手下はジェイミソンの組織の人間に自分たちが来ていることを知られたくない。手遅れになるまで。

「モローがコンタクトを取ったＦＢＩの捜査官は、ジェイミソンがニューオーリンズで展開している事業のひとつをつかんでいる。だから、手がかりとなる住所をわれわれに提供できるが、ジェイミソンが直接商売をやっているとは考えられないそうだ。実際に仕切ってるのはほかの人間で、それが誰かはまだわかっていない」

「でもジェイミソンがどこを拠点にしてるかはわかってるの？」それはわれわれも得ようとしてきた情報だが、彼は狡猾《こうかつ》なうえにやや風変わりなターゲットだと判明した。四方を壁に囲まれた場所に定住するより、キャンピングカーや小エビ漁船で暮らすか、森のなかで野営することを好む。さらに、商売を組織内の一派に任せたら、自分はすぐにわが身を隔離する。まずい事態が起きた場合は、別の誰かが逮捕されるようにして姿を消すのは言うまでもない。

「ＦＢＩによれば拠点ではないようだが、アーマドの手下がそこを調べることにした場合、ジェイミソンにつながるのは確かな住所だ。今回は時間的制約があるから、入手できる情報としてはこれがせいぜいかもしれない」

「ジェイミソンとその住所がつながれば、アーマドの手下には充分のはず。その住所、どうやって向こうにつかませるつもり？」

「やつらを見張ってる局員ふたりが、こっちから出ていってジェイミソンの配下のふりをする。偽札について知ったばかりで、自分たちはいっさいかかわりたくないと言う。ニューオーリンズから無事に脱出させることと引きかえに、住所を教える」

「リスクが高い方法ね。情報を与えるのは公共の場でしょ？」

「空港だ。こっちはふたりのためにチャーター機を待たせておく。セキュリティチェックを通り抜けたところに人員を配置しておいて、チャーター機が待つプライベートジェット用ターミナルまで彼らを連れていく」

抜かりはないように聞こえる。現場工作員には充分安全な脱出路が用意されているし、教えられた住所とジェイミソンのつながりが確認されれば、アーマドが行動を起こす根拠になる。「それで、こちらは隠れてその場所が攻撃されるのを待つわけね。そこにジェイミソンがいた場合は？」

「ますます都合がいい」とハリソン。「一石二鳥ってやつだ。ＦＢＩはジェイミソンをつかまえるための材料が集まるのを待っていた。こっちが渡した情報があれば、起訴に持っていけるかもしれない」

「工作員が情報を渡すのはいつ？」

「あすコンタクトして、あさって空港で会うことにする」

「わたしの役割は？」

「当面はシンフルに関係者がいるかどうか探ってくれ。どういうわけかあの偽札が今回のハリケーンで流出したわけだから」

「ジェイミソンの手先がここにいると考えてるわけね」

「ジェイミソンの手先はルイジアナ南部のいたるところにいると考えてる」

「つまり、わたしの仕事はその関係者の洗い出し」

「ああ。しかし、気をつけてくれ。ジェイミソンの手下はおまえがすでに知っている人物かもしれない。それに、もしアーマドがシンフルで偽札が見つかったことをつかんだら、そっちに手下を送りこむだろう」

まずい。「もうその方向へ進んでる」カーターのファイルと、彼が紙幣の真贋鑑定を行うつもりであることについて話した。「ラボにアーマドのタレコミ屋がいたら、やつの耳に入る」

数秒間、完全なる沈黙が流れたので、わたしは携帯電話を耳から離し、通話が切れていないことを確認した。ようやくハリソンが口を開いた。「訊くのも嫌なんだが、保安官助手のデスクで、おまえは何をしてたんだ？」

「情報を得ようとしてたに決まってるでしょ」

「事務所へのんびり入っていき、保安官助手に事件ファイルを見せてくれと頼み、向こうはにっこり笑ってそれを手渡してくれたってわけか？」

「まさか。彼にハンバーグを差し入れとして持っていったの。そのあと、わたしがファイルを読めるように、友人たちが彼の気をそらしてくれた」

「例のばあさんふたりか？」

「そう」

「注意しろよ、フォーチュン。この件は、知ってる人間が少ないほどいい。彼女たちは信頼できるっておまえは言うが、この期《ご》に至っては、問題は信頼じゃない。能力だ」

「わかってる。ただシンフルじゃ、彼女たち抜きで何かするってことが無理なの。わたしがここへ来るずっと前から、裏で町を仕切ってきた人たちだから。でも、計画については話すつもりはなし。危険な目に遭わせたくない。ほかには何かある？」

「当面はいま話したことで全部だが、携帯をつねにそばに、そして充電して置いとけ。あとなフォーチュン、おまえの友達はたぶんすでに危険のなかにいるぞ」

「わかってる」

通話を切り、携帯電話をピクニックテーブルに置いた。頭が同時にいくつものことに集中しようとする。アーマドはニューオーリンズにいるのか？　彼はジェイミソンの根城に現れるだろうか？　シンフルにいる関係者は誰か？　わたしが会ったことのある相手？

そう考えたところで、突飛な考えがひらめいた。マックスがジェイミソンの手先だったら？　偽札がシンフルに現れたのと、彼が現れたのはタイミングが一致する。そして彼は何者かに殺され、犯人がシーリアでないことはわかっている。マックスは偽の身分証を持っていた。行方をくらましていたあいだずっと、なんらかの仕事をして金を稼がなければならなかった。違法なことをしていたと考えれば大いに筋が通るし、ずっと居場所がわからなかったのも説明がつく。

いや、それは考えすぎだ。

勢いよく息を吐いた。そうだろうか？　確かに、マックスがジェイミソンの手先だったら都合がいい。彼を好きだった人間はいないし、すでに死んでいるし、偽札がシンフルで見つかった理由も説明がつく。しかし、彼がそもそもどうしてシンフルに戻ってきたかがわからない。姿をくらましてから長年のあいだ、彼をシンフルで見かけた者はひとりもいない。どうしていまになって戻ってきたのか？　私生活に関することではないはずだ。シーリアとの関係はずっと昔に破綻しているし、二十年もたってから再訪する理由にはならない。

この問いの答えがわかれば、問題は大きく解決へ向かうという予感がした。マックスの偽名と住所は手に入った。うまくすれば、住所のほうは名前と違って偽りではないはず。最初に調べるのはそこだろう。シンフルから出られるようになりしだい。

方針が決まったことで気分がよくなったわたしは、ピクニックテーブルからおりると足首まで水につかったのでぎょっとした。懐中電灯で足元を照らすと、バイユーがわたしのまわりで渦を巻いている。ハリソンとしゃべっているあいだに潮が満ちてきたのだ。足の右横へと何かが近づいてくるのが見えたので懐中電灯をそちらに向けながら、アリゲーターでないことを祈った。

願いは聞き入れられた。アリゲーターではない。

運の悪いことに、ヘビだった。マジで大きなヘビ。

そいつは陸《おか》にあがろうとしていたにちがいない。わたしの脚へとまっすぐ進んできた。わたしはピクニックテーブルにもう一度飛びのろうとしたが、間に合わなかった――ヘビはわたしの足首に巻きついたかと思うと、まるでタイタニック号最後の救命いかだを確保したみたいに締めつけてきた。

パニックを起こさないように努力したものの、ガーティから聞かされた猟師の胴長《ウェーダー》にヌママムシが飛びこんだというエピソードが、映画のクレジットさながらに頭のなかを流れていった。もしこのヘビがヨガパンツをのぼってきたら、アーマドはわたしを殺す必要がなくなる。わたしは心臓発作を起こし、即死するだろう。

脚を少し振ってみたが、ヘビは締めつけを強くしただけだった。

考えろ。

携帯電話はピクニックテーブルの隅に置いたままで、手が届かない。ちょっと歩けば届くが、状況を考えると最善の選択肢とは言えない。拳銃がスポーツブラに挟んであるものの、自分を撃たずにヘビを撃つのは無理なので、それも却下。

見ていると水位がもう一センチほどあがり、ヘビが動いた。

そうか！　ヘビは水から出ようとしている。こちらがもっと深いところへ行けば、離れるかもしれない。

あるいはもっと上へ這いあがってくるか。

くそ。

残る手はただひとつ。応援を呼ぶことだ。

叫んで効果があるかわからないし、ヘビを怒らせる危険は冒したくない。そこで自分にできる唯一賢明なことをした。アイダ・ベルが寝ている寝室の窓を撃ち抜いたのだ。月明かりがわずかに照らしているだけだったが、窓の輪郭は見えた。高い位置を狙ったので、銃弾は上段の窓ガラスを貫通した。ガラスの割れるパリンという音が聞こえた。頭のなかで修繕が必要なもののリストにつけ加える。

家のなかが騒がしくなるのを待ったが、わたしの荒い息遣い以外、裏庭は完全な静寂に包まれていた。今夜マーリンはもの悲しい声で鳴きながら屋内を徘徊することに決めたらしいので、アリーはベッドに入る前に耳栓をしていた。しかし、ほかのふたりが反応しない理由がわからない。もう一発撃とうとしたそのとき、勝手口のドアが軋りながら開く音が聞こえた。

「アイダ・ベル?」半ば叫び声、半ば悲鳴で訊いた。

「フォーチュン?」アイダ・ベルの声が返ってきた。「どこにいるんだい?」

「ピクニックテーブルのそば」

「発砲したのはあんたかい?」

それを聞いて合点がいった。アイダ・ベルは最初、さっきの銃弾はアーマドの手下が撃ったものと考えたのだ。無視していたのではなく、慎重を期すための行動。「そう。助けを求める叫び」

アイダ・ベルは懐中電灯をつけ、こちらへと歩きだした。「おそろしく大きな叫びだったね。こっちは心臓発作を起こしそうになったよ。それと天井のファンについてる電球が一個割れたよ」

「修繕リストに加える。直すまで、わたしが生きてればだけど」

「いったいどうしたって言うんだい? そもそもこんなところで何してたんだ。あんた、動きが取れないのかい?」

「そんな感じ」最後の質問が一番簡単だったので、わたしはそう答えた。アイダ・ベルが前まで来ると、足首を指した。「潮が満ちてきて、お客さんが現れたの」

わたしの足に懐中電灯を向けたアイダ・ベルは、一歩後ろに飛びのいた。「なんてこったい!」

「助かったって気持ちに全然ならないんだけど」

「ごめんよ。わかった、ちょっと考えさせておくれ」

「こっちはそろそろ自分の脚を撃とうかって気分」

「いったいなんの騒ぎ?」ガーティの声が後ろから聞こえた。「トイレに起きたら、大声でしゃべってるのが聞こえてきて」

銃声がとどろいても彼女の目が覚めなかったことについてはかまっていられない。別の機会に追究するとしよう。別の機会があればだが。

「フォーチュンが困ったことになってんだよ」アイダ・ベルが答えた。

ガーティがドスドスと歩いてきて、アイダ・ベルの隣に立った。「潮が満ちてきたんでしょ。もう少し家の近くまで来れば、バイユーにつからずに済むわよ。大声をあげることなんかじゃないし、困る必要もなくさっさと解決するわ」

「これを巻きつけたわたしになかに入ってほしい?」ガーティの懐中電灯をつかんで、わたしの足首を照らした。

彼女は首を絞められたような悲鳴をあげて飛びのくと、ピクニックテーブルの上にあがった。「なんなの！　撃ち殺すか何かしなさいよ」

「わたしの脚を撃たずには無理」

「脚は二本なくても平気なんじゃない？」とガーティ。

「なくちゃ駄目だと思ってたんだけど、考えなおしてもいい気がしてきた」

「ふたりとも黙んな。こっちはどうしたらいいか考えてんだから」

　わたしは驚いた。「こういう状況は初めてだって言うの？　メアリー・ジョーやビリー・ボブが新月から三日目の夜に同じ体験をしたとかで、町の法律ができてるんじゃないの？」声が甲高く、大きくなった。認めたくないが、ややパニックを起こしつつあった。

　アイダ・ベルがガーティを見あげた。「こいつはボア・コンストリクター（ヘビの種類。胴で締めつける力が強い）じゃない。水ヘビはしょっちゅういろんなものに巻きつくよね……ふつう巻きつくのは人間の脚じゃないってだけで」

　ガーティがうなずいた。「水ヘビがウェーダーのなかに入りこむと、人は慌ててウェーダーの外に飛びでるわね」

「わたしは自分の足首から飛びでられない。だから別のプランが必要」

「ヘビは水から出ようとしてる」アイダ・ベルが言った。「それなら、もっと深いところまで行ったらどうだい？」

「それも考えたけど、ヘビがもっと上へ這いあがってきたら？　あらゆる種類の悪いことが起こりうる」

「まず、ヨガパンツをまくりあげなさい」とガーティ。「膝までまくりあげれば、ヘビがもぐりこむ隙間はなくなるでしょ」

「それが最初にやることだね」アイダ・ベルが言った。「あんたがヨガパンツの裾をまくりあげてからもっと深いところまで入っていけば、ヘビは締めつけを少し緩めるだろうから、あたしたちであんたの脚からヘビをほどいてやるよ」

「あなたの言う〝あたしたち〟って誰かしら」ガーティが言った。「あたしはここから動かないわよ、この近くからヘビが一匹もいなくなるまで」

「あたしがやるから安心しなよ、この臆病者」アイダ・ベルはそう言ったが、自信満々という口調ではなかった。「パンツの裾をまくんな、フォーチュン」

わたしはピクニックテーブルに拳銃を置き、ヨガパンツの裾をそろそろと引きあげた。ヘビはこちらを見あげたが、動かない。ここまではよし。パンツの裾をもう数センチ引っぱりあげる。

「ゆっくり慎重にね」ガーティが進捗を見るために身をのりだして言った。

「やってるでしょ？」わたしはヨガパンツの裾をさらに引きあげ、ついに膝の上まで引っぱったところで裾がとまった。

「しっかり隙間なしかい？」アイダ・ベルが尋ねた。

そっと、わたしは手を伸ばしてパンツの裾を数回折りたたみ、血流がとまりそうになるくらい上まで引きあげた。「これで大丈夫。とっとと終わらせて。わたしの脚が麻痺する前に」

「麻痺するのはいいことかもしれないわよ」ガーティが言った。「ヘビに嚙まれても感じないから」

「準備はいい?」わたしはアイダ・ベルに訊いた。

アイダ・ベルはヘビを見つめて眉を寄せ、ガーティに懐中電灯を渡した。「ナイトシャツを脱いでこっちによこしな。それから懐中電灯でしっかりヘビを照らしとくれ」

「なんですって?」ガーティが訊いた。「あたし、ナイトシャツを渡す気なんてないわよ」

「あたしだってあんなのを素手でつかむ気はないし、手袋をさがしにいってる時間はないだろ」

「それなら、自分のナイトシャツを使えばいいじゃない」とガーティ。

「これはシルクなんだよ。厚みが足りない。あんたのはフランネルだろ。一年中寒がりだから。あんた、寝るときもスポーツブラを着けてるじゃないか。水着になるのとたいして違わないよ」

「自分は脱がずに済む女の言葉」ガーティはぶつぶつ言いながら、ナイトシャツを頭から脱いでアイダ・ベルにほうった。

「ヘビをつかまなきゃなんない女の言葉だよ」アイダ・ベルは言いなおして右の手から前腕にかけてナイトシャツを巻きつけた。「よし。準備ができた」

わたしはうなずいた。「ピクニックテーブルが邪魔にならないよう、右に一歩動いてから、後ろに一歩さがる」

アイダ・ベルがわたしの正面に立ち、わたしが横に一歩動くと、そっくり同じ動作をした。ガーティがピクニックテーブルの端に立って身をのりだし、わたしの脚を懐中電灯で照らしている。

アイダ・ベルがこちらへ身をのりだし、右手を伸ばしてつかむ準備をした。わたしは深く息を吸いこんでから吐いた。

「一、二、三！」

第9章

わたしが大きく一歩後ろにさがると、アイダ・ベルも同時に動いた。わたしの脚が水につかった瞬間、ヘビの締めつけが弱まった。アイダ・ベルが水中に手を入れ、ヘビの尻尾をつかんで引っぱった。わたしは絶対に嚙みつかれると信じていたので目をつぶった。ところが、ヘビは体をほどくとアイダ・ベルのほうに襲いかかろうとした。もう少しでヘビの頭部が彼女の手に届きそうになったとき、アイダ・ベルは大声をあげてヘビをほうり投げた。

ガーティに向かって。

ガーティは懐中電灯を刀のように振りまわし、ヘビを叩き落とそうとしたが、バランスを崩した。ピクニックテーブルの端から落ち、アイダ・ベルとわたしにぶつかったかと思うと、三人そろって水中に倒れこんだ。突然、三組の必死な手脚が絡み合いながら水を激しく撥ねかす格好になった。

「あたしの上からおりて！」

「あんたがこっちの脚にのっかってるんだよ！」

「動けない！」

「ヘビが戻ってくる！」

ほんの二、三秒だったはずだが、水中から脱して死にものぐるいで陸地を目指すまで、果てしない時間がかかったように感じた。ピクニックテーブルから六メートルほど離れた場所まで来ると、わたしたちは立ちどまり、水をポタポタ垂らしながら身を寄せ合った。

「誰か懐中電灯持ってる？」わたしは訊いた。

「あたしはアイダ・ベルのを水のなかに落としちゃったわ」ガーティが答えた
わたしはポケットから小型の懐中電灯を出してスイッチを入れた。つかない。「これは壊れてる。ガーティ、あなたの懐中電灯はどこ？」

「ピクニックテーブルに置いたままだと思うわ、あたしが蹴り落としてなかったら」

わたしの携帯電話！

体が動かなくなり、脳内を罵り言葉が駆けめぐる。

「わたしは携帯電話をピクニックテーブルに置いたまま。あれはなんとしても取ってこなきや」

「あたしはもう絶対、水に近づかないわよ」とガーティ。「それどころか、砂漠への移住を真剣に考えてるくらい」

「砂漠にはガラガラヘビがいるけど」わたしは言った。

「少なくともやつらは音で警告するでしょ」

別の懐中電灯を見つけになかへ戻ろうとしたちょうどそのとき、背後から強い光がわたしたちを照らした。三人そろって目の上に手を掲げて振り返り、まぶしい光の向こうを見ようとした。

「訊きたくないが、仕事だからな」カーターが言った。「いったい全体そこで何をしてるんだ。銃声と叫び声が聞こえたって通報があったから来てみたら、三人ともびしょ濡れになって、そんな……へんてこな格好して」

そう言われて見ると、ガーティは迷彩柄のスポーツブラにそろいのショーツ、アイダ・ベルはシルクっぽい赤色の薄手で丈の短いナイトシャツ、わたしはと言えば、ヨガパンツを腿までまくりあげたままという格好だった。

「何か物音が聞こえたから、なんだろうと思って出てきたの」わたしは言った。「そうしたら、ヘビが足首に巻きついてきて。だからアイダ・ベルが寝てる部屋の窓を拳銃で撃ったの、助けを求めるために」

カーターは大型の携帯ライトを下に向けた。わたしたちを照らせる角度だが、こちらはまぶしさがなくなって見返せるようになった。カーターの目がヨガパンツの裾に締めつけられているわたしの腿にそそがれた。「脚、しびれてきてるんじゃないか？」

「ちょっとね。とにかく、わたしは携帯電話をピクニックテーブルに置き忘れたんだけど、ヘビ退治の大冒険の途中で三人とも懐中電灯をなくして、そのうえ水の中に倒れちゃったわけ。だから明かりはないけど、携帯は取りにいかなきゃって困ってたところ」

カーターはあきれた様子だった。「携帯電話を持ってたなら、電話で助けを呼べばよかったじゃないか」

「だって、携帯は手の届かないところにあって、動くとまずそうだったんだもの。でも拳銃はブラに突っこんであったから、代替案を思いついたのよ」

「きみの思考回路はいろいろヤバすぎる」カーターはこちらに携帯ライトを向けるのをやめ、ピクニックテーブルへ向かってバシャバシャと水に入っていった。わたしの携帯、拳銃、ガーティの小ぶりの懐中電灯を持って戻ってくる。「三人とも家のなかに入って、せめて夜明けまでそこにいてくれるか？」

「それなら、なんとかできると思うよ」アイダ・ベルが答えた。

「じゃ、ぜひ頼みます」そう言ってから、カーターはわたしを見た。「わかってるのか？おれはな、真夜中に銃声がしたって通報を受けるたび、すぐさまこっちへ車を走らせるんだ。住所を確かめる必要もなしだよ。それをどう思う？」

「シンフルのほかの人たちは人生を思いきり楽しんでないみたいね、明らかに」わたしは答えた。

「ヘビに足首をおさわりされることが〝人生を思いきり楽しむ〟にはならないと思うけど」とガーティ。「退屈しないのは確かね、この町のほかの人たちとは違って」

「おれがあと十分早く来ていたら、かなり楽しめたんでしょうね」カーターが言った。「娯楽的な価値はさておいて、三人とも頼むから朝が来るまで思いきり退屈していてくれ」

くるっと背を向け、芝生を歩き去った。

「彼、ご機嫌斜めね」とガーティ。

「丸ふつか寝てないし」わたしは言った。「住人はみんな、ほんの些細なことでも彼に連絡してくるし」

「疲れきってるんだろうね」アイダ・ベルも同意した。「例の脳震盪からまだ完全には回復してないってこともある。そこへシーリア絡みのごたごた、町長選挙、新任保安官逮捕と来て、今度はマックスが殺された。たっぷり寝て、体調万全でもさばくのはたいへんだよ」

「そこまで考えてなかったわ」とガーティ。「ここへ来なきゃならなかったカーターにちょっと悪い気がしてきたわね、今回は間違いなくあたしの責任じゃないけど」わたしのほうを向く。「ところで、あなたここで何をしてたの?」

「ハリソンから電話がかかってきたの」嘘をつく理由がないので、そう答えた。ただし、電話の詳しい内容については明かさない。「アリーに聞かれるとまずいから、外へ出た。ピクニックテーブルに座ってたせいで潮が満ちてきたのに気づかなくて、おりたらヘビに上陸場所として利用されちゃったわけ」

「ハリソンはなんて言ってきたんだい？」アイダ・ベルが尋ねた。

答えようとしたとき、勝手口のドアが開き、わたしたちは懐中電灯の明かりにぱっと照らされた。

「いったいそこで何してるの？」アリーが訊いた。「ガーティ、服はどうしちゃったの？三人ともびしょ濡れ？　お願いだからなかに入って。風邪を引かないうちに」

「電話の件はあとで」わたしは言った。

アイダ・ベルがうなずくと、わたしたちは家へ向かって歩きだした。

邪魔が入って助かった。おかげで返事を考える時間ができた。答えを練ればそれだけ信憑性の高い嘘がつける。一般人相手なら、わたしはその場で嘘をつくことができる。カーター相手でも、かなりうまく答えられるだろう。とはいえ、カーターはわたしの正体を知らない。アイダ・ベルとガーティが相手の場合は、言いつくろうのがむずかしい。第一に、彼女たちは騙されないように訓練を受けているから。第二に、ふたりはわたしの正体を知っている。こちらが嘘をつくことを予想していて、真実を隠している証と思われる小さな表情の動きやまばたきを絶対に見逃さない。

携帯電話を見て時刻を確認した。いまの騒ぎやら空調が動いていないせいやらで、みんな夜明けと同時に起きだすだろう。となると、彼女たちを遠ざけておきながら、自分は捜査を続ける方法を、二時間ほどで考えなければならない。

いいアイディアが浮かぶよう期待した。なぜなら、いまはまったく何も思い浮かばないから。

アイダ・ベルとガーティを納得させる作り話を考えようとしながら一時間ほど輾転反側《てんてん》したあと、わたしは夜明け近くにようやくうとうとしはじめた。本格的に眠りに落ちそうになったちょうどそのとき、電力が復旧して、家のなかのあらゆる電化製品に電気が急激に流れた。空調がうなり、照明が点滅し、家のあちこちでアラームが誤作動したらしくうるさく鳴りだした。

ベッドから飛びおきたわたしは拳銃を構えたが、すぐに何が起きたのかわかって力を抜いた。マーリンはわたしと同時に跳ねおき、いまはランプのてっぺんにちょこんとのって、こちらをにらみつけている。どういうわけか、悪いのはわたしであるかのように。次の瞬間、ガラスの割れる音が廊下の先から聞こえてきた。わたしは少し低い姿勢になり、次に何か聞こえてくるまで部屋から出るのを待った。向かいの寝室でアリーが目を丸くして固まっている。

「何してるんだよ」アイダ・ベルの怒鳴り声。「あんた、そのうち誰か殺すよ」
「音にびっくりしたんだもの」とガーティの声。「アクシデントだったのよ」
「どうして手裏剣なんか持って寝てたんだよ」
「拳銃よりこっちのほうがいいと思って」

「まったくもう」

廊下に出て歩きだすと、アリーも後ろからついてきた。ガーティが使っている寝室の入口にアイダ・ベルが立ち、うんざりした様子で首を振っている。なかをのぞいたところ、ガラス窓に穴が開いているのが見えた。修繕リストに追加一件。ウォルターはこの家の修理代金で隠退生活に入れそうだ。

ガーティがベッドから出て目覚まし時計のコードを壁から引き抜いた。「だいたいなんで目覚ましがオンになってたの？」

「電力サージが起きたんだと思う」わたしは言った。「家中でアラームが鳴ってるから」

アイダ・ベルが耳に指を突っこんでうなずいた。「全部見つけて消さないと。こっちの耳が聞こえなくなる前に」

わたしはアリーと一緒に一階へおり、彼女はコンロのアラームを、わたしはポーチに出て呼び鈴をとめにかかった。呼び鈴はずっと繰り返し鳴りつづけ、わたしが拳銃でとどめを刺そうかと考えはじめたころ、アイダ・ベルが出てきてバールで呼び鈴を丸ごと壁から叩き落とした。

「助かった。もう少しで頭がおかしくなるところだった。これってふつうのこと？」わたしは近所を見まわしたが、あたりは静まり返り、慌てて走りまわっている人などひとりもいない。

アイダ・ベルが首を横に振った。「ハリケーンのあいだに雷が落ちたのかもしれないね。

何が故障したかはわからない」

「もうっ。つまり、電気設備全滅ってことよね——保険金を請求して家中に業者が入るみたいな？」

「その可能性もあるね。ひとつひとつ確かめよう。空調は大丈夫なようだ。キッチンから始めるのが妥当だろうね」

キッチンへ行くと、ガーティが冷蔵庫を点検しているところだった。「これは大丈夫みたいよ」入っていったわたしたちに向かって、彼女は言った。

アリーは電子レンジのドアを閉めた。「コンロとオーヴンは問題なし。でも電子レンジは駄目」

「コンセントを抜いておくつもりだったんだけど」わたしは言った。「忘れちゃったみたいね」

「少なくとも作りつけじゃないから、交換は簡単だよ」とアイダ・ベル。

「だといいけど。アリーが出ていったら、キッチンでわたしが使うのって電子レンジとコーヒーメーカーだけだから」

「コーヒー！」ガーティがコーヒーメーカーを壁から離し、大きく安堵のため息をついた。

「これはコンセントが抜いてあったわ。よかった」彼女はコーヒーを淹れる用意を始めた。

五分後、わたしたちはキッチンテーブルを囲み、無言でコーヒーを飲みながら、これから一日のことに気持ちを集中しようとしていた。

「きのうの夜何が起きたのか、誰も教えてくれなかったわよね」アリーが言った。「どうしてみんな裏庭にいたの？　ガーティの服はどうしたの？　三人とも濡れてたのはなんで？」

「物音が聞こえたから、何かと思って見にいったの」わたしはカーターにしたのと同じ説明をした。続いてヘビに巻きつかれたこと、それを追い払おうとしたら、こちらが期待したようにはうまくいかなかったことを話した。

わたしが語りはじめてまもなく、アリーはにやつきだし、ガーティがピクニックテーブルから落ちたところまでくると声をあげて笑った。カーターが裏庭にいるわたしたちに携帯ライトを向けた場面では、笑いすぎてあえぎはじめた。「信じらんない」目から涙をぬぐう。

「あなたたち三人にかかると、まずくなりそうなことは間違いなくそうなるって感じ、それもものすごく派手に」

「そのうえ本当に幸運なことに、いつも必ずカーターが現れてその現場を目撃するのよね」

「いつも必ずじゃないわ」とガーティ。「おかげでこっちは助かってる。カーターは四六時中不機嫌になってるはずよ、あたしたちがほかにどれだけのことをやってるか知ってたら」

「勘づいてはいると思うよ」アイダ・ベルが言った。「証拠がないってだけで」

「まあね、あなたがシンフルに来てくれて、あたしの人生は間違いなく前よりおもしろくなった」アリーはわたしにほほえみかけてから立ちあがった。「電気が使えるようになったから、カフェに行ってフランシーンを手伝わなきゃ。調理機器が全部無事であるように、指を重ねて祈ってて」

「ありとあらゆるものを重ねて祈るわ」わたしは言った。「カフェには開店してフル稼働してもらわなきゃ」

アリーが階段をのぼっていく音が聞こえるまで待ってから、わたしはもう一度口を開いた。

「それじゃ、こうしましょ。まずシャワー——そのあいだにアリーは着がえを済ませて出かけてしまうはず。そのあと、ガーティに朝食を作ってもらうあいだに、わたしがハリソンからの電話について話す」

ガーティが勢いよく立ちあがった。「シャワー大賛成。それにオムレツとパンケーキがよさそうね、あれだけ赤身の肉を食べたあとだと」

「こんなにすぐ電力が回復するってわかってたら」アイダ・ベルが言った。「肉はガーティん家《ち》の冷凍庫に入れたままでよかったね。きっともっただろうよ」

「そんな賭けみたいなことしなくたっていいでしょ」一緒にキッチンから出ていきながら、ガーティが言った。「しばらくはハンバーグとミートローフを食べつづけるのよ。もっとひどい経験だってしたことあるじゃない」

「だね」アイダ・ベルが同意した。「あんたがトーフを試してみる気になって、トラック一台分注文したときとかね。車のトランク一杯分と間違えて」

わたしはぎょっとするあまり、階段を一度に二段のぼってしまった。

「あのときはほんとにたいへんだったわねえ」ガーティが答えた。「配るわけにもいかなかったし」階段をのぼりきったところで、彼女はため息をついた。「きょうは誰かがお湯をひとりで使いきっちゃう心配はないわね。シャワーはささっと済ませるしかないから」しまった。給湯器には電気を使うことを忘れていた。停電していたのが一日半。もうお湯は冷めてしまっているだろうし、ふたたび熱くなるまでには何時間もかかるだろう。

　わたしはタオルを出し、服を脱いだ。シャワーを浴びはじめようとしたとき、隣の浴室からガーティのキャッという声が聞こえてきた。家のなかはまだ暑いのに、水は冷たく、わたしは以前のように髪が二センチちょっとしかないヘアスタイルだったらよかったのにと思った。ロングのエクステをつけているいまはシャンプーをするのに時間がかかるし、洗い流すにはさらに時間がかかる。

　すべてをなんとか五分かそこらで終えて、暖かくふんわりしたタオルにくるまった。服を着て、もつれた髪を梳かし、ポニーテールにまとめるのにさらに五分。わたしは報告会《デブリーフィング》のために一階へと向かった。作り話はいつでも話せるように準備できている。

　ガーティがすでにキッチンカウンターの前に立ち、ボウルに卵を割っていた。アイダ・ベルが残っていたコーヒーをつぎ、ポットに新しく落としはじめている。わたしは顔をしかめた。高齢者ふたりよりもシャワーに時間がかかるなんて、悲しい。悲しすぎる。真剣に、わたしは体がなまってきている。腰をおろし、コーヒーに甘味料を入れた。そのあと、ええいかまうものかと、コーヒーフレッシュとキャラメルフレーバーのシロップも加えた。

　アイダ・ベルが向かいの席に腰をおろした。「で……ハリソンはなんだって？」

「彼とモローはニューオーリンズのＦＢＩと連携して捜査をしていて、アーマドと取引があると思われる買い手に関する情報を入手した。コンラッド・ジェイミソンという男。ＦＢＩは、その男を逮捕するのに充分な情報が欲しくてしかたなかった。こちらが持っていた情報を使えば、彼らは立件できるはず」

「そいつはよかった」アイダ・ベルが言った。「で、どう奇襲する計画だい？」

「まだ決まってない。買い手の所有する物件についてもう少し調べてから、どう動くかを決定するって」

「アーマドに関しては？」

「相変わらず行方不明。でも手下はまだニューオーリンズにいる」

「シンフルに偽造紙幣が現れた理由だけど、ハリソンはなんでかわからないのかい？」

わたしは肩をすくめた。「ハリケーンのせいかもね。支払いに使うためにボートか、あるいは飛行機に積んであったとか。あの天候じゃ、どちらも事故を起こした可能性がある」

アイダ・ベルが眉をひそめてちらりと見ると、ガーティが首を横に振った。「あたしの言ったとおりでしょ」

「言ったとおりって、何が？」わたしは訊いた。

「あなたはあたしたちに嘘をつこうとするってこと」ガーティはそう答えてため息をついた。

「ねえ、こっちだってわかってるのよ。あなたはあたしたちに無事でいてほしい。こっちは、自分はいまも超人的な女スパイだって信じたいけど、全盛期はとっくに過ぎてるって、このあたしでさえ自覚してる」

アイダ・ベルがうなずいた。「でも、だからってあんたの力になれないとはかぎらない。どういう罠をしかけるかは話してくれなくていい。いざってとき、あたしたちが現場にいられないのはわかってる。でも準備工作に関しては、これまでどおりのことができると思うんだ」

「あれこれ首を突っこんでいくってことよ」とガーティ。

「言わなくても、フォーチュンはわかってると思うよ」

わたしは唇がひくつき、にやつかずにいられなかった。「うん、わかってた」

「あんたにはあたしたちの力が必要だ」アイダ・ベルが言った。「あたしたち以上にシンフルの住民を知ってる人間はいない。それに知ってるよ、あんた、偽札が偶然ハリケーンのせいでこの町まで飛ばされてきたなんて、考えちゃいないだろ」

深く息を吐いた。アイダ・ベルの言ったことはすべて本当だ。事情通の助けなしにシンフルにいる関係者を突きとめるには間違いなく苦戦する。アイダ・ベルとガーティの上をいくシンフル事情通なんてひとりもいない。でも、プロの工作員としてのわたしが〝ノー〟と叫び、友人としてのわたしも〝ノー〟と叫んでいる。

「どっちにしろ、あたしたちは蚊帳《かや》の外なんかじゃ我慢しませんからね」ガーティが言った。

「あなたは自分で采配を振るうか、あたしたちが災難に遭わないよう祈るかのふたつにひとつよ」

「オーケイ。ふたりが協力したいっていうのはわかるし、確かに過去にはかなりいい働きをしてくれてる。でも今回は違うの。わたしは本職のＣＩＡ工作員としてミッションに参加してるし、つまりあなたたちのことは、わたしが直接責任を負うことになる。もっと大事なのは、ふたりともわたしにとっては友達で、自分のせいであなたたちに何かあった場合、わたしは自分を絶対に許せないってこと」

「それはわかるわ」ガーティが言った。「あたしたち、あなたの采配に従うって約束する。あなたが認めたことしかやらないし、わかったことは全部、直接あなたに報告する」

アイダ・ベルがうなずいた。「ねえ、あたしたちはさ、ほかのみんなにはただの高齢者かもしれないけど、あんたはそうじゃないって知ってるだろ。あたしたちに仕事をさせておくれよ」

胸が熱くなった。わたしがハリソンに言ったのと同じこと。ガーティとアイダ・ベルは年を重ねているし、わたしと違って特別な訓練を受けていない。でも、ふたりとも根は戦士だ。悪を正したいという思いが根っこにある。年とったからというだけで、その思いが消えることはない。あるいは体の動きが鈍くなったり、視力が落ちたりしようとも。

「わたしも本当はあなたたちに黙ってるのが嫌だった」

アイダ・ベルとガーティが笑顔になった。

「そうとなったら」とガーティ。「まずどうする？」

「当面、わたしの任務はシンフルで基礎固めをする仕事に限定されてる。モロー長官はわたしがニューオーリンズに近づくことを望んでいない。アーマドのほうはわたしがルイジアナにいることをつかんでいないはずだから、偽装がばれるリスクは冒したくないというわけ」

「理にかなってるね」とアイダ・ベル。「どこから手をつけるか、考えてあるのかい？」

「ある。奇妙に聞こえるかもしれないけど、マックスから調べはじめたいと思ってる」

ガーティがフライ返し片手にくるっと振り向いた。「マックス？」

アイダ・ベルは目を丸くした。「正直言って、それは予想してなかったよ」

マックスが突然現れたことについての考察をふたりに話した。彼が百ドル札を何枚も持っていたことに引っかかりを覚えたことも。「根拠が薄いのはわかってる。っていうか、まったく根拠なしに聞こえると思う。でも、どうしても引っかかるの」

「偽札についてと同じじゃに」アイダ・ベルが言った。

わたしはうなずいた。

「それなら、マックスについて調べようじゃないか」アイダ・ベルは頭をかしげ、わたしの顔をじっと見つめた。「おもしろいね。最初のころ、あたしたちがかかわったほかの事件じゃ、あんたの勘はそこまで冴えてなかった。例の武器の密売事件に巻きこまれるまではね。その理由は新しい土地で、ふだんは相手にすることがない人間といるせいだろうと思ってたんだ。どうやら、あたしが正しかったようだね」

「どうしてそう思うの？」

「あんたの本領に近いことが起きたとたん、まるでパチンとスイッチが入ったみたいに変わったからだよ。環境に慣れたから、ふだんの自分が戻ってきたのかもしれない。けど、おもしろいのは、自分に密接なつながりのあることが、その大きなきっかけになったってとこだ。最初は武器取引、今度は偽造紙幣」

「超能力的なつながりね」とガーティが言った。

ふつうなら、そんなことはばからしいと片づけていただろう。でも今回は彼女が正しいかもしれないという気がした。例の武器取引に関しては虫の知らせのようなものを感じたし、悪者は全員死ぬか逮捕されるかしたとはいえ、すべてが明るみに出たという気はしなかった。偽造紙幣が見つかったことは、間違いなくわたしの警戒心を非常に強めさせた。あれが偽物であるのは、ハリソンから確証を得るよりもずっと前からわかっていた。マックスはこの偽金造りにどっぷりかかわっていたといまわたしに告げているのは、前に感じたのと同じ虫の知らせだ。

「超能力的というのとは違うかもしれない」わたしは言った。「でも、わたしが自分の仕事に強いつながりを感じているというのは確か。この案件は二年間、わたしの全生活を占めていた。だから、それとつながりのある何かには〝共通性〟を――もっと適切な言葉が見つかればいいんだけど――感じても納得がいく」

アイダ・ベルがうなずいた。「共通性ってのはうまい言葉だよ。で、マックスについてはどこから始める?」

「電気！」わたしははじかれたように立ちあがり、キッチンカウンターに置いてあったノートパソコンをつかんだ。「きのうの夜は彼の偽の運転免許証に載ってた住所について調べられなかった。停電中で、携帯電話じゃインターネット検索ができなかったから。落雷でＰＣのモデムがやられてないことを祈る。それとプロバイダが接続障害とかを起こしてないように」

もう一度腰をおろし、ノートパソコンを開いた。Ｗｉ－Ｆｉのマークがフルサイズで表示されたのを見て笑顔になった。免許証にあった住所を地図検索する。住所が表示されたところで衛星写真モードにかえ、ズームした。アイダ・ベルがテーブルをまわってわたしの隣へ移動し、ガーティはわたしの肩越しに画面をのぞきこんだ。

「倉庫街だね」とアイダ・ベル。

「倉庫街？」わたしは訊き返した。「どうしてそんなところに住むわけ？」

「ハリケーン・カトリーナの被害を受ける前から、古い建物のリノベーションが行われるようになって」ガーティが答えた。「多くの地域で一階はお店や事務所、上の階はアパートメントとして使われるようになったの」

「なるほど」わたしは新しいタブを開き、住所を検索した。「画廊だ」

「マックスは昔から自分には絵の才能があるってうぬぼれてたね」アイダ・ベルが言った。

わたしは椅子の背にもたれた。「彼が実際に画家になって、長年それで生計を立てていたって可能性はある？」

「ありえないと思うよ」アイダ・ベルが答えた。「あたしは美術の目利きじゃないけど、あいつの描いたものには独創性ってもんがこれっぽっちもなかった」

ガーティがテーブルにオムレツを置いた。「あるいは、そこで働いてたのかも」腰をおろし、塩と胡椒に手を伸ばす。「これを食べたら、パンケーキを焼くわ」

アイダ・ベルは自分の席に戻り、オムレツにフォークを刺した。「画廊で働けるようなマナーや上品さなんて、あの男は持ち合わせてなかったはずだけど」

わたしはノートパソコンを指で叩いていたが、画面を閉じてから自分の皿に手を伸ばした。

「その顔つき」アイダ・ベルが言った。「何を考えてるかわかってるし、答えはノーだよ。あんたがニューオーリンズに行ってその画廊を確認するのはなしだ。ハリソンから、ここでじっとしてるよう言われたんだろ。忘れたのかい？」

「言われたのは、シンフルにいる関係者をさがせってこと」

「シンフルで、だろう」アイダ・ベルが言いなおした。

「そうだけど、手がかりを追うなとは言われなかった」わたしは反論した。「はっきりとはね」少なくとも、ハリソンは言わなかった。モローとなると話は別だが。

アイダ・ベルがため息をついた。「まったく頑固だね。マックスがアーマドと取引のある人間とつながってたなら、その住所は見張られてるかもしれないよ」

「FBIがつかんでる住所は一カ所だけ。ハリソンはそこが画廊だとは言ってなかった。ジェイミソンがこの画廊のオーナーだとしたら、そのことはうまく隠されていて、FBIはまだ暴けていない」

ジェイミソンは手がけているビジネスをそれぞれ手下に任せている――ハリソンからそう

聞かされていることは黙っておいた。マックスが偽金造りにかかわっていたなら、ジェイミソンの手下が画廊の入っている建物もしくは画廊そのもののオーナーである可能性は大いにある。しかし、彼がそこに住んでいたこと自体は、なんの証拠にもならない。

「ひょっとしたら」ガーティが言った。「マックスは上の階のアパートメントを借りていて、そこを選んだのは、自分も画廊で売られている作品を描いた画家のひとりってふりをしたかったからかもしれないわね。それってていかにもあの男がやりそうなことよ。昔から、身の程知らずの夢を抱くタイプだったから」

「でもシーリアと結婚したのよね」わたしは言った。

「シーリアは遺産を相続してたからね。マックスは金が目当てだった」とアイダ・ベル。「シーリアとの結婚生活がそこまでたいへんだなんて、考えてなかったんじゃないかね。男はほとんどの面で女を見くびってるから」

「確かに」

アイダ・ベルはフォークをおろした。「けど、ガーティの言うとおりだ。画廊の上に住むってのは、まさしくマックスがやりそうなことだよ」

ガーティがうなずいた。「きっと昔よく描いてたような下手くそな風景画が部屋に置いてあるんじゃないかしら、次に発見される隠れた天才はおれだとばかりに」

彼女の推測は何もかも筋が通った。確かにわたしがマックスから受けたのは、うぬぼれの強い男という印象だった。彼が画家のつもりでいたなら、画廊の上に住むというのは自己陶酔にひたるひとつの手段になっただろう。それに、マックスが偽金造りにかかわっているという確証が得られたわけではない。だから、こんな話をしたところで空論にすぎないかもしれない。

「それじゃ、変装すれば、わたしはその住所を見て帰ってこられるはずよね」とわたしは言った。「誰にも気づかれることなく」

「こっちに来てからあんたがした変装って言うと、〈スワンプ・バー〉に溶けこめるようなのだけだよね」とアイダ・ベル。「倉庫街で同じような服装をしたら、あんた売春容疑で逮捕されるよ」

「もっと人目を惹かない格好を考えてたんだけど。ＵＰＳ（ユナイテッド・パーセル・サービス。アメリカの大手宅配業者）の制服とか」

「あら！」ガーティが目を見開いた。「それは本当にいい思いつきだわ。人は配達員のことを見もしないもの……男でも女でも」

「いいけど、ＵＰＳの制服はどうやって手に入れるつもりだい？」とアイダ・ベル。「あれは頼んだらくれるってもんじゃないよ」

「茶色のシャツに茶色のスラックスかショートパンツよね。きっとあなたたちのどっちかが応用できる服を持ってるでしょ。ロゴはわたしが白い生地に描けばいいし、それをガーティが縫いつけてくれれば済む。ＵＰＳの検査を通らなきゃいけないってわけじゃなし。人が二度見しない程度に似てれば大丈夫」

「アイダ・ベルが去年のハロウィーンに着たサファリルックの上下があるわ」とガーティ。

「あれが使えるはずよ」

アイダ・ベルは眉をひそめた。「どうかねえ……リスクが大きい気がするけど」

「信じて」わたしは言った。「元ミスコン女王の司書のふりがそこそこできてるなら、UPSの配達員なんて楽勝だから」

ややあって、アイダ・ベルもうなずいた。「やってみる価値はありそうだね。しかし、そもそもなかに入れたとしての話だ。マックスは殺されたわけだから、カーターがニューオーリンズ市警に依頼して、アパートメントを立入禁止にしてあるかもしれない」

「まだそこまで手がまわってないか、その必要はないと考えたかであるよう祈りましょ」わたしは言った。

「どうかねえ」アイダ・ベルが目をすがめてわたしを見た。「向こうに着いて、もし戸口に警察のテープが渡してあったら、すぐUターンして帰ってくるよ」

「もちろん」わたしは足首が交差していることを確認し、幸運を祈りながら答えた。

「真剣にだよ」アイダ・ベルは言った。「リスクのあることはなしだ。今回は絶対に」

わたしがうなずいてガーティを見ると、ウィンクが返ってきた。

ゲーム開始。

第10章

三時間後、わたしたちはガーティの車にのりこみ、ニューオーリンズへ向けて出発した。アイダ・ベルのサファリルックの服は文句なしに使えた。ロゴはわたしの手描きだったが、こちらの居心地が悪くなるくらい近寄られたりしない限り、誰もわたしに注意を払おうとはしないだろう。UPSの伝票がはられた小さな箱も用意した。ガーティに借りて。彼女はなんでも取っておくタイプだ。テニスシューズを履き、サングラスをかけたら、変装は完成。

カーターには注文するより早いから、ニューオーリンズまで日用品を買いにいくと話した。何か必要なものはあるかと訊くと、新しいトイレがあれば助かるという返事が返ってきた。保安官事務所のトイレ問題はガーティが原因だったたから、わたしは善処すると答えた。

わたしたちはまず工具店に寄った。誰も認めようとしなかったが、先に買いものを済ませようとしたのは、何か問題が起きて逃走する必要に迫られるかもしれないからだと三人とも承知していた。

窓ガラスは取り寄せになったけれど、意外ではなかった。あの家は古くて、建てた当時そのままの特別な窓枠が使われている。見た目はすてきだが、ちょっと面倒でもある。掃除することになったら、わたしはあの窓が嫌いになるだろう。実を言うと、家全体がしっかり大掃除をする必要があった。あれこれ落ち着きしだい、業者を雇うことを考えたほうがいいかもしれない。わたしはマージの本物の姪ではないから、正確には、あの家はわたしのものではない。でも、あそこに寝泊まりさせてもらっている関係上、ちゃんと修繕するのが筋というものだろう。直近のダメージを与えた張本人がわたしであることを考えると特に。

買いものを終えると、購入品をすべてカートにのせてガーティの車まで運んだ。「これを買わされたのがいまでも信じられないわ」ガーティが真っ白な新しい便器の入ったトランクを閉じながら言った。

「せめてそれぐらいしないとね」とアイダ・ベル。「あんた、カーターに新しい服を買って、セラピー代も払ったほうがいいよ。あいつは便器にタックルしてトイレの水を浴びて、それから十時間もたたないうちにあんたの下着姿を見る羽目になったんだからね。その便器を届けるときはウィスキーの大瓶もつけないとだ」

ガーティは手を振ってはねつけ、わたしはにやつきながら、工具店の買い物袋が並んだ後部座席にのりこんだ。

「ところで、全員自分が何をするかわかってるってことでオーケイ？」

「あたしはずっと車のなか」ガーティが答えた。「あなたとアイダ・ベルが出てくるのを待って、帰りの運転を担当。ダ・ヴィンチ・コードの解読を命じられたわけじゃあるまいし、わかってるわよ」

ガーティは運転手役よりも大事な仕事を任されなかったせいでまだ少しむくれているもの

の、脱出時の運転手は大役であるというわたしの説明に最終的には納得した。残念ながら、脱出時の運転手がガーティであることは死ぬほどおそろしい。とはいえ、彼女には画廊に入るよりはハンドルを握っていてもらうほうがまだ安心していられる。

アイダ・ベルは友達から借りてきたかつらをかぶり、ルームミラーをのぞきこんだ。「あたしは画廊に入って客のふりをする。展示作品の画家について尋ね、画廊と建物の持ち主が誰か、突きとめられるかどうかやってみる。どうだい?」後ろを振り返って、わたしを見た。

「髪色とヘアスタイルで驚くほど変わるものね」アイダ・ベルが借りてきたのはつややかなこげ茶のかつらで、あごまでのボブスタイルになっている。十五歳は年下に見えた。「若返って見える」

「こっち向いて」ガーティが言ってアイダ・ベルを見た。「あたしには、相変わらず無愛想なおばあちゃんに見えるけど」

「あんたは嫉妬してるだけだよ」アイダ・ベルはルームミラーに映った自分をのぞきこんだ。

「確かにちょっと若返って見える気がするね」

「歩く屍《ウォーキング・デッド》よりは十歳ぐらい若いかもね」ガーティがぶつぶつ言った。

ため息。画廊まであと二、三分の距離でよかった。ガーティの文句を聞かされるのにはうんざりだ。シンフルに戻ったら、彼女のために何か特別な任務を見つけなければ。さもないと、アイダ・ベルとわたしはこれから何日も同じような文句を聞かされそうだ。

ガーティは角を曲がったところでわたしをおろし、そのあと画廊の二軒ほど先まで走ってから車をとめた。わたしが小包を持って歩いていくと、車からおりたアイダ・ベルが画廊に入っていった。わたしたちが期待したのは、画廊にはスタッフがひとりしかおらず、アイダ・ベルが質問をして気をそらしていれば、わたしには注意が向けられないだろうということだった。

画廊はかなり細長い造りで、両側の壁に絵がかかっていた。長いパネルによって展示スペースがふたつに区切られ、パネルの両側にも作品がかけられている。客はアイダ・ベルだけで、湿地を描いた大きな絵の前に立ち、耳だけでなく顔面にもピアスをいくつもしている若い男性と話をしていた。

身長百七十二センチ。体重はアクセサリーも含めて六十三、四キロ。ピアスで刺されない限り、脅威度ゼロ。

わたしがなかに足を踏みいれると、画廊スタッフはこちらを振り返ったが、ドアはまったく音を立てなかった。よし。出入りの際に警告となる音がしないのは都合がいい。

「トーマス・ジョンソンに小包です」退屈してややいらついた表情を作り、わたしは言った。

「それなら二階だ」若いスタッフは建物の奥にある階段を指差した。「右側の部屋だけど、この二、三日は彼を見かけてないな。不在かもしれない」

「サインは必要ないんで」わたしは答えた。「ドア前に置いておきます」

若者はトーマス・ジョンソンにも小包にも関心がない様子で肩をすくめた。彼が背中を向けたところで、わたしが反対側の展示スペースを頭で指すと、アイダ・ベルがうなずいた。

わたしは階段へ向かった。ここまでのところはよし。アイダ・ベルがピアスボーイをパネルの反対側へ連れていったので、彼はわたしが出ていくところを見逃しただけと思うだろう。そもそもそんなことを気にしたとしてだが。

階段を勢いよくのぼっていき、アパートメントを見つけると、わたしの顔に笑みが浮かんだ。警察のテープははられていない。マックスが殺された件をカーターがまだニューオーリンズ市警に連絡できていないか、こちらのほうがありそうだが、地元警察はハリケーン絡みの問題への対処で忙しく、まだ捜査に来られていないのだろう。結局のところ、マックスはすでに死亡しており、殺されたのも彼らの管轄内ではない。重大犯罪への関与が疑われない限り、優先順位の高い殺人事件ではない。

錠をすばやく検めると、さらに笑みが大きくなった。この建物のリノベーションをした人物は一般的な工事規則に従い、ドアに安物の錠を使用していた。これならたちどころに開けられる。手袋をはめ、取りかかった。クレジットカードと針金を使っただけで、あっさり開いた。なかをのぞき、誰もいないことを確認する。アパートメントに入り、ドアを閉め、鍵をかけた。

アパートメントはワンルームで、そのこともプラス要素だった。狭ければ捜索が簡単だし、マックスは少なくとも家具に関する限りは明らかにミニマリストだ。ところが、壁は事情がまったく異なった。絵がびっしりかかっている――大きなサイズ、中ぐらいのもの、小さなもの。油彩画、アクリル画、チョークアート、鉛筆画、風景画、肖像画、深皿に盛られた果物の絵。大量の絵画に窒息させられそうになった。

座り心地のひどく悪そうな白いモダンなソファに小包をほうり、サイドテーブルの抽斗を開けた。テレビのリモコンしか入っていない。キッチンに行き、抽斗や食器棚を調べたが、わかったのはマックスが料理も片づけもしないということだけだった。調理器具はひとつもなく、冷蔵庫のなかはおぞましかった。かなり前からあれこれ育ちはじめていた模様。

寝室代わりのスペース、すなわち部屋の一番奥のマットレスとナイトテーブルが置かれた一隅へ移動した。ナイトテーブルの抽斗の上段にはヌード雑誌が二冊とソックスが二足、下段には下着が入っていた。手袋をしていてよかったと思いながら、それらを動かしてみたが、何も見つからなかった。ほかの抽斗にもしたように、底を叩いてみたけれど、二重底にはなっていないし、テープでとめられているものもない。

次に浴室へ行ったが、あったのは便器とシャワー、足つき洗面台。隠し場所として使えそうなのは薬戸棚とトイレタンクだが、戸棚に入っていたのは必要最低限の洗面道具だけで、トイレタンクのなかにも何も隠されていなかった。浴室の奥には細長いドアがあり、クロゼットにちがいなかった。開けてみると、ジーンズにTシャツ、安物のスーツが二着と靴がしまってあった。ほかには何もしまわれてないことを確認し、ポケットの奥や靴のなかも調べてから、今度は壁を押してみて、秘密の隠し場所がないことを確かめた。クロゼットのドアを閉め、浴室から出る。

部屋の真ん中に立ち、周囲を見まわした。きわめて不満。何もかも変だ。マックスがここに住んでいたことを示すものと言えば、何枚もの絵だけ。こうした絵がなかったら、この部屋のあるじは衛生管理に問題があり、服の趣味が悪い独身男性なら誰でもおかしくなかった。ここまで何もないのは、絶対にわざとだ。小切手帳も郵便一通すらないなんて。保険証も車のキーも、写真一枚もなし。

あちこちに埃が厚くたまっていなければ、最近越してきたばかりで、荷ほどきを終えていないのかと思ったはずだ。彼はこのアパートメントを借り、シャワーを浴びたり寝たりはここでしていたのだろう。しかし、仕事はよそでしていた。誰だって、たとえ犯罪者であろうと、個人的な書類は所持しているものだ。彼の場合、すべてをよそに保管していたにちがいない。

携帯電話が振動したので、問題が起きたわけではないよう祈りながら引っぱりだした。ガーティだ。

何か見つかった?

返信する。

何も。誰が住んでいたのか示すものはいっさいない。個人的な書類も一枚もなし。

ちょっとして、ガーティから返信が来た。

マックスは昔、絵の後ろにものを隠してたわ。そこに絵はかかってる？

わたしはアパートメントを見まわし、うめいた。

冗談でしょ？　ここ、ルーブルに収蔵拒否された絵の掃き溜めみたいなんだけど。

わたしは携帯電話をポケットに戻すと、絵を一枚ずつ順番に壁からはずして裏を調べた。このペースでは、午後いっぱいここにいることになる。壁一面分を調べ終えると、次の壁に移った。ポーカーをしている犬を描いた、信じられないほど趣味の悪い特別に大きな絵がソファの後ろの壁にかかっている。それをはずし、落としたり、ランプを倒したりしないよう慎重にソファから離れた。絵を壁に立てかけると、裏に小さな袋がはりつけてあるのがすぐ見つかった。

それはよくある金色の封筒で、ベルクロテープで額縁の裏に固定されていた。封筒をはずし、中身を確かめる。

やった！

百ドル札がいっぱい。

拡大鏡を持ってこなかった自分に心のなかで悪態をついたが、たいした問題ではない気がした。札を見るなり、またあの感覚——第六感——が、これは偶然ではないとわたしに告げた。

札を二枚取り、あとは封筒に戻した。額縁の真ん中に渡された横木の下に手を入れ、壁にかけなおそうとしたとき、横木の裏にある何かかたいものが指に触れた。指を横に滑らせてみると、かたい木片みたいなものが横木の裏に固定されている。

つっかえのための何か？

しかし、それは長さが二十センチほどしかなく、支えとしては役に立ちそうになかった。よく見ようとのぞきこんだところ、黒っぽい金属らしきものが横木に固定されているのが見えた。もう一度指を滑らせると、今度はそれにリボンが巻きつけられているのがわかった。結び目が横木の下にあるのを探り当て、指先でほどこうとする。

ほどこうとしているあいだに、興奮が募った。これがなんであろうと、マックスがかなりの手間をかけて隠すほど大事なものだ。小さな箱に入れた書類？　偽の身分証か請負仕事のリスト、取引先の住所とか？

ようやくリボンがほどけ、固定されていたものがわたしの手のなかへと落ちてきた。手を引っぱりだしたわたしは、驚きの目で見つめた。

硬貨を偽造する金型だ。

近づけてよく見ると、コレクション用コインを偽造するものとわかったが、どのコインかはわからない。

謎の一部が解けた。マックスが姿を消していたあいだの生活手段が不明だったこと。独創性はないが模写はうまい。財布とアパートメントに偽造紙幣。その偽造紙幣がシンフルに現れたのは彼が戻ってきたのと同じタイミング。

彼は武器取引にかかわっていたのではない。偽金造りの犯人だ。

おそらくコインから始めたのだろう。本格的な蒐集家《しゅうしゅうか》のところへ持っていかず、少量の取引なら、比較的簡単だ。それだけでいい生活ができたはず。しかし、紙幣の偽造となると、うまくやるには機材にかなりの金がかかる。この百ドル札は、わたしが知るなかでも最高の部類だ。武器商人のための紙幣偽造は儲かる仕事だろう。原版画家であればとりわけ。しかし、危険な仕事でもある。いったん原版が完成してしまえば、画家は必要なくなる。ただし、ふつうなら殺されもしない。マックスが殺害対象リストに加えられたのには、何か理由があったにちがいない。

札に残った瑕疵のせいで、アーマドに偽造紙幣であることがばれたとか。

画家としての技量が充分とは言えなかったことが、マックスが胸にショットガンの弾を二発撃ちこまれた理由かもしれない。だとしても、彼がシンフルで何をしていたかは謎のままだ。

携帯が振動したので、引っぱりだして画面を見た。またガーティからだ。

いま警察が到着して、画廊に入っていった。

まずい！

見たところ外へ出る通路は内階段だけだったし、警察に見られずに階段をおりるのは無理だ。もし見られたら、職務質問されるだろう。警察が画廊のスタッフから、わたしが死んだ男に小包を届けに来て、二十分前に帰ったはずだと聞かされていたらなおのこと。

絵を壁に戻すために持ちあげようとして、手をとめた。警察がドアを破って入ってくるまでに、絵をもとどおりにかけなおすなんて無理だし、どのみち無意味だ。家を荒らされたと、マックスに訴えられるわけじゃなし。金型をサイドテーブルに置き、脱出路が見つかるよう祈りながらアパートメント奥の窓へと走った。二階から飛びおりることはできるが、望ましくはない。

窓を押し開けて外を見る。排水管が三十センチほど離れたところにあり、建物の側面を路地へと伝いおりている。窓枠をのりこえようとしたとき、偽のUPS小包のことを思いだした。しまった！　あれはわたしの指紋だらけだ。

ソファに駆けもどって小包をつかんだ。階段をあがってくる足音が聞こえる。警官はいつここへ入ってきてもおかしくない。窓へと走って小包を外へ投げ、排水管に手を伸ばそうとしたとき、スーツ姿の男ふたりが路地に立ち、こちらを見あげているのが見えた。

身長百八十八と百九十センチ。体重は百十キロ弱と百二十キロ弱。体脂肪はきわめて少ない。武装しており、殺傷能力がおそろしく高い。

法執行機関ではない。態度がなんとなく違う。でも、マックスのアパートメントに関心があるのは間違いなかった。つまり、ジェイミソンかアーマドの手下のどちらかということ。どちらにしてもわたしにはまずい相手だ。

携帯を引っぱりだし、ガーティにメッセージを打つ。


いまにも警察がドアを開ける。路地に悪そうなやつら。窓から脱出できない。


この状況でガーティに何ができると言うのか。それでも、今回もまた何か計画を思いついてくれるよう祈った。彼女が意図したとおりにならなくても、わたしたち全員が命拾いできるような計画。路地にいる男のひとりがわたしを指差し、もうひとりの男と言い争うのが聞こえてきたが、なんと言っているかは聞きとれなかったし、わたしのいる位置からでは唇を読むこともできなかった。

警察に踏みこまれ、ニューオーリンズ市警経由でワシントンDCに戻るのと、外の悪そうなやつらと対決し、撃たれないことを期待するのとどちらがいいか検討していたそのとき、タイヤの軋る音が聞こえた。路地を見おろすと、ガーティのキャデラックが近くのごみ箱を次々なぎ倒しながらふたりの男に向かって突進していくのが見えた。

この建物に近づくと、彼女はこちらにハンドルを切ったため、ふたり組は轢かれないように路地の反対側へと飛びのいた。わたしは窓の外へ両脚を出し、すばやく祈りをあげてからジャンプした。

第11章

われながらすばらしいタイミングだった。キャデラックのルーフのど真ん中に着地したからだ。ガーティがふたたびスピードをあげると、男たちが後ろでわめく声が聞こえ、最初の銃弾がわたしの頭の横をヒュッと飛んでいった。くるりとまわって車の側面へと移動し、窓から助手席へと体を入れた。ガーティが右に急ハンドルを切り、キャデラックは路地から飛びだした。次の通りを半分ほど進んだところで、車のエンジンがかかる音がした。振り向くと黒いセダンがタイヤを軋らせ発進したところだった。

「追ってくる！」わたしは叫んだ。

ガーティがバックミラーをちらりと見た。「グローブボックス！」

グローブボックスを開けてみると、そこは小さな武器庫だった。9ミリ口径に四五口径、信号拳銃《フレアガン》、そして――嘘でしょ――手榴弾。

9ミリ口径を使って一般市民を死傷させるリスクは冒せない。そこでフレアガンをつかむと、セダンのボンネットに向けて発射した。うなりをあげて飛びだした信号弾は、セダンのフロントガラスの真ん中に着弾した。

「命中！」ガーティが叫んだ。

二発目を撃とうとしたそのとき、ドシンという音が聞こえた。次の瞬間、磁器製の便器がガーティの車の後ろに現れたかと思うと通りをころがっていった。ふたり組は信号弾のせいで前がよく見えず、手遅れになるまで便器に気づかなかった。正面から便器にぶつかってしまったセダンは、横へ滑って大型ごみ容器《ダンプスター》に突っこんだ。ガーティは右に急ハンドルを切って次の通りへと入り、その次の角では左に曲がった。わたしはずっとシート越しに後ろを見ていた。

「向こうはこっちを見失ったと思う」そう言って前を向くと、助手席のシートにもたれた。

「で、あたしたちはいまいましい便器を失ったわ」ガーティが落胆した様子で首を振った。

「トランクの底、直したのかと思ってた」シンフルに来て間もないころ、わたしは不運な事件に遭遇し、この車のトランクに隠れて移動する必要に迫られた。さらに運が悪かったのは、トランクの底が抜け、カーターの目の前で地面に落ちてしまったこと。彼に見つかりたくないからこその行動だったのに。

「直したと言えなくもなかったわ」ガーティが答えた。

なるほど。ガーティは、あれやこれやを直したと言えなくもない状態にしておくことで有名と言えなくもない。「まあ今回は、あなたが適切な修繕をしようとしないことがめずらしく功を奏した」

「カーターに届ける便器がなくなったってことを除けばね」

「カーターにはトランクの底が抜けてたし、便器を後部座席にのせるのは無理だったって言っておく。それなら全部本当でしょ。少なくともいまとなっては」わたしは急に背筋を伸ばした。「しまった！　アイダ・ベルを置いてきた！」

ポケットから携帯電話を出そうとしたちょうどそのとき、ガーティの携帯にＳＭＳ着信の通知が現れた。センターコンソールに置いてあった携帯をつかんで確認する。

　ふたりとも逃げられたかい？

「アイダ・ベルから」わたしは言って返信した。

　間一髪だった。いまどこ？

　Ｕｂｅｒを呼んだ。フレンチマーケットで拾っておくれ。

ほっとして深くため息をついた。「フレンチマーケットでアイダ・ベルを拾う必要がある」

「了解よ。酔っ払いみたいに通りから通りへくねくね走ってたおかげで、ほんの二、三ブロックの位置にいるわ」

ガーティはガバナー・ニコルズ・ストリートへと曲がってしばらく走り、交差点の近くで車をとめた。道路の反対側にいたアイダ・ベルが、手を振ってから通りを渡ってきて、後部座席にのりこんだ。

「いやもう、あんたたちが無傷で、パトカーにものせられてないのを見て、どんだけ安心したことか」ガーティが車を出すと、アイダ・ベルは言った。「画廊に警官が入ってきたときは、心臓がとまるかと思ったよ。でも、警官の気をそらす方法は思いつかなくてさ。そしたらあの大騒ぎになって、そのあと銃声と来た。警官たちは一階へ駆けおりてきたし、あのピアスだらけの間抜けは、鍵かけてトイレにこもったと思ったら赤ん坊みたいにビービー泣くばっかり。あたしが急いで外を見に裏口へ行くと、ちょうどあんたがガーティの車のルーフからなかへ滑りこむのが見えた。こっちもずらかるならいましかないと思って、正面のドアから出て一ブロックほど走ったあと、Uberを呼んだんだ。何が起きたんだい?」

「路地に男がふたりいたの」ガーティが答えた。「マックスの部屋を見張ってたから、フォーチュンは窓から脱出することができなかった。あたしが車で路地を走りぬけて、フォーチュンはサーカスみたいなジャンプをして、車の上に飛びおりたのよ」

アイダ・ベルが賞賛の表情でわたしを見た。「そんなとこだろうと思ってたけど、本当にそうだったって聞くと、なおのこと感心させられるよ。男たちに見覚えは?」

「ない」わたしは答えた。「よく見たけど」

「どうやって逃げきったんだい?」

「カーターの便器が、やつらを始末してくれたの」ガーティがそう言ってクックッと笑いだした。

頭がいかれたんじゃないのかと言いたげな表情で、アイダ・ベルが彼女を見つめたため、わたしは直したと言えなくもなかったトランクの底と、いまは壊れてしまった便器にまつわる一部始終を話して聞かせた。

「あんたはね、社会にとって脅威だよ」アイダ・ベルがにやつきながら言った。

「それってすごくいいことでしょ」とガーティ。「あたしの力であの男たちを振りきるなんて無理だったもの。便器があのふたり組をやっつけてくれなかったら、フォーチュンは手榴弾を使うことになってたわ」

「あんた、手榴弾なんて持ってるのかい?」アイダ・ベルがほんのわずかだが、怯えた表情になった。

「もちろん。グローブボックスにひとつ入れてあるわ」

「わかった」とアイダ・ベル。「それについてはまた今度話し合うとしよう」わたしに目を向ける。「何か見つかったかい?」

「すごいものが」わたしは偽札と金型の話をした。

ふたりが目を見開いた。「マックスが紙幣の偽造犯だと思うのかい?」アイダ・ベルが尋ねた。

わたしはうなずいた。「それなら、説明のつくことがいくつもある——殺されたとき、彼はなぜ偽札を持っていたのか、長年何をして生計を立てていたのか——」

「なぜ彼を殺したいと思う人間がいたのか」ガーティが言った。

「そう、それも」わたしは同意した。

「それじゃ、さっきのやつらはどっちの陣営でもありうるわけだ」とアイダ・ベル。「中東の人間だったかい?」

「わからないけど、ふたりとも黒い髪に褐色の肌をしていた」わたしは答えた。「中東の人間、クレオール、イタリア系、あるいは黒髪ですごく日に焼けた白人って可能性もある。訛りがあるかどうかわかるほど、声はよく聞こえなかった。状況が混乱してたから」

「なんかこう、これって感じなかったのかい?」

「わたしが唯一感じたのは〝うわ、くそっ〟だけ」

「まあ、これでマックスに関する疑問はいくつか解けたね」

「でも、一番大きな疑問が残ったまま」わたしは言った。「どうしてシンフルに戻ってきたのかは、まだわかってない」

「マックスは何かをシーリアの家に忘れてきたのかもしれないわね」とガーティ。「もしかしたらずっと前からお金の偽造に手を染めていて、関係したものを置いてきてしまったとか」

「そうだったとしても」わたしは言った。「どうしていまになって取りにきたの? こっちに忘れたものがあったなら、もっと前に戻ってくることもできた。それに、戻ってきた理由がそれだったにしても、なんでダウンタウンに現れて、自分の到来を告げたりしたわけ?

シーリアが休暇でいないときにこっそり戻ってきて、忘れたものを持って帰ることだってできたはず。目撃者もなく、騒ぎも起こさずに」

「そして死人も出さずに」アイダ・ベルが言った。「あたしはやっぱり誰かに会うために戻ってきたんじゃないかって気がするね」

「でも、誰に?」ガーティが尋ねた。「それに、その人物がマックスを殺したのか、それとも誰かがシンフルまで彼を追ってきたのか?」

「そっちの線で」わたしも言った。「つまり、誰かがマックスをシンフルまで追ってきて殺したと考えるなら、それを命じたのは誰か?」

アイダ・ベルがフーッと息を吐いた。「不明な部分が多すぎるね」

わたしはうなずいた。「シンフルに戻ってきてからマックスが誰と会ったか、突きとめる必要がある。公共の場では、みんなが彼に目をそそいでいたはず。マックスが話をした相手が全員わかれば、事件の真相にもう少し近づけるかも」

「町に戻りしだい〈シンフル・レディース〉の面々に知らせて、みんなから情報を集めよう」

「よろしく」わたしは言った。「ピアス男からは何か聞きだせた?」

アイダ・ベルがぐるりと目をまわした。「いやもうあきれたね。ずーっと文句たらたらだったよ、奴隷みたいに働いてるのに、画廊はぼくの作品を特別展示してくれないってね。お黙りって言ってやろうと思ったとき、こいつは利用できるって考えなおしてさ。こう言ってやったんだよ、それはひどい、画廊のオーナーの名前を教えてくれればあたしが電話して、あんたの作品を見たことあるけど、あれを加えたら画廊にとってすばらしい財産になるって言ってあげようってね」

「彼、食いついた？」

「もちろん。うぬぼれの強い人間からすると、自分のすばらしさをわからない相手がいるってことが理解できないんだ。あの画廊はある投資グループが所有しているけど、その責任者はオーウェン・ランダルって男だそうだよ」

「どっちか、その名前を聞いたことある？」

ふたりとも首を横に振った。

「じゃ、始めるのはそこからね」わたしは言った。「そのランダルって人物とマックスの偽の身元をもっと突っこんで調べる。ひょっとしたら、さらなる関係者が見つかるかもしれない」

「シンフルにいる関係者であることを期待しよう」アイダ・ベルが言った。「シンフル住民の誰かがマックスとかかわってたなら、そいつの正体を一刻も早くさらしてやりたいからね」

わたしは顔をしかめた。アイダ・ベルと意見が異なるからではない。百パーセント賛成である。マックスと取引のある人間がシンフルにいるなら、できるだけ早く正体を暴きたい。いま気になっているのは、まったく別のことだった。

「どうしたんだい？」アイダ・ベルが言った。「またそんな顔して」

「路地にいた男たち、この車のナンバープレートをしっかり見ていて、持ち主を突きとめられるんじゃないかって気がしてきたんだけど」

ガーティがはっと息を呑み、アイダ・ベルは彼女のほうをちらっと心配そうに見た。

「あの男たち、ナンバーが読みとれるくらい近くにいたわ」ガーティが言った。

「でも、そこまで注意を払ってたかね?」とアイダ・ベル。「同時にいくつものことが起きたから、見てなかったかもしれないよ」

「でも、見てたかもしれない」わたしは言った。「やつらがナンバープレートを見ていたって前提で話を進める必要があると思う。安全のためにはそれしかない」

アイダ・ベルがうなずいた。「ガーティは車を自宅の私道にとめて、あたしん家《ち》に来ればいい」

「ガーティが自宅にいないとわかったら」わたしは言った。「やつらが最初にさがすのはあなたの家。町の誰かに訊きさえすれば済む。ガーティにはどこに行ったら会えるかって。誰もがあなたのところって答える」

「ただし、あたしたちはあんたの家にはいられない」アイダ・ベルが言った。「そんなことしたら、やつらをあんたとアリーのところへまっすぐ案内しちまう。それに、ふたりそろってあんたのところに泊まる口実なんてないだろう? もう停電はしてない。どっちの家も被害は受けてない。アリーとカーターになんて説明する? カーターはきっとおかしいと思うよ、あんたん家が急に朝食つきのホテルみたいになったら」

「大人の女性はパジャマ・パーティなんてしないわよね」わたしは言った。

「あら！」ガーティがぱっと顔を輝かせた。「あたし、パジャマ・パーティ大好きよ」

「たいていの大人の女はパジャマ・パーティなんてやらない」とアイダ・ベル。

彼女の言うとおりだ、もちろん。奇妙に見えるのは必至だし、うちが急にホテルみたいになる納得のいく説明なんて、すぐにはひとつも思いつけなかった。

「こうしたらどうだろう」わたしは言った。「昼間ほかの人から見える場所で三人一緒にいるのは問題ない。でしょ？」

「そうだね」アイダ・ベルが同意した。

「だったら、昼間はハリケーンの後片づけの手伝いをする。それはいろんな人とマックスの噂話をする機会にもなる。夜はふたりともわたしの家へ来る。なぜなら、うちにはまだ食べきれないほどの挽肉があるから。で、食後は酔っぱらっちゃって、だからうちに泊まっていく」

「みんなで酔っぱらうってところが特に気に入ったわ」とガーティ。

「さっきのカーチェイスのあとだと」わたしは言った。「いまウィスキーを一杯やりたい」

「シンフルに住んでると、いつだってウィスキーを一杯やりたくなるんだよ」アイダ・ベルが言った。ガーティに向かって指を突きつける。「あんた、防犯アラームをオンにしなよ。これについては言い逃れなしだからね」

わたしはガーティをまじまじと見た。「家に防犯アラームつけてるの？」

ガーティがうるさいと言うように手を払った。「信者仲間の臆病女にしつこく勧められたのよ。彼女の旦那が設置業者だから、装置代だけで済んだし」

「操作パネルはどこにあるの？」ガーティの家の壁を思いだし、頭のなかで見渡した。

「コートクロゼットのなか」彼女は答えた。

「なんで？」わたしは尋ねた。

「そのしつこい信者仲間がどうしても譲らなかったのよ、壁につけたんじゃ、暗証番号を入力するところを窓越しに人に見られるって」

「その人、ちょっと被害妄想の気がありそう」わたしは言った。

「思いきり被害妄想よ」とガーティ。「運悪く、彼女はあたしに借りがあったもんだから、それを返そうと必死で、言うとおりにしないとほっといてくれなかったの」

「あんた、監視サービスはまだ契約したままなんだろう？」

「ええ」

アイダ・ベルはため息をついた。「全然使わないくせにね。ふだんは必要ないだろうけどさ、今回はスイッチを入れたほうがいいと思うよ。少なくとも、やつらを追い払う効果はある」

わたしもうなずいた。「賛成。それに、アラームのせいでやつらがなかに入らずに退散すれば、あなたはなかにいるものと誤解させておける」

「つまり、よそにあんたをさがしにいくことはないってわけだ」アイダ・ベルが言った。

「わかったわ」とガーティ。「あのいまいましい装置をオンにするわよ。でも、あれが腹の立つ時間に鳴りだしても、あたしは知りませんからね。一度だって正しく作動したことがないんだもの。それでまったく使わなくなっちゃったの」

「真夜中に鳴りだしたら」わたしは言った。「ハリケーンで故障したせいだって言えばいい。そう言えば、近所の人も安眠妨害にそんなに腹を立てないでしょ」

「よし」アイダ・ベルが言った。「この酔っぱらってパジャマ・パーティって案で、一日二日はごまかせるかもしれない。でもそのあとは何かほかの説明を考えないとね」

「そのときはそのときってことで」わたしは言った。

内心では、このふつか程度ですべてが解決し、そのときなど来ないことを期待していた。


わたしたちがシンフルに戻ったとき、アリーはまだカフェから帰ってきていなかった。そこでノートパソコンを開き、トーマス・ジョンソンとオーウェン・ランダルについて調べはじめた。マックスの偽りの身元に関してはほんの二、三分であきらめた。ファーストネームもラストネームもありふれた名前で、それを合わせると、検索結果は天文学的数字になったからだ。すべて当たるには千人がかりで千年かかるだろう。それでもマックスに関連した情報が手に入るとはかぎらない。

オーウェン・ランダルのほうはもう少し成果が得られた。

「ミスター・ランダルはとても忙しい人物ね」彼の関連している事業のリストを見ていきながら、わたしは言った。「画廊ふたつにレストランを三軒、バーを二軒、それに葬儀社を一社所有してる」

「葬儀社だなんて、ぞっとするわ」ガーティが言った。

「誰かしらが経営しないと困るもんだよ」とアイダ・ベル。

「そうだけど、ぞっとするでしょ、利用客を作りだしてるかもしれない人間が経営者だったら」とガーティ。

「フェアじゃない利点があるのは間違いなしね」わたしも同意した。「でも、それ以外にも、違法な品物を輸送するのにいい手段よ。棺を開けてなかを見ようなんて、誰もしないから。どうしても必要に迫られない限り」

アイダ・ベルがうなずいた。「それに、絵画は昔から密輸品を隠すのに使われてきた。税関じゃ、なんにでもX線をかけるわけじゃないからね」

「レストランやバーは一度に少額の金を洗浄するのに向いてる」わたしは言った。「でも、こうしたことは全部、推測に過ぎない。ひょっとすると、このランダルって男は幅広く投資したがるまっとうな市民かもしれない」

アイダ・ベルがPCの画面をトントンと叩いた。「前科ありってことを除けばね」

彼女が指している画面下部のリンクを見た。

地元実業家、逮捕される

これは期待できそうだ。リンクをクリックする。

　実業家のオーウェン・ランダルが一週間前に逮捕され、恐喝の容疑で取り調べを受けた。関係筋によると、ランダルはひと晩勾留され、翌朝には釈放されたという。ランダルについては違法活動の噂があるが、その大胆さから、ルイジアナのジョン・ゴッティ（ニューヨークのマフィアのボス。二〇〇二年没）とも呼ばれるこの人物を、地方検事は起訴することに消極的と見られる。


「恐喝」アイダ・ベルがつぶやいてわたしを見た。「あんた、あたしと同じこと考えてるかい？」

「ランダルはジェイミソンの組織の幹部かもしれない。特に、偽造紙幣と資金洗浄が担当の」

「もしランダルが本物のマフィアなら、ヒバート親子が情報を持ってるはずよね」ガーティが言った。

「どうだろう」わたしは言った。「情報入手の面でヒバート親子に依存を強めすぎるのはよくないと思う。これまでかなり力になってくれたとはいえ、彼らが善玉じゃないことに変わりはないから」

「確かにね」アイダ・ベルが答えた。「でもこれは簡単な質問だ。身元の確認やエアボートの調達を頼むわけじゃない」

「そうだけど、それでもわたしは落ち着かない。ヒバート親子はわたしが工作員としてのスキルを使っているところを何度か見ているから、素性に疑問を持たれてもおかしくない。好奇心が刺激されすぎたら、その気はなくてもわたしの偽装を暴いてしまうかもしれない」

アイダ・ベルが眉をひそめた。「あんたの言うとおりだろうね。シンフルに関係した犯罪が起きるたび、あんたが首を突っこんでたら、ふたりは不思議に思いはじめるかもしれない。個人的なかかわりがあれば言い訳になるけど、マックスはあんたにとってなんでもない。あの男は誰にとってもなんでもなかった。あけすけに言えば」

「それじゃヒバート親子はプランBにしましょ」わたしは言った。「最初にやるのは、ランダルとつながりのある人間がシンフルにいるかどうか調べること」

「それなら、あたしにできることがあるわ」ガーティがそう言ってノートパソコンを自分の前に引きよせた。

「あんたにできることがある?」アイダ・ベルが訊いた。「パソコンで、かい?」

ガーティはうなずいてキーを打ちはじめた。「関係者とランダルが親類だったら、イエス。もし完全に商売だけの関係だったら、ノー」

わたしは画面をのぞきこんだ。「アンセストリー・ドットコム?」

「うちの家系図を調べはじめたのよ」ガーティが興奮した様子で言った。「あたしは絶対に古代戦士の末裔《まつえい》だって確信してるの。あとはさかのぼって突きとめるだけ」

アイダ・ベルをちらりと見ると、彼女は首を横に振った。どうやら続ける必要のない会話らしい。少なくともいまは。「それで」わたしは言った。「ここを見れば、ランダルの親類がわかるの?」

「彼を系図に加えている人がいればね。家系図を集めた超巨大な黒板みたいな感じで、メンバー登録した人なら誰でもアクセスできるのよ」

「つまり、世界中の人が貢献してひとつの大きな家系図を作れるってこと? すごい構想」ちらっと頭に浮かんだのが、誰か、わたしの母と父を家系図の一端に加えている人がいるだろうかということだった。わたしたちには生存する身内がいないと、両親は昔から頑固に主張していたけれど、そんなことはありえない。でしょ? 誰にだって、高祖父母同士がいとこの遠縁とか、頭のおかしな大おばさんとかがどこかにいるものだ。この一件が終わったら、ガーティにウェブサイトの使い方を教えてもらって、わたしにも生存する身内がいるかどうか確かめてみようか。そのうちの誰かが母のような人だったら、知り合いになるのも悪くないかもしれない。

「さあ、あったわよ」ガーティが画面を指差した。「一九七五年生まれのオーウェン・ランダルがピードモント一族に結びつけられてる」

「シンフルに姓がピードモントの人っている?」

「どうだったかね」アイダ・ベルが答えた。

「待って!」ガーティが画面を指してから手を叩いた。「一九八五年にグレイシー・ピードモントがブロディ・サンプソンと結婚してる」

「ふたりとも、サンプソン夫妻を知ってるのね？」

「グレイシーとブロディはここから二ブロックの場所に住んでる」アイダ・ベルが答えた。

「一番すごいのはそこじゃないの」ガーティが言った。「ブロディはマックスの親友だったのよ」

「マックスがシーリアと結婚するまではね」アイダ・ベルが言い足した。「グレイシーはシーリアを毛嫌いしていて、彼女とマックスが結婚すると、ブロディが親友とつき合うのを禁じたんだ」

「でも、ブロディは耳を貸さなかった」ガーティが言った。「ふたりがナンバー・ツーのそばで釣りをしてるのをよく見かけたもの」

「そのブロディって人、怪しげなタイプ？」

「あたしの知る限りは違うね」アイダ・ベルが答えた。「郵便配達員だよ。グレイシーのほうはピアノを教えてる。どっちも疑わしいことにかかわったなんて、聞いたことない。とはいえ、それが最近このあたりで起きることの共通項みたいだけど」

「無関係かもしれないけど」わたしは言った。「そのふたりを調べたほうがよさそう。あなたたち、夫妻のどっちかと仲悪かったりする？」

「グレイシーはバプティスト教会の信者よ」ガーティが言った。「チャリティのための催しもののときとか、手を貸してくれるわ。あたしには昔から感じがいいわよ」

アイダ・ベルがうなずいた。「感じの悪いグレイシーなんて想像できないね。ごくたまに接するぐらいがいいってタイプのひとりだ――いい人過ぎて。あたしの言いたいこと、わかるだろ」

ガーティがぐるりと目をまわした。「〝いい人〟であることを人格上の欠点にしちゃうなんてあなたぐらいよ」

「いい人過ぎるんだよ」とアイダ・ベル。「それは違うだろ」

「それじゃ、片づけの手伝いが必要な人をさがすのは、そのブロックからにしましょ。もしかしたら、グレイシーはアイダ・ベルが考えるほどいい人じゃないってわかるかもしれない」

「あるいは、ブロディが彼女とランダルの血縁を利用して、郵便局員じゃできない裕福な隠退生活を目指してるとか」ガーティが言った。

「突きとめる方法はただひとつ」わたしは勢いよく立ちあがった。「その前に、あなたたちの家に行って必要なものを取ってきましょ。それからキャデラックはガーティの家に置いてくる。ふたりには家に戻ってほしくないから。安全が確認されるまで」

確認できる日が遠くないように祈った。

第12章

わたしたちがジープを駐車したとき、グレイシーとブロディは前庭から倒れた低木をどかしているところだった。顔をあげたグレイシーは、すごく大きな笑顔を浮かべて手を振ってきた。ブロディのほうはそれほど熱烈な歓迎ぶりではなかった。あるいは、見方によっては、適度な熱烈さだったかもしれない。ハリケーンが通ったあとの七月の暑さと湿気のなかで彼がいましている作業を考えれば。

わたしはまず彼の脅威度を評価した。

五十歳前後。身長百八十三センチ。体重百キロ。前腕の筋力はなかなか。脚が弱い。

妻のほうはちらりと見るだけで充分だった。

五十歳前後。大きすぎるほどの笑顔。無害。

「この辺を見てまわってるんだよ」近づいていきながら、アイダ・ベルが言った。「ハリケーンの後片づけに手伝いが必要な家はないか」

「なんて親切なのかしら」グレイシーが答えた。「ねえ、ブロディ?」

ブロディは大枝の束からほとんど顔もあげずにうなり声で返事をした。

グレイシーはわたしをひたと見据え、手袋をはめた手を差しだして前へ出た。「はじめましてよね。わたしはグレイシー・サンプソン。あなた、フォーチュンでしょ。噂はいっぱい聞いてるわ」

わたしは彼女の手を握った。「いい話ばかりだといいんですけど」

グレイシーはほほえんだ。「わたし、よくない話には耳を貸さないことにしてるの。ネガティブな意見を聞いてると、耳が疲れちゃって」

「それじゃ、疲労困憊してらっしゃるんでは」

彼女は声をあげて笑った。「ユーモアのセンスもすばらしいって聞いてるわよ。そんなに美人さんで性格もいいなんて。この辺の若い娘《こ》たちは、自分の夫を隠さないと駄目ね」

ちらりと見ると、アイダ・ベルがぐるりと目をまわした。

いい人過ぎる。

ものすごく彼女を撃ち殺したくなった。

「夫たちは安全だと思います」わたしは言った。「奥さんに隠れて浮気をする人とは一緒に過ごしたいなんて思わないんで」

グレイシーがうなずいた。「まったくよね」

「それと」ガーティが口を挟んだ。「彼女はカーターとつき合ってるってこともあるし」

「まあ～あ」グレイシーの口が丸く大きく開かれた。「彼は本当にハンサムだし礼儀正しいわよね。お母さんの育て方がすばらしかったんだと思うわ」

わたしはうなずいた。

「ところで、ブロディ」アイダ・ベルが話題をかえて言った。「高校時代の親友がひょっこり現れたりして、びっくりしただろうねえ」

「ますますびっくりしたでしょうよ、彼が死体となって見つかったりして」とガーティ。

アイダ・ベルがガーティの脇腹を肘でつついたが、ブロディは手袋をはめた手を頭のてっぺんに置いた。

「いろいろ考え合わせて、ひどく驚きましたよ。いまだにどう考えたらいいかわからない」アイダ・ベルがマックスの話を持ちだしてからずっと顔をしかめていたグレイシーが、首を横に振った。「どう考えたらいいかなんて、はっきりしてるわ。マックスはあのおぞましい女と結婚したせいで、悲惨な人生を送ることになったの。せっかく逃げだしたのに、なんでまたここへ戻ってこようと思ったのかしらねえ」

「まだこの町を故郷と考えていたからとか？」わたしは言ってみた。

グレイシーはフンと鼻で笑った。「きっとそれも少しあったでしょうね。ここから引っ越したとして、わたしだったらどこへ行こうとシンフルと同じようには感じられないもの。たとえ死ぬまでその土地に住みつづけたとしても。でも、マックスがどんな代償を払うことになったか、見てごらんなさい。なんだろうと、死ぬ価値のあるものなんてないわ。それがシーリア・アルセノーと来たらなおのことよ」

「マックスはシーリアに会うために戻ってきたなんて、考えてないよね？」アイダ・ベルが訊いた。「いやはや、ふたりの関係はとっくの昔に終わったと思ってたよ。それにマックスはカフェでシーリアにあんだけひどいことを言ってたから……自分の過ちを改めようって男の台詞には聞こえなかったけどね」

「あらやだ！」グレイシーは言った。「彼がシーリアの心を取りもどすために帰ってきたなんて思ってないわ。シーリアに心があるとも思ってないくらい」

「あたしも」ガーティがぼそっと言った。

「それじゃ、意味がわかんないんだけどね」とアイダ・ベル。

グレイシーはため息をついた。「マックスはシーリアの家で殺されたでしょ。あのときは停電中で、ふたりは背格好が同じくらい。明らかに何者かが彼をシーリアと間違えたのよ」

その可能性を、わたしはすばやく検討してみた。仮説としてなかなかおもしろいし、まったくありえないと簡単に片づけるわけにはいかない。正しいとは思わないけれど、わたしが試してみたことのなかった角度からの考察だ。

「でも、シーリアを殺したいと思う人って誰かしら」わたしは訊いた。

ガーティが鼻を鳴らした。「思わない人がいる?」

グレイシーがうなずいたので、わたしは笑いをこらえた。ネガティブな意見は聞かないようにしていると言ったけれど、ことシーリアとなると、全然できていないようだ。

「わからない」とわたしは言った。「その、たとえシーリアが死んでも、一滴も涙を流さない人はたぶんおおぜいいるはず。でも、誰かを嫌っても、あるいはその人に死んでほしいと思ってさえいても、実際に殺すこととのあいだには大きな隔たりがあるでしょ」

それはわたしが何度か口に出して言ったこともあるし、つねに頭から離れない信念《マントラ》のようなものである。仕事が仕事だけに。しかしこれを言うと、一般市民は必ず引く。グレイシーも例外ではなかった。

彼女は目を大きく見開いてわたしの顔を見つめ、そのまま居心地の悪い数秒が過ぎた。

「わたし、そこまでよく考えてなかったみたいだわ」

「そりゃそうでしょ」ガーティが言った。「あなたに実際の殺人なんて理解できるわけないし、それはいいことよ」

「そうよね」グレイシーは言った。「でも、やっぱりシーリアのほうがマックスよりもこの町に敵は多かったと思うのよ。マックスは二十年以上も姿を消していたわ。こんなに長い年月待ってから、彼に復讐する人なんているかしら？」

「このあいだが初めてのチャンスだったのかもしれないよ」とアイダ・ベル。「マックスは忽然といなくなったからね」わたしたちがしゃべっているあいだずっと黙っていたブロディを見た。「マックスが戻ってきてから、話す機会はあったかい？」

ブロディはしばらく答えなかったので、アイダ・ベルの問いかけが聞こえなかったのかと思った。ややあって、彼はわれに返ったかのようにうなずいた。「ほんの短く」

グレイシーが眉をひそめた。「わたしには言わなかったじゃない」

「話すほどのことじゃなかったからだ」ブロディは言った。「やつはカフェから出てきたところで、通りの反対側にいるおれに気がついた。声をかけに道路を渡ってきたが、すごいひさしぶりだなってことと、ハリケーンが来るって話をちょっとしたら、あいつの携帯に電話がかかってきてそこまでになった。マックスは近況を話しにあとで寄るって言ったけど、時間ができる前にハリケーンが来ちまったらしい」

そしていまとなっては、永久に時間ができなくなってしまったわけだ。ブロディは顔をしかめ、地面に目を落とした。

「マックスから連絡はあったの？」ガーティが尋ねた。「その、彼が姿を消したあとでって意味だけど？」

ブロディはうなずいた。「この町を出たあとすぐ電話をかけてきて、やっと逃げだす勇気が出せたって言ってました。もう後ろは振り返らないって。おれはよかったなって、これからも連絡を取り合おうって答えました」

「でも、連絡は来なかったのね？」ガーティが訊いた。

「そう。その電話のあとは音沙汰なしだった」ブロディは言った。「ふつか前まで」

わたしは彼が話しているあいだ、顔をよく観察していた。もし嘘をついているなら、とてもうまくやっている。声も表情も少し悲しげでちょっと不安そうだった。

「シーリアがあなたたちのあいだに割ってはいってきたのは残念だったわね」ガーティが言った。「彼女と結婚したりしなかったら、マックスの人生はまったく違ったものになっていたかもしれないわ。それに長いものに」

ブロディがうなずいた。「違ったものっていうのはそうかもしれませんが、たいしていいものにはならなかったんじゃないかな。マックスは昔からただ乗りとそれに付随するもろもろを望んでいた。あいつが本当に幸せになるとしたら、美術関連の仕事に就けたときだけだったと思いますよ」

どうだろう。結局のところ、彼は実際に美術関連の仕事に就いたうえにかなりの成功をおさめたようだ。しかし、おそらくはそのせいで殺された。

「それはそうと」ブロディが言った。「おれは片づけに戻ったほうがよさそうだ」

「手伝いましょうか？」ガーティが訊いた。

わたしは心のなかで〝ノーと言って〟と何度も繰り返し叫んだ。

グレイシーがかぶりを振った。「あとは前庭を片づければいいだけだから。よそのお宅のほうが、あなたたちに手伝ってもらえると助かるはずよ。うちはそんなに被害が大きくなかったの。運がよかったわ」にっこり笑う。「でも本当にありがとう、立ち寄って、そんなふうに言ってくれて。それから、お目にかかれて嬉しかったわ」わたしに向かって言った。

「わたしもお目にかかれて嬉しかったです」そう答えると、わたしは背を向けて歩きだした。彼女が超ポジティブな会話を再開しないうちに。

三人でジープにのりこみ発進した。「ワオ。いい人過ぎるって話、冗談じゃなかったのね。シーリアの話になって、彼女が悪魔払いの祈禱師《エクソシスト》モードになるまでは、ステップフォード・ワイフ（アイラ・レヴィンが一九七二年に発表したSFホラー小説のタイトル。映画化もされた）のひとりじゃないかと思った」

「映画の例の挙げ方がうまくなったわね」とガーティ。「それにとっても適確なチョイス」

わたしはバックミラーを見た。「あのふたり、ホラーから修羅場《ドラマ》にギアチェンジしたみたい」

グレイシーの顔は大きな笑みが跡形もなく消え、明らかな怒りに歪んでいた。彼女は夫に向かって警告するように指を振り、ブロディのほうは苦悩とあきらめの表情を同時に浮かべるというわざをやってのけていた。

「なんでだと思う?」わたしは訊いた。

「グレイシーは、マックスが姿を消したあと、ブロディに電話をしていたのを知らなかったんじゃないかね」アイダ・ベルが言った。

「だったらなんだって言うの?」わたしは訊いた。

「なんでもないわ」ガーティが答えた。「ただ、ブロディにはグレイシーに話してないことがあったってだけ。彼女はね、人は誰でも隠しごとがあっちゃいけないって考え方なのよ、結婚している者同士は特に」

「隠しごとのない人なんていないでしょ」わたしは言った。「人の心を読むことが可能にならない限り、それは変わらない」

本心からそう思っていた。心の内を洗いざらいしゃべるのが当然なんて考え方はおかしい。たとえつき合っている者同士でも。ただ、さっきの場面はわたしの胸をざわつかせた。わたしがカーターに隠していることは、本当は友達と短時間話していたなんて事実よりもずっと大きい。それどころか、カーターがわたしについて知っていることは、ほとんどすべてが嘘だ。外見すらも。

アイダ・ベルがガーティのほうをちらりと見たが、どちらも何も言わなかった。言う必要がなかったからだ。ふたりともわたしの偽装についてと、ついに真実を知ったらカーターがどうするかについて考えている。このごろわかってきたのだが、友達がいると、ひとつのことが場合によってプラスになったりマイナスになったりする。わたしはもはやふたりに隠しごとができない。こんな短いあいだに、彼女たちはわたしの無意識のしぐさを覚え……心理状態をつかめるようになった。まったく、わたしよりもわたしのことをわかっているかもしれない。

ため息。まあ、簡単にわかるときもあるだろうけど。

「グレイシーはなんであんなにシーリアを嫌うようになったの？」わたしは訊いた。「なんだか彼女らしくない気がするんだけど」

アイダ・ベルが眉を寄せた。「それがわからないんだよ。高校を卒業したばかりのころからなんだけどね。それまではほかの友達と四人で一緒に行動してるのをよく見かけたんだ──釣りに行ったりカフェでのランチ、ニューオーリンズまでのドライブとかね。ところがある日、グレイシーがメインストリートの歩道を歩いてきて、シーリアが反対方向から歩いてきたんだけどさ。グレイシーが固まったみたいに動かなくなって顔を真っ赤にしたかと思うと、道路の反対側に渡って、シーリアのほうはもうちらりとも見なかったんだ」

「それ以来ずっとよ」とガーティ。「見てもにらみつけるだけ」

「あたしたちも突っついてはまわったよ」アイダ・ベルが言った。「単なる好奇心からだけど、奇妙に思えたし、あたしたちが奇妙なことを捨てておけないのは知ってるだろ」

「シンフルという町のパズルのピースを、全部把握しておきたいのよね」わたしは言った。

「そう」アイダ・ベルが答えた。「そのとおりなんだよ。で、把握できてると思ってたときもあった。とにかく、重要なやつはね。ところが最近になって、自分たちがいかにばかだったか思い知らされた。こっちが見ていないときに人が何をしてるかなんて、わかりっこない。まったく皮肉だよ、ガーティとマージとあたしは長年、本当の自分をシンフル住民から隠してきたのにさ、ほかの人間も自分たちと同じことをしてるとは思いもしなかったなんて」

「ここはもっと単純な町だって、物ごとを額面どおりに受けとれるって考えていたのよね」わたしは言った。「あるいは額面どおりに近いって」

「額面どおりってわけでもないけど」アイダ・ベルが言った。「結局のところ、不倫やら予期せぬ妊娠やら、依存症の問題やら――人が隠そうとすることはなんでもござれだったからね。ただ、この町の住人が大きな金の動く犯罪にかかわるとは思ってなかった」

彼女はため息をついた。「甘かったねえ。人間がいりゃ、いつだって堕落の危険がつきものだ。シンフルは悟りの地《ニルヴァーナ》なんかじゃない。よそで起きてるのにここでは起きないなんてこと、あるわけがない」

わたしはうなずいた。「多くの人が、あなたたちでさえも、自分の鼻先でどれだけのことが行われてるか知ったら、驚くでしょうね。犯罪者って、ほかの分野の実業家に劣らずどんどん進化してる。腕をあげていかなかったら、失業しちゃうから」

「犯罪者と言えば」ガーティが言った。「ブロディがランダルとつながってるって可能性、どう思った?」

「マックスについては本当のことを語ってるように思えた」わたしは答えた。「とはいえ、もし彼がずっとマックスと連絡を取り合いながらグレイシーと暮らしていたとすれば、彼は人を騙す達人なはず。グレイシーは、いくつもの点で最高の偽装になる。誰がブロディを疑う？　シンフル一の前向きないい人と結婚している男が悪事に手を染めてるなんて？」

「同感だね」とアイダ・ベル。「ブロディは容疑者としてまだ残しとこう。で、このあとはどうする？」

「当面は一軒ずつ聞きこみを続ける」わたしは答えた。「シーリアが標的だったっていうグレイシーの説は検討の価値がある。ほかの人がどう考えるか知りたい。それと、ほかにマックスと話をしたか、彼が誰かと話しているところを見た人がいるかも」

「ふた手に分かれたほうがいいと思う」アイダ・ベルが言った。「そのほうがまわれる家が多くなる。ブロックを選んだら、片側をあんたとガーティ、反対側をあたしがまわろう」

わたしは角を曲がってから車をとめた。通りのどちらの側でも、人々がハリケーン後の片づけをしている。「ここはどう？」

「申し分ないね」アイダ・ベルが答えた。

わたしはガーティについて通りの左側へ向かい、仕事に取りかかった。重い大枝を数本動かすのを手伝った。でも、手伝おうと言うとたいてい喜ばれたものの、それほど人手は必要とされていなかった。みんなマックスの帰還に驚き、殺されたことにはさらに衝撃を受けていた。グレイシーのほかには、シーリアが本来の標的だったと考える住人はひとりもいなかったが、彼女が犯人かもしれないとほのめかす人は数人いた。

ブロックの端近くでベリンダ・ヒンクリーが、大枝や屋根板数枚をごみとして縁石近くに積みあげていた。ランドンは十歳くらいの少年と一緒に歩道に座り、本を眺めている。

わたしたちが近づいていくと、ベリンダが顔をあげた。「こっちに何か用？」

「あたしたちは運よく被害が少なかったから、あちこちまわってみてるの」ガーティが答えた。「手伝いを必要としてる人がいるんじゃないかと思って」

「うちも運がよかったのよ」ベリンダが言った。「屋根板が何枚か飛んで、木の枝も何本か折れたけど、修理に困るようなところはなくて。庭が少々水浸しになってるけど、ことしは菜園の土を高めに盛っておいたから、問題ないと思うわ」

「それはよかったわね」とガーティ。「これまでのところ、みんななんとかしのげたみたい」

「シーリアを除いたみんな、でしょうね」ベリンダが言った。

「そう」わたしも会話に加わった。「自宅で死人が見つかるっていうのは、ハリケーンでよくあることじゃないでしょうから」

「あら、どうかしら」とベリンダ。「大きな嵐に襲われると、死者がおおぜい出るわ。でも、そのほとんどは殺人じゃないわね」

ベリンダは世間話をする気分のようだったし、自分の意見を持った人であるのは間違いなかったので、率直に尋ねてみることにした。「誰がマックスを殺したと思いますか？」

彼女は目をしばたたいた。「シーリアでしょ、もちろん。彼女がマックスを憎んでいたのは秘密じゃないし、それにカフェでのひと悶着のことを考えれば、誰も彼女を責められないんじゃない？　シーリアは何年も待たされて、ようやくマックスへの恨みを晴らす機会を得たってわけよ」

「そうかもしれませんね」わたしは言った。「実際、彼はシーリアの家にいたわけですから」

ガーティがかぶりを振った。「どうかしらねえ。シーリアに人が殺せるなんて、本当に思う？　彼女はビッチではあるけれど、芯は弱い人間だって、あたし昔から思ってるの。どちらかと言うと口先だけのいじめっ子タイプ」

「ふつうの状況なら」ベリンダが言った。「わたしもあなたに賛成よ。でも今回はふつうにはほど遠い状況だわ、シーリアにとってはとりわけね」

確かに。今度のことは明らかにどこまでもふつうじゃない。一般的に、夫たちはひと言も残さずに姿を消したり、二十年もたってからそれがごくふつうのことのように地元のカフェにふたたび現れたりなんてしない。でも、わたしはベリンダがマックスのことを言っているのではないという印象を受けた。「どういう意味ですか？」と尋ねてみた。

「シーリアは本当にマックスを愛していたんだと思うの」ベリンダは言った。「パンジー以外で、彼女が愛したことがあるのは彼だけだったかもしれない。憎しみは強い感情だけれど、人を愛することに比べたらなんでもないわ。そういう愛情は、ふつうならできないあらゆることを人にさせてしまう。自分が背を向けられた場合は特に」

ガーティを見ると、眉を寄せて、ベリンダの説が正しいかどうか考えている様子だった。

わたしは完全には納得できない気がした。というか、暴力を嫌う人でも、自分自身や誰かを守るために人を殺すことはあると思う。でも、相手の男を殺したいと思うほど精神的に打ちのめされるということが、わたしの場合どんなにがんばっても想像できなかった。二十年以上たっていたらなおのこと。

ベリンダを見た。「つまり、あなたが言いたいのは、時に感情は性格を圧倒するということですか？」

「ちょっと違うわ」とベリンダ。「わたしは、強い感情とまずい状況が重なると悲劇につながりうると思うのよ。おそらくマックスは、自分に所有権があると考える何かを盗もうとして、シーリアの家に侵入したんじゃないかしら。マックスが戻ってきたことと、彼がパンジーの親についてカフェでした発言のせいで、シーリアは精神的に抑制が効かなくなっていたはずよ、いつもに比べて。もし彼女が自宅にいて、彼を侵入者だと考えたら、たとえ途中でマックスだと気づいたとしても、それでも発砲したと思うの」

「要するに、シーリアは気持ちが高ぶっていて、そこへ強盗に侵入されたと思ったせいで、あらゆる理性を失うほど取り乱してしまったってこと？」ガーティが尋ねた。「それならわかる気もするわね。シーリアはなんでも思いどおりに仕切ることに慣れているけれど、一番は自分自身に関してよ。精神が機能障害を起こしていたなら、彼女の性格からは考えられない行動に出たかもしれないわ」

「でも、自宅に入っていったあとの彼女、見たでしょ？」わたしは言った。「表へ戻ってきたら、ポーチで気絶したじゃない」

「自分がやったとは信じたくなかったとか」ガーティは答えた。「それで現実に向き合うことができなかったのよ。ほら彼女、自分で行く代わりにノーマンに家の様子を見にいかせたでしょ。何もかも悪い夢であるよう祈ってたのかもしれないわ」

「それだと精神の機能障害なんて話じゃなくなる」わたしは言った。「深刻な妄想よ」

「真相を知ってるなんて言うつもりはないけれど」ベリンダが言った。「でも、わたしのおかしいと思う気持ちは間違ってないと思うのよ。シーリアが潔白なら、どうして彼女は身を隠してるの？　あの日、自宅をあとにしてから、誰もシーリアを見てないわよね」

「カーターが彼女の居場所を知ってます」わたしは答えた。「法執行機関から隠れようとしてるなら、あんまりうまくやってるとは言えませんよね」

「彼女、裁きから逃れようとしているのよ」とベリンダ。「そんなことしても無駄なのに。そのうち、天罰がくだるわよ、それもどかんとね。ちょっと失礼するわ、シチューを火にかけたままだから、見てこないと」

彼女が家に入っていってから、わたしはガーティを見た。「ベリンダの説、どう思う？」

「おもしろいと思ったし、精神が機能障害を起こしていたら、どんなにおとなしい人でも殺人はできるっていう意見に反論はしないわ」

「でも？」

「でも、やっぱり違う気がするのよ。それはあたしがシーリアをずっと昔から知っているからかもしれない。ものすごくむかつく女ではあるけれど、殺人犯であってほしくはないのよね。まあ、あたしはおばかな年寄りってだけかもしれないけど。男なんてくだらないことのために、人格がふだんと変わったりはしないって信じたいから」

わたしは歩道へ向かって芝生を歩きはじめた。「ベリンダの言うとおりだと思う？　シーリアはマックスを愛してたって話」

ガーティは眉をひそめた。「それについてはしっかり考えてみたことがないのよ。あたしからすると、シーリアの態度って、好きなものにも嫌いなものに対しても、あんまり変わらないように見えて。根が幸せな人じゃないのよね。ただ、ベリンダの言うとおりってこともあると思うわ」

「それじゃ、わたしたちは考え方をかえて、シーリアを容疑者グループに戻す必要があるかもしれないわね」

「彼女の無実を証明する証人をカーターが見つけてなかったらね」

「確かに」

「ぼくのアルバム、見たい？」ランドンと一緒に座っている少年が本に見えたものを持ちあげた。ガーティとわたしは歩道に出て、彼らの横に立ったところだった。

下を向いて少年にほほえみかけたわたしは、そのアルバムをよく見た瞬間、ほんの少しだが脈が速くなるのを感じた。「すてきなアルバムね。見せてくれる？」

少年はうなずき、彼からアルバムを受けとったわたしは、スロットにひとつひとつ丁寧におさめられ、ラベルがはられたコインを見つめた。それぞれのページに各コインの由来がまとめられている。アルバムをゆっくりめくりながら注意深く見ていくと、マックスのアパートメントで見つけた金型とよく似たコインがあった。

「これ、すごくかっこいいね」わたしはそう言ってコインを指差した。

少年とランドンが身をのりだしてのぞきこんだ。ランドンが首を横に振る。「それはぼく、好きじゃない。馬が描いてあるのが好き」

「それもかっこいいよね」わたしは言った。「コインはみんな買ったの？」

「自分じゃ買わないよ」少年が答えた。「ぼく、まだ八歳だし、お小遣いは週に二ドルしかもらえないもん。たいていは誕生日やなんかにプレゼントでもらうんだ。おねえさんが好きなコインはミスター・サンプソンがくれたんだよ」

ガーティを見ると、彼女は眉をつりあげた。「ミスター・サンプソンもコインを集めてるの？」わたしは尋ねた。

少年は肩をすくめた。「たぶんね。でもコインアルバムやなんかには入れてないんだ。おっきな袋にしまってあるだけ」

「あなたにも分けてくれるなんて、とってもいい人ね」わたしは言った。「ミスター・サンプソンはほかにもコインをくれた？」

「ううん。その一枚だけだよ」少年は目を大きくみはったかと思うと、慌てて口を手で覆った。「どうやって手に入れたか、話しちゃいけないんだった。ミスター・サンプソンに約束させられたんだ」

「大丈夫よ」わたしは少年にアルバムを返した。「秘密は守るから」

少年はほっとした顔になった。「よかった。だって、ミスター・サンプソンを怒らせたくないんだ。あのおじさん、いつかまたコインをいっぱい手に入れるかもしれないでしょ。でも、ぼくが人に話したってわかったら、次はきっともう分けてくれないもん」

わたしたちは道路を渡り、縁石のそばに立っているアイダ・ベルに合流した。「何か収穫はあった？」わたしは訊いた。

アイダ・ベルはうなずいた。「メインストリートでマックスがブロディと話しているところを見かけた住人がふたりいたんだけどね、会話の長さがブロディが言ってたのとはずいぶん違ったよ。ほんの短くじゃなくて十分ぐらいで、ふたりともブロディが怒ってるように見えたって。そっちは？」

「マックスのアパートメントにあった金型によく似たコインを見つけたわ」ガーティが答えた。

「どこで？」アイダ・ベルが尋ねた。

わたしはベリンダとの会話と少年との会話について詳しく語った。「ところで、あの子はどこの家の子？」

「デュガ一家の息子よ」ガーティが答えた。「一番下の。名前はイアンだったと思うわ」

アイダ・ベルが道路の反対側を見やった。「あの子ならイアンだ。そのコインだけど、どれくらいの価値があるかわかるかい？」

わたしは携帯電話を取りだし、検索した。「一枚につき約五百ドルの価値があるみたい。

本物なら」

「そんなものをブロディがイアンにあげて、誰も何も尋ねなかったのかね?」

わたしは携帯の画面をスクロールした。「どうやらどこかの倉庫で火事が起きて、大量のコインが失われたみたい。それで、残っているものの価値があがったのね。おとしまでは五十ドル前後だった。コインアルバムに入れてあったほかのコインはもっと安いものばかりだったから、誰もあの子が本当に価値のあるコインを人からもらってたなんて思いもしなかったんじゃないかしら」

「イアンがしゃべらなかったらなおのこと」ガーティが言った。

「しゃべらなかった可能性は高い」わたしは言った。「コインは人からプレゼントされたと言ってた。両親が毎回注意して見ていなかったら、息子がどんなコインを持っていて、誰からもらったかは知らないはず」

「おそらく知らないね」アイダ・ベルが賛成した。「これでブロディに新たな光が当たることになった」

「間違いなく」わたしは言った。「で、聞きこみは続ける?」

アイダ・ベルは空を見あげた。「あと三時間ぐらいはまだ明るいだろう。そのあいだは続けようじゃないか。もっと発見があるかもしれない」

「あの夜マックスを見かけたって人を見つけたい」わたしは言った。「それで死亡時刻がもう少し絞りこめるなら特に」

「カーターが見つけてるかもしれないわね」とガーティ。「まともな人なら、マックスを見かけたことを保安官事務所に知らせたはずよ、事件について聞きしだい」

「そうだけど、だったらわたしたちに何かいいことある？　カーターは捜査の詳細なんて、教えてくれっこない」

「今度こそ色仕掛けを試してみたらどうかしら」ガーティが言った。「あなたならきっとできるって信じてる」

「嘘つき。わたしがきまり悪い思いをするところを見たいだけでしょ」

ガーティは後ろめたそうな表情を浮かべたため、それが証拠になった。

「聞きこみ再開」とわたしは言った。

認めたくはないが、彼女たちに女性としての能力を信頼されていないことがほんの少し不満だった。こと女性らしさとなると努力が必要なのは自覚している。わたしの偽装がばれそうになるたび、モロー長官は激怒する。ばれそうになる理由が、工作員であることよりも女性であることのほうがはるかに不得意であるためだからだ。しかし、前よりはうまくなりつつあるはずだ。何しろ、カーターはわたしを好いているけれど、別に女に不自由しているわけじゃない。シンフル在住の独身女性全員と既婚女性の少なくとも半数は、歩くカーターの後ろ姿、彼のお尻に目をそそいでいる。

近所の聞きこみが終わったら、シャワーを浴びて、かわいらしいショート丈のサンドレスでも着て、保安官事務所へ行ってみようか。ガーティたちが間違っていることを証明するために。

第13章

ミートローフをものすごく大きく切り分けると、わたしはそれを山盛りのマッシュポテトと長いバゲットふた切れの横にのせた。「そのパイもひと切れもらえる？」十分ほど前にアリーがオーヴンから出したチョコレートパイを指差して訊いた。

「いいわよ」彼女は答えた。「もう切っても大丈夫なだけ冷めてるはず。カーターにディナーを持ってくの？」

「そう。カーターはけさになってようやく家に帰って睡眠を取れたんだけど、このあとは真夜中まで保安官事務所に詰めるんですって。ブロー保安官助手はへとへとだから家へ帰したそう」

「通信係は誰がやるの？」

「カーターがマートルを復帰させた。彼女が夜中の十二時からシフトに入る」

「ほんとに？　どうやったの？」

マートルは保安官事務所の通信係兼受付係兼事務アシスタントであり、もっと重要なことにははるか昔からアイダ・ベルとガーティの情報提供者だった。ところが、シーリアが町長に当選し、リー保安官を解任して自分のいとこのネルソンを後釜に据えると、彼が最初にやったのはマートルをクビにし、自分の恋人である娼婦《フッカー》を雇うことだった。ネルソンとフッカーがシンフルから排除されたいま、通信係の座は空席である。

「確かなことは知らないけど、彼女に電話して〝仕事に戻ってくれ〟って言ったんじゃないかな」

「マートルには椅子に消毒剤《ライソール》を吹きつけてほしい。ネルソンがあそこに座らせてたアレは真剣に吐き気を催させる存在だった」

「椅子はカーターが燃やしたと思う」わたしは答えた。「とにかく、シーリアは犯罪者みたいに身をひそめてるから、保安官事務所の職員のことなんかで騒ぐために出てきたりしないでしょ」

「きっとそうね。カーターは何かするのにいちいち許可を求める気なんかもうないだろうし、あたしも彼を責められない。シーリアおばさんはたったひとりでこの町の安全性をがた落ちさせたんだもの、おばさんが自分らしくしてるだけで」

「そうだけど、シーリアにそれを認めさせるのは無理」

「もちろん無理よ」アリーはパイをひと切れ切り分けると容器に入れ、差しだした。「フォーチュン、すてき。あなたが差し入れを持ってきてくれたら、カーターにとってのきょうは、かなりいい一日になる」

「わたし、これで大丈夫だと思う?」トースターに映った自分をちらっと見た。ターコイズブルーのサンドレスはわたしの瞳と同じ色だ。日に焼けた肌とピンクのリップグロスのおかげで、瞳もドレスも鮮やかさが増して見える気がする。ヘアスタイルはいつもなら動きやすさ重視のポニーテールだけれど、今夜はストレートにブローした金色の髪が、肩より下まで届くなめらかなシルクのように輝いている。

「思わない」アリーは答えた。「大丈夫じゃない。あなた、すてき過ぎだもの。人に褒め言葉を言わせようとするのはやめて、早く彼氏に差し入れを持っていきなさい」

わたしは彼女にぐいっと押され、食べものの入った容器ふたつとジープのキーを持って外へ向かった。褒め言葉を言わせようとしたわけじゃない。そんなこと、自分にできる気がしない。ほかの女性がやるところは何度も見たことがあるけれど、いつも居心地悪く感じたり、ちょっとまごついたりした。それは、わたしがきれいというものをわかっていないからではない。きれいな女性なら、テレビでも直接にでもしょっちゅう見ている。アリーはきれいだし、もう少し若かったころのフランシーンは、ムンムンするほど色気があったはずだ。

でも、自分のなかにそれを見いだすのはいまだにむずかしい。こんなふうにおしゃれすると、母に似て見えるとは思うのだけど。母のことは誰もが美人だと考えていた。わたしは母をこの世で一番美しい女性だと思っていた。とはいえ、わたしが母を亡くしたのはまだ子供のころだった。

ダウンタウンに着くと持ってきたものを車からおろし、保安官事務所へと歩きだした。わたしが入っていったとき、カーターは受付でノートパソコンに向かっていた。顔をあげてこちらを見ると、目を丸くし、そしてほほえんだ。「これは嬉しい驚きだ」

「ほんとに？」わたしはそう訊いて差し入れをデスクにのせた。「仕事の邪魔じゃないといいんだけど。あなたがへとへとに疲れていて、睡眠は二時間しか取れてないって知ってるから」

彼は身をのりだしてくんくんとにおいを嗅いだ。「アリーのミートローフか？」

「訊かなくてもわかってるでしょ。ガーティがストックしてた挽肉をまだ消費中なんだもの。マッシュポテトとチョコレートパイも持ってきた」

「アリーも込みでおれと結婚してくれないか？」

わたしは声をあげて笑った。「ふたりそろったら手に負えないわよ」

「ベイビー、きみだけだっておれには手に負えないよ」彼は立ちあがるとデスクをまわって出てきて、わたしの前に立った。両手でわたしの顔を包む。彼が唇を寄せてくると、わたしは肌がちりちりしはじめた。カーターの背中に腕をまわし、体が密着するまで引きよせる。

彼がキスを深めてきたので、わたしは背中に手を這わせ、彼のたくましい体つきを心のなかで賞賛した。カーター・ルブランクは男らしさがみなぎる男の最高の標本だ。服を脱いだときの姿を想像せずにいられない。見とれてしまうのは間違いなし。真実が明らかになっても、拝む機会に恵まれることを願うばかりだ。

カーターが唇を離してほほえんだ。「差し入れよりもこっちのほうがいい」

「どうしてわかるの？　まだ食べてもいないのに」

「神が天から降らせたマナだって、きみの唇とチェリー味のリップグロスにはかなわない」

わたしは首から上が赤くなるのを感じた。カーターには何度褒められても、のぼせてしまう。これまでにもわたしは男たちを惹きつけてきたし、お世辞もいっぱい言われたけれど、カーターの言葉は心からそう思っているように響く。安っぽい誘惑の台詞には感じられない。

デスクに戻った彼は、自分の隣に椅子を一脚引きよせた。「座っててくれよ、おれが食べてるあいだ。時間があれば、だけど」

「時間ならたっぷりある」わたしはその椅子に腰をおろしながら言った。「夕食はアリーと一緒にもう済ませたし、彼女はいまごろお菓子作り三昧《ざんまい》。アイダ・ベルとガーティがあとで映画を一緒に観にくることになってるけど、今夜のわたしの予定はそれだけ」

ふたりがいま雑貨店でウォルターから何か聞きだせることはないか、トライ中だという話はしなかった。映画のあと、ふたりがうちに泊まる予定だということも。アリーにも何も話してないし、最後までそれで通すつもりだ。わたしたち三人以外の人には、夜更かししてお酒を飲みすぎ、そのあと全員寝てしまったということにする。

カーターはミートローフが入っている容器のふたを取ると、プラスティックのフォークを大きな肉の塊に刺し、それを口に入れたとたん、目をつぶった。「最高にうまい」呑みこんでから言った。「思うんだけどさ、もしアリーがレストランを始めたら、フランシーンの強力なライバルになるぞ」

「それは間違いないけど、アリーはレストラン経営の責任なんて負いたくないんじゃないかしら。仕事量がハンパじゃないもの。そういえば、ここの仕事はどんな具合？　あれこれ解決した？」

カーターはうなずいた。「行方不明になってた亭主たちは全員、消息がわかった。今回はそろっておけらになってた。ひと晩中ニューオーリンズのカジノにいたからだが、それは奥さん連中には話さずにおくつもりだ」

「それがよさそう」

「大きな被害を受けた家は一軒もなし。中心から離れた土地ではまだ停電中の家もあるが、それはめずらしいことじゃない。みんなこの手のことには備えをしてある。ハリケーンはさほど長くとどまらなかったから、器物損壊や強盗が多発することもなかったし、行方の知れなかった猫もみんな家に帰ってきて、いまはかなり通常に戻ったと言えるんじゃないかな」

「マックスが殺された事件を除いて」

「ああ、それを除いてだ」

「シーリアとは話した？　それとも彼女、まだ透明人間になったつもりでいるの？」

カーターは顔をしかめた。「あの女にかかると、無期限で休暇を取りたいって気分にさせられる。マックスがこの町から姿を消したのも不思議じゃない。逃げる方法としてはそれしかなかったんだろう」

「彼女と話してみても、成果はあがらなかったみたいね」

「それは控えめな表現ってやつだな。あの図太い女がどんなことをほのめかしたと思う？」

「マックスを殺したのはマリーで、彼女は町長の地位を手に入れるためにシーリアをはめようとして、だからシーリアの家で犯行に及んだんだとか？」

カーターはわたしの顔を見て目をしばたたいた。「そうだ。どうしてわかったんだ？」

「シーリアがわたしを犯人だって責めたあと、アイダ・ベルが彼女はそのうちマリーが犯人だって主張しはじめるって言ったの。だから、あなたが彼女を尋問したら、自分から注目をそらすためにいま言ったみたいなばかげた説を主張するんじゃないかと思ったのよ。そんなとんでもない話、信じたりしないわよね？」

「勘弁してくれ。シーリアはほとんどいつも正気じゃないし、とてつもなく大きな被害妄想を抱えてる。おれにこう言ったけどな、マリーを逮捕しなかったら、あす新しい保安官を指名してあんたをクビにするって」

「まったくもう。彼女の横暴さには終わりがないの？」

「ないみたいだな」

「で、なんて言ってやったの？」

「わかったって」

わたしは目をしばたたいた。「マリーを逮捕するって答えたの？」

「いいじゃないか。おれはマリーに電話をして事情を話し、これから迎えにいくから一時間かそこら保安官事務所にいてくれって頼んだんだ。それから地方検事に電話して、状況を説明した。こう言われたよ、マリーを帰宅させろ、彼女が保安官事務所相手に訴訟を起こす前にってな」

わたしは声をあげて笑った。「やだ、それって傑作。シーリアは保安官事務所に対してまだいくらか権限を持ってるかもしれない。でも、地方検事は彼女のたわごとに屈する必要なんてないってわけね」

「そのとおり。地方検事がシーリアを個人的に知ってるってこともプラスに働いた。母親の実家がシンフルにあるから、検事は子供のころに町をときどき訪ねていたんだ。だから実情を知るに充分なだけ、いろんな話を聞いていた。シーリアがまた同じばかげた手段に訴えたら、言われたとおりにその人物を逮捕して、自分に電話をしろってさ」

「冴えてる。地方検事の言葉を伝えられたときのシーリアの顔、お金を払ってでも見たかった」

「まだ先があるんだ」カーターはにやりと笑った。「地方検事のことでシーリアがごちゃごちゃ言うから、おれはこう言ってやったんだ。次に命令を出すのは簡単じゃないかもしれませんよ、あなたが保安官事務所の留置場に入ってたらって」

「シーリアに、逮捕するぞって言ったの？　彼女、激怒したでしょ」

「顔が次から次へといろんな赤色に変わって、胸がヘラジカみたいにふくらんだ。パーンッて破裂するかと思った」

「待って。彼女、あなたに逮捕されるって思う理由があるの？」カーターの話は笑えたけれど、急に筋が通らないと感じた。

カーターの笑顔がしおれた。捜査上の極秘部分にうっかり足を踏みいれてしまったことに気づいたのだ。マリーにまつわる話は、間違いなくマリー本人からわたしたちの耳に入る。しかし、残りの部分は町で噂話として語られる類《たぐい》じゃない。

彼をまじまじと見つめているうちに、ぴんと来た。「シーリアにはアリバイがないのね」

カーターは食べることに専念しているふりをしたので、わたしが正しいのだとわかった。

「うわ！　最高。何も言えないし、言わないだろうってわかってる。でもあなた、刑務所釈放カード（モノポリーで刑務所に入ったプレイヤーを釈放させることができるカード）を手に入れたも同然ってわけね。この場合だと〝刑務所に入れずにおいてやる〟カードかもしれないけど」

「どうかな」カーターはまたミートローフにフォークを突き刺した。

わたしは目をすがめた。「まさか本当にシーリアが犯人だと思ってるわけじゃないわよね」

彼は〝ふざけてんのか？〟という顔でわたしをにらんだ。

わたしは両手をあげた。「ごめん。それはなかった。そうだ、あなたがわたしに何も話せないのはわかってるけど、それって双方向じゃないわよね。だから、わたしがきょう聞きこんでいろいろ疑問に思ったことを、ちょっと聞いてみたくない？」

「一方通行の会話はすべて合法であると同時に興味深いことが多い。きみたち三人が相手にする面子《メンツ》を考えればなおのこと」

「きょうはね、シンフルの善良なる面々を相手にしてきたの。わたしたち三人とも家に大きな被害はなかったから、手伝いを必要としてる人がいないか、車で見てまわったのよ」

カーターが目をすがめた。「きみたちが純粋に利他的な行動をとった？　そんなことは一瞬たりとも信じないぞ。で、どんなゴシップを小耳に挟んだんだ？」

「たいしたことは何も。誰もがマックスが戻ってきたことに驚いていた。殺されたことにはなおさらね。ただ、グレイシー・サンプソンがおもしろい考え方をしてた。標的として狙われたのはマックスじゃなく、シーリアじゃないかって言うの」

カーターはしばらく考えをめぐらしてから肩をすくめた。「ある程度は理屈が通るな。現場はシーリアの家だったし、ハリケーンが来ていて停電中とあれば、暗がりで見えた人影をマックスではなくシーリアと間違えた可能性はある」

わたしはうなずいた。「だからおもしろいと思ったの。表面的には筋が通る」

「だが、動機に目を向けると駄目だ。シーリアに敵がいるのはよくわかってるし、敵はみんな彼女が町長の座から追われることを望んでると思う。もしかしたら、町から追放されることだって。しかし、せいぜいそこまでだ」

「わたしもほぼ同じことを言ったの――人を嫌うのと殺すことのあいだにはとても大きな隔たりがあるって。でもグレイシーの考えは揺らがないみたいだった」

「たぶん願望思考だろう」カーターは言った。「グレイシーとシーリアのあいだには長年の確執があるらしいから。おふくろに訊いてみたことがあるけど、何が原因で仲違いしたのかは知らなかった。わかってるのはずっと昔から続いていて、態度の軟化はなしってことだけ」

「グレイシーにはイタリア人の血が流れてるのかも。ずいぶん根深いわだかまりを抱えてるみたいだもの。つねに笑顔をはりつけて歩いてる人にしては」

カーターは声をあげて笑った。「ああ、グレイシーの爪のあかを煎じて飲んだら効きそうだな」

「彼女の爪のあかなんて煎じたら、糖尿病になりそう。ものすごく甘ったるいんだもの。彼女と話したあとは、歯を磨きたくなった」

「わかる」彼はまじめな顔になり、何か考えこんでいるように見えた。あまりに長いこと黙っているので、ほんの少し心配になった。ニューオーリンズで起きたことについて、何か聞きつけたのだろうか？　そんなことはありえないはずだけど、身内のひとりや誰かが何か聞きおよんで、それを彼に報告したともかぎらない。

「考えたんだけど」カーターが言った。「今度のことが片づいたら、週末、一緒にニューオーリンズへ出かけないか。ふつかぐらい観光して、うまいもん食べて、カジノで少し金を使ってみてもいいかも……」

わたしは心臓が胸から飛びだしそうになり、全身が疼きだした。カーターがしているのはものすごく大きな提案だ。ふたりの関係をまったく新しい次元へと引きあげる――心情的にわたしがずっと避けてきた、でも肉体的には密かに進みたくてうずうずしていた次元。心と体は〝もちろんいいわ〟と叫んで旅行の支度をしろと命じている。理性は〝彼に真相を話すまでは駄目〟と叫んでいる。

迷っている時間が長すぎたらしい。カーターが言った。「忘れてくれ。ばかげた提案だった」

「そんなことない」わたしは慌てて答えた。「全然ばかげてなんていない。ただびっくりしただけ。ひさしぶりのことだから……」というか、いまだかつてないこと。男性と長い週末旅行に出かけた経験なんて一度もない。デートなら――少なくともわたしはそう呼べると思っているけれど――経験があるものの、たとえ短時間でも生活空間を共有してみようと考えた相手はひとりもいなかった。

カーターのむっとした表情が、共感の表情へと変わった。「おれもひさしぶりなんだ。恋愛関係になるのを無意識のうちに避けてたんじゃないかな。自分じゃまったく気づいてなかったけど。きみが現れるまで」

「わたしの場合は意識的に決めたことだった。だから、ものすごく慎重だったの。わたしにとってこれは想定外。ここにいるのは夏のあいだだけだし……」

それにわたしはCIAの暗殺者で、ここでは身元を偽っていて、あなたが思っているような人間じゃ全然ないから。

カーターは眉を寄せた。「状況を考えると理にかなってないし、おれだって時間をかけて考えた。でも、どうしても、きみに惹かれる気持ちを否定できないんだ。おれが知るなかで、きみは最高に興味をそそられる女性だ」

「興味をそそられるですって？　最近はそういう言葉を使うようになったんだ。わたしって〝北部からもたらされた恐怖〟かと思ってた」

カーターは声をあげて笑った。「確かに、きみのやることにはしょっちゅう、めちゃくちゃ頭にくるが、だからってそれがつまらないってことにはならない。それどころか、他人なんておかまいなしに自分のやりたいことにがむしゃらだからこそ、きみはますます魅力的なのかもしれない」

わたしは赤くなってうつむいた。本当のわたしを知ったら、彼はどう思うだろう。興味をそそられる？　それともぞっとする？　そりゃカーターはかつて兵士だったし、海外にいたときの話はあまり聞いていないけれど、一般市民にはとうてい理解できないようなことを見たりしたりしてきたはずだ。でも、わたしの職業は兵士としての経験と比べてもまったく次元が異なる。人間性を捨て去ることが求められ、ほとんどの人はそれを理解できないし、ましてや実行なんてできない。

「週末旅行、すごく楽しそう」ややあって、わたしは言った。かまうものか。嘘ではないんだから。とても楽しそうに聞こえたし、もしかしたらCIAとFBIがしかける罠によってアーマドが排除され、すべて片がつくかもしれない。真実を打ちあけるのは、わたしの命を狙う人間がいなくなってからのほうがずっと衝撃が小さくて済む。

カーターが笑顔になり、肩のこわばりも抜けたのがわかった。残念ながら、それはそっくりこちらの肩へと移ってきた。そんなつもりはまったくないのに、わたしはどんどん墓穴を掘っている。

携帯電話が振動した。ガーティからのメッセージを読むと、思わず手に力が入った。

うちのアラームが鳴りだした。警備会社には解除するよう言ったから、自分たちで見にいこうと思ったんだけど、アイダ・ベルがカーターに任せたほうがいいって。まったくつまらないおばあちゃん。あなた、カーターと一緒に行って、ついでにあたしのすてきな青いローンチェアを物置から持ってきてくれない？

わたしは眉をひそめた。

「何か問題か？」カーターが尋ねた。

「ガーティがうちに来てるんだけど、彼女の家のアラームが鳴りだしたんですって」

「まだあれをつけてたのか？　斧でぶっ壊したかと思ってた、何度も誤作動したあとで」

「彼女、マックスの事件で不安になってるみたい、自分では認めようとしないけど。最近のシンフルは以前の穏やかな町とは言えなくなってるから」

「それは確かにそうだな」カーターは立ちあがった。「調べにいったほうがよさそうだ」

「わたしも一緒に行っていい？　ガーティに物置から椅子を持ってきてくれって言われたんだけど」

「おそらくアラームの故障か、操作エラーだから、別にかまわないだろう。それに、おれが駄目だって言っても、どうせきみはあとでその椅子を取りにいくだろ」

「しっかり見抜かれてるわね」

わたしはカーターについて保安官事務所を出ると、彼のピックアップ・トラックにのりこんだ。運がよければ、アラームはガーティの言うとおり誤作動で、わざわざ見にいっても無駄足になるだけだ。しかし無視するほどの確信はないし、状況を把握していないカーターをひとりで行かせたくなかった。ニューオーリンズで遭遇した男たちがナンバープレートから車の持ち主を突きとめたら、ガーティの家に現れてもおかしくない。

わたしたちが車をとめたとき、ガーティの家は特に問題ないように見えた。わたしのところへ泊まることを考えて、ポーチの明かりがつけたままになっているが、それ以外はふだんと変わらない。「いつもと同じに見える」わたしは言った。

カーターもうなずき、ふたりで歩道をガーティの家に向かって歩きだした。玄関ドアを彼が調べたが、鍵はかかったままだった。ざっと見たところ窓もしっかり閉まっている。

「おれは裏を見てみるから、きみは椅子を取ってこいよ」カーターが言った。

ふたりで門を抜け、裏庭に入った。カーターは窓を点検しはじめ、わたしは庭の奥の角に建つ物置へと芝生を歩きだした。もうすぐ物置というところで、カーターが声を張りあげるのが聞こえた。

「一カ所、窓が壊されてる」

引き返そうとしたとき、正面の茂みからガサッという音が聞こえた。次の瞬間、アサルトライフルを持った男が飛びだしてきて、わたしに銃口を向けた。

第14章

反射的に、わたしは前に踏みだすと右手でライフルの銃身をつかみ、いったんぐっと押しやってから、引きよせると同時に下へおろした。男がバランスを崩して前へ出たので、左手で鼻を殴り、ライフルの銃床をつかんだ。銃身をつかんだままの右手で銃を持ちあげ、男の額を強打する。一歩後ろにさがりながらライフルを下に引きさげ、男の手が離れるとすぐに向きをかえて心臓に一発撃ちこんだ。

全部でほんの数秒の出来事だったが、すべてがスローモーションのように感じられた。わたしは男を見おろして立っていた。こめかみの血管がドクドクと脈打ち、背後からかすかな足音が聞こえてくる。ふたり目の男が物置の後ろから飛びだしてきたが、わたしがライフルを持ちあげるより先に後ろから銃弾が放たれ、男の額のど真ん中を撃ち抜いた。男はバタリと倒れた。心臓が激しく打つあまり、わたしは胸に痛みを覚えた。

これは路地にいた男たちじゃない。アーマドの手下だ。

カーターは男たちの脈を確認し、死体から残りの武器を取り去った。そのあいだ、こちらを何度か見たが、ひと言も発しなかった。小さな武器庫ほどの装備を集め終えると後ろに積みあげ、わたしの正面に立った。

怒りといらだち、そして失望が入り交じった顔をしている。「きみの指紋を照合したら、どんな結果が出てくるんだ」静かな声で、彼は訊いた。

目を合わせることができず、わたしは地面に視線を落とした。「サンディ＝スー・モローの情報よ」

カーターはため息をついた。「どの機関だ？」

さすがによくわかっている。指紋を他人の個人情報にひもづけるなんて、誰にでもできることではない。連邦政府で働く、それも食物連鎖上位の人間でなければ無理だ。

わたしは彼の顔を見た。「ＣＩＡ」

「で、本物のサンディ＝スー・モローは？」

「ヨーロッパでバケーション中。わたしの上司のオファーで。彼女のおじさんなのよ」

カーターの表情が険しくなった。「ジェラルド・モローがきみの上司なのか？」

まずい。「そう。彼を知ってるの？」

「イラクにいたとき、彼の部下と仕事をしたことがある」そう言ったとき、カーターの口調は落ち着いていたが、目の色がかすかに変わった。

イラクでモローの部下の工作員と働いたことがあるなら、カーターはわたしが何者か正確に理解したにちがいない。モローが直接かかわるのはある種の工作員だけだ。

「真実を話さなかったこと、申し訳ないと思ってる」わたしは言った。

「いや、思ってないな。夏が終わって姿を消せるようになる前に、ばれちまったことが残念なだけだ」

「違う！　それは絶対に違う」わたしは説明する言葉を必死でさがした。彼に対する気持ちが思っていたよりもずっと深いと気づいて以来、わたしが感じ、考え、そして苦悩してきたことすべてを。

「真実を話すわけにはいかなかった。正体を明かしたり、あなたを危険にさらしたりはできなかった。ここを去る前に、話すつもりではいた。ただ、まずは問題を片づける必要があって」わたしはため息をついた。「あなたとつき合ってしまったこと自体が間違いだった」

「きみが残念に思ってるのはそれだけだろうな」

心臓が締めつけられ、胃がむかむかした。目に涙がこみあげてきたので、こぼさないよう必死になった。「あなたがほのめかしてるような残念さとは違う」

でも、何を言っても無駄だ——言葉は言葉に過ぎない。

カーターはわたしを憎んでいる。彼を責めることはできない。わたしは出会ったときから嘘を重ね、彼との関係が深まってからも嘘をつきつづけた。職業的にはしかたないことだが、個人的には許されることではない。

「いいか、おれは何より自分自身に腹が立ってるんだ。おかしいのはわかっていた——きみは犯罪が起きるとすぐに首を突っこんでいき、ある種のことについては一般市民とは思えないほど豊富な知識を持ち、潜水をして湖の底からおれを引きあげてみせ——だけど、おれは信じたくなかった。だから目をそむけた。ばかだった。しかし、すべて悪いのはおれだ」

「いいえ、違う。あなたは知るはずじゃなかったんだから。自分を責めないで」

「アイダ・ベルとガーティは知ってるのか？　アリーは？」

わたしはふたたび最悪の気分になった。

「アイダ・ベルとガーティは知ってる。アリーは何も」

カーターの顔が赤くなった。「なるほど。それじゃきみは、穿鑿《せんさく》好きなおばあちゃんふたりには打ちあけられたのに、つき合うようになった男にはだめだったってわけか？」

「彼女たちは……そうじゃなくて……」ガーティとアイダ・ベルが知っていた理由を、彼女たちの秘密を明かさずに、いったいどうやって説明できるだろう。「わたしから話したんじゃない。この町へ来てすぐ、ふたりにあるところを見られたの。たったいまのあなたみたいに。彼女たちは従軍していたときの経験から気がついた」

カーターは目をすがめた。「ガーティの家で起きたあの事件、きみが来てすぐの。やつらを倒したのはガーティとアイダ・ベルじゃなかったんだな？」

「それについては何も知らない」大嘘もいいところだったし、カーターはわたしが嘘をついていると間違いなく見抜いていた。同時に、わたしがなぜ真実を語れないかも間違いなく理解している。わたしとしては犯罪に巻きこまれたと認めることなど絶対にできない。たとえ連続犯罪をとめたのがわたしであっても。

「そうだろうとも」彼は死体のほうに手を振った。「このふたりについて何か知ってるか？　それとも、これについても知らないふりをするつもりか？」

わたしはかぶりを振った。モロー長官は気に入らないだろうが、ここまで来てカーターに黙っていたら、無責任だし危険を招く。そのどちらも、わたしは避けたかった。

「このふたりはアーマドという中東の武器商人の手下。アーマドの組織に潜入していたときに、わたしの正体がばれた。モロー長官はCIA内部からのリークが原因だと確信している。正体を知られてしまったあと、わたしの首にはアーマドによって賞金がかけられた」

「だから保護拘置されてないわけか」カーターは勢いよく息を吐いた。「こいつらはどうやってきみを見つけたんだと思う?」

「このふたりが見つけたかどうかはわからない」わたしはシンフルで偽札が見つかってからの一部始終を要約して聞かせた。

わたしが話し終えると、カーターはわたしの顔をまじまじと見つめた。いらだちにほんの少し信じられないという気持ちが交ざった表情で。彼を責めはしない。奇遇も奇遇だからだ。

「待った」ややあって彼は言った。「この男たちは画廊の裏の路地にいたやつらじゃないと言ったな」

「そう」

「それなら、こいつらはどうやってここまで、ガーティの家まで来たんだ?」

「路地にいた男たちのあとをつけてきたのかもしれない」

「どうしてそんな飛躍のある推測を?」

わたしは生け垣を指した。「路地にいた男たちは、こっちが到着する前に殺《や》られてたみたいだから」

振り返った彼は、わたしが指差した生け垣の下から靴が片方突きだしているのを見た。生け垣まで歩いていくと、枝を押しわけ、なかをのぞきこんだ。こちらを振り返った彼の顔を見て、路地にいた男がふたりとも生け垣のなかにいるのだとわかった。

「とんでもないことになった」彼は言った。「いったいどう報告すりゃいいんだ。ガーティの家の裏庭に死体を四つも放置するわけにはいかないし、書類を書かないと死体保管所《モルグ》送りにもできない」髪をかきあげる。「畜生！」

カーターの言うとおりだ。これはとんでもなく大きな問題で、どうしたらいいか、わたしには見当もつかなかった。

「カーター？」ブロー保安官助手の声が背後から聞こえ、わたしは飛びあがった。「何も問題なしですか？　ミスター・テンプルトンから銃声が聞こえたって電話があったんです、保安官事務所にかけても誰も出ないって」

わたしを見たカーターの顔にはパニックの表情が浮かんでいた。彼は説得力のある説明を用意するだけでなく、それを数秒でやってのけねばならなくなった。「いや、ブロー保安官助手。問題発生だ」

「問題っていうのはどういう――わ、なんだこりゃ！　死体だ。それも二体。いったい何が起きたんです？」

「おれにもよくわからない」カーターが答えた。「ガーティの家のアラームが鳴ったんだが、ずっと故障していたんで、たいしたことじゃないだろうと思った。フォーチュンが差し入れを届けに保安官事務所へ来ていたから、おれと一緒にここまでピックアップにのってきた。ガーティから物置にある椅子を取ってきてくれって頼まれてたから」

「そうしたら、このふたりが死んでた？」ブロー保安官助手が尋ねた。

カーターは首を横に振った。「椅子を取りにくると、ひとりがアサルトライフルを手に茂みから飛びだしてきた。おれはなんとかそいつからライフルを奪い、一発で倒すことができたんだが、今度はふたり目が物置の後ろから出てきたんで、官給拳銃で撃ち殺した」

ブロー保安官助手の目が恐怖と賞賛とで大きく見開かれた。「ワオ！　となると話が全然違ってくる。その場で見たかったなあ。で、この男たちはガーティの家の裏庭で何をしてたんです？」

「確かなところはわからないが、そこの生け垣にころがってる男ふたりを殺したんだと思う」

ブロー保安官助手は慌てて首をめぐらし、生け垣を見つめた。「そこにも死体がふたつ。なんてこった。一カ所でこんなに死人をいっぱい見るの、初めてですよ。葬儀場でも見たことない」

「死人の群れと言ってもいいくらい」わたしは言った。

ブロー保安官助手がこちらを見た。「大丈夫ですか？　現場にいたなんて、どんなに怖かったか、おれには想像もできません」

「平気よ」わたしは答えた。

「彼女は見た目よりもずっとタフなんだ」カーターが言った。「おまえが電話して、運ぶ手配をしてくれるか？　おれはピックアップにカメラを積んでる。現場を記録しないと。事務所に戻ったら書類を作る」

ブロー保安官助手はうなずいてからわたしを見た。「送っていきましょうか？　死体やら何やらあって、こんなところにはいないほうがいいと思うんですけど」

わたしはカーターを見た。きみはここに残って供述をする必要があると言ってほしい。そうしたら、もっとうまく彼に説明できるかもしれない。すべてをしっかり咀嚼してからなら。たったいま自分が殺した男を見おろしていたりしなければ。

「行っていいぞ」カーターは言った。「きみの供述はあとでかまわない」

突き放すような言い方だったので、目にまた涙がこみあげてきた。カーターは死体の上に身をのりだしてよく見るようなふりをしたが、わたしのことを見たくないからだとわかった。彼に背を向け、ブロー保安官助手について芝生を歩きだした。いまにも落ち着きを完全に失ってしまいそうだ。

シンフルへ送られてきたとき、わたしの人生は終わったと思っていた。本当は始まりにすぎなかったと知っていたら、もっと違う向き合い方をしていたのに。

第15章

玄関を入ると、アイダ・ベルとガーティが居間にいた。わたしが入っていっても、ふたりはテレビに目をそそいだまま、ほとんど顔をあげもしなかった。

「アリーはね、カフェで焼き菓子を大至急焼く必要ができたとかで手伝いにいったわ」ガーティが言った。「あなたに百万回くらいメッセージを送ったんだけど、きっともっと大事なことでお忙しかったんでしょうねえ」アイダ・ベルを肘でつついた。

わたしはゾンビのような足取りで歩いていき、一番手前にあった椅子に倒れるように座りこんだ。ふたりはたちまちまじめな表情になり、顔を見合わせた。

「何があったんだい?」アイダ・ベルが訊いた。

ダムが決壊した。ずっとこらえていた涙がどっと溢れでた。わたしの嘘でカーターを傷つけてしまったための涙。命令を守らなかったせいでキャリアを台なしにしてしまったための涙。母が恋しくてしかたがないための涙。全然恋しくない父を思っての涙。そして、失う危険に直面するまで、シンフルのすべてが自分にとっていかに大切か気づいていなかったための涙。

ガーティとアイダ・ベルがはじかれたようにソファから立ちあがり、大慌てでやってきた。

ガーティが身をのりだし、わたしの肩に腕をまわす。アイダ・ベルはコーヒーテーブルに腰をおろし、わたしの腕に手を置いた。

「何があったにしても、あたしたちでなんとかできるわ」ガーティが言ったが、その声には自信よりも不安がにじんでいた。わたしが精神的に打ちのめされてしまったことがふたりを驚かせ、不安にさせたのだ。

「今回は無理」わたしはむせび泣いた。「何もかももう駄目」

「カーターに本当のことを話したんだね」アイダ・ベルが言った。

わたしはうなずき、手の甲で目をぬぐった。「話すしかなかった。彼に見破られた。あなたたちのときと同じ」

ガーティがはっと息を呑んだ。「あの男たちがあたしの家にいたの？」

「そう。でも、ふたりとももう死んでいた。アーマドの手下に殺《や》られて。アーマドの手下たちは、わたしたちが着いたとき物置の後ろに隠れていた。わたしは即座に……反応したわけ。ひとり目は茂みの後ろからアサルトライフルを手に襲いかかってきたから、ピザの配達員みたいにあっさり片づけてやった」

「殺したのかい？」アイダ・ベルが訊いた。

わたしはうなずいた。「やつの武器を奪って、それで撃ち殺した。全部で三秒ぐらいの出来事だったはず。男をあの世送りにした衝撃で立ちつくしていたとき、ふたり目が飛びだしてきて、カーターに撃ち殺された」

「アサルトライフルを持った男から武器を取りあげて無力化するなんてことは、司書の得意技とは言えないものね」ガーティが言った。「驚きの事実はあまり喜ばれなかったんでしょう」

「それって、わたしがシンフルに来てから聞いたなかで、一番事実からかけ離れた控えめ表現」

「本当に残念だわ」ガーティが続けた。「カーターに少し時間をあげなさい。ショックだろうから、間違いなく」

「ショックを受けないわけがない」アイダ・ベルも同意した。「カーターは心だけじゃなく、プライドもえらく傷つけられた。あんたはあいつを騙したけど、あいつは簡単に騙される男じゃないからね」

ふたりの言うことはひとつ残らずまったくそのとおりだった。カーターは衝撃を受け、次に怒り、そのあとどの時点かでほぼあきらめた。彼が肉体以外のあらゆる面で傷ついたのは確かだ。でも、いま知ったけれど、心に強烈な痛みを感じると、肉体的にも苦痛が生じる。わたしは体中の筋肉という筋肉がきりきりと痛んだ。胃はまずい中国料理を食べたあとのよう。頭は角材で殴られたかのようにずきずきと疼いている。銃で撃たれたほうがずっとまし。

「わたしは彼のプライドを傷つけただけじゃない。こなごなにしてしまった。カーターに訊かれたの、あなたたちふたりは知ってるのかって」

「ああ、嘘」ガーティが両手で口を覆った。

「で、あんたはあたしたちが知ってるってことを明かさなきゃならなかった」アイダ・ベルが言った。「ここまで来たら、避けられないもんね。あんたがシンフルに来てから起きたことはどれも、あたしたちが最初からぐるじゃなかったら筋が通らない。カーターがすべてをつなぎ合わせるのに長くはかからないよ。これまではなんとなく疑ってただけだったけど、全部自分が正しかったんだと確信するだろうね」

「あたしたちが知らなかったら、何もかもあんなふうにはならなかったと、カーターは確信するわ」ガーティが言った。「掩護ができる相手じゃなければ、あんなふうに信頼したりしないし、あたしたちだって、そうする能力がなければ、危険に突っこんでいったりしないもの」彼女はアイダ・ベルを見てため息をついた。「いままで楽しい思いをさせてもらったわね」

わたしは困惑してガーティを見た。「待って——あなたたちのことはカーターに話してない」

ふたりとも眉を寄せた。

「でも、カーターにどう説明したの？　あたしたちには打ちあけて、彼には打ちあけなかった理由を」ガーティが尋ねた。

「わたしがこの町に来てすぐ、あなたたちが見破ったんだって話した。きょうのカーターと同じように。ヴェトナムにいたときの経験から、わたしの動作を見て気がついたんだって。ふつうの市民じゃ、あんな動きはできないってことに」

アイダ・ベルはガーティの顔を見てから、わたしに目を戻した。「あんたの義理堅さには感謝するよ、フォーチュン。それに、あんたが兵士の掟《おきて》に従ってるってこともわかってる。でもね、ここで犠牲を払ってほしくはないんだ。あたしたちの秘密を知れば、カーターだって気持ちが楽になるかもしれない、きょうまで自分が点と点をつなげられなかったことについてね」

ガーティがうなずいた。「いまのままじゃ、カーターからするとふたりのおばあちゃんに出し抜かれたとしか思えない」

わたしはかぶりを振った。「わたしは兵士の偽装を暴いたりしない。絶対に。あなたたちが彼に真実を話したければ、それはそっちの自由だけど、あなたたちの過去をカーターがわたしの口から聞くことはない。わたしは誓った。その誓いは、自分の傷ついた心やカーターのプライドよりもわたしにとって大切なの」

ガーティがわたしの肩をぎゅっとつかんだ。「いまどきあなたみたいな人ってほかにいないわよ」

この一時間の出来事が頭のなかで再生され、目に涙がどっとこみあげた。

「それはいいことかも」そう言うと、わたしはこらえきれなくなってふたたび泣きだした。

その夜は大泣きしてころげまわるのと、シャワーを二回浴びるのとで一時間半かかった。思いがけない幸運は、アリーから今夜は遅くまでフランシーンと仕事をすることになったため、彼女のところに泊まると電話がかかってきたことだ。これで、カーターと別れた理由をでっちあげるのに少し時間ができた。真実を話すわけにはいかない。でもシンフル住民はこの風向きの変化を嗅ぎつけるだろう。排泄物の悪臭並みに。

わたしが二回目のシャワーを浴び終えたところで、保安官事務所から電話がかかってきた。カーターはわたしたち全員から供述を取る必要があるが、現場がガーティの自宅なのでまず彼女と話したいとのことだった。

「わたし、カーターと顔を合わせるのはまだ無理」体にタオルを巻いた状態で髪を梳かしながら言った。

「そりゃ無理に決まってるわ」ガーティが答えた。「でも、そのうち合わせるしかなくなるわよ」

「それがわかってないとでも思ってる?」わたしはシンクにくしを投げだした。「モルグに四人の死体があって、そのうちのひとりはわたしが殺したんだから。もっと重要なのは、もし自宅にいたら、あなたはやつらに殺されていたはずだってこと。わたしが始末した男は、まったく躊躇しなかった。あの男はあなたの家の裏庭にいた人間を、誰だろうと殺したはず。相手が脅威であろうとなかろうと」

ガーティもアイダ・ベルも立ったまま無言でわたしを見つめていた。おそらく、わたしが怒りを爆発させるか、また泣きだすかするのを待っていたのだろう。両方やりたい気分だったが、どちらもこらえた。ふつうの女の子でいるのはもうおしまい。兵士に戻るときだ。

「いい？　何かしなきゃいけないのはわかってる。脅威が本物でなければ、わたしがシンフルに来ることはなかった。いま相手にしている悪人の手強さを誰よりもよく知っているのはわたし。あなたたちはジープで先に行って。わたしはハリソンに電話をかけて、事情を説明する。本当は事が起きてすぐにかけるべきだったから」

「まずいことになりそう？」ガーティが訊いた。

「ものすごくまずいことになるから、おそらく今後十年はデスクに向かうだけの日々になる。それも、首がつながった場合の話」

「本当に申し訳ないことしたわ」ガーティは明らかに落ちこんだ様子で言った。「あたしたち、あなたにあんなにいろいろリスクを冒させちゃいけなかったのよ。こんなことになったのも、あたしたちのせい」

「そんなふうに考えないで。全部わたしがいけないんだから。昔から命令に従うのが苦手で、だからこそここへ送られることになったわけだし。いつもやりすぎで、いつも何かを証明しようとしてた。今回、わたしがすべてを失うことになったら、責任があるのはわたしだけ」

それが結論。早くに亡くなり、わたしが一番必要とするときにいてくれなかった母についても怒りを爆発させることはできる。ただひとりのわが子にほんのわずかしか興味を示さなかった父についても。一定の職種では女性の能力が男性に劣ると決めつけている社会を非難することもできる。工作員を規則でがんじがらめにするＣＩＡを責めることだって。

でも、そうしたところでなんになるだろう？

それらは弁明であって、許される理由にはならない。要するに、どんな理由があってその行動をとったにしろ、選んだのはつねにわたしであったということ。

「あなた、ここにひとりでいて大丈夫?」ガーティが訊いた。

わたしはほほえんだ。「みんなが安全だと思う、わたしがひとりでいたほうが」

アイダ・ベルがうなずいた。「こっちの話が済んだらメッセージを送るよ。それからあんたを迎えにくる」

「わたしが一緒じゃない理由を訊かれたら、カーターになんて答えるつもり?」

「あんたはやることがあるって言っておく。あいつが納得しようがしまいがかまやしない。カーターも傷心状態でつらいだろうとは思うけど、こっちはもっとデカい問題に取り組まなきゃならないんだからね」

「ありがとう」わたしの寝室から出ていくふたりを見送ったあと、少しして窓の外を見やると、彼女たちがジープの前で立ちどまり、ちょっと口論をしているのが見えた。にやついた。ガーティが運転をしたがり、アイダ・ベルが駄目だと言ってるのだ。結局アイダ・ベルが運転席にのりこみ、ガーティは助手席にころがりこむようにして座ったが、発進するときもふくれっ面をしたままだった。

つねに変わらないものがあるのはいい。人生が安定して安全に感じられる。わたしはたいていの人よりもよくわかっているけれど——安全なんて、コントロールと同じで迷信にすぎないと。

ヨガパンツにTシャツを着て、テニスシューズを履くと、髪をポニーテールにまとめた。もうサンドレスは着ない。リップグロスもつけなければ、輝くエクステを肩にたらすこともなし。そんな日々は終わった。

一階におりると携帯電話をつかんだ。深く息を吸い、ゆっくり吐きだしてからハリソンの番号に電話する。愉快な会話になるわけがない。留守番電話《ボイスメール》につながって、嫌なことをほんの少し先延ばしにできればと期待する自分がいたけれど、いまの運のよさからすれば、ハリソンが一回目の呼び出し音で出たのも当然だった。

「わたし。大きな問題が起きた」

「くそ」

厄介なことになってハリソンに電話をかけるとき、ふだんのわたしは必ず〝ちょっとした問題〟という言葉を使う。わたしが自分から大きな問題だと告げたとなると、これからとてつもない面倒が降ってくると、彼は確信するしかなかった。

わたしは起きたことの一部始終を話した。ニューオーリンズにあるマックスのアパートメントを許可なく捜索したことから始めて、アーマドの手下のひとりを始末したところまで。話し終えると、電話の向こうは完全に沈黙した。沈黙があまりに長かったので、ハリソンは心臓発作を起こしたか、携帯をコーヒーテーブルに置いて新しい身元を作成し、国外へ逃亡したのかと思った。たとえそうしたとしても、彼を責めはしない。わたしとパートナーを組むのは容易なことではない。

突然、ハリソンがブチ切れた。

たっぷり二分は悪態をついたりわめいたりが続いた——が、使われた言葉や言いまわしの一部はわたしが聞いたこともないものだった。怒り狂うあまりの造語にちがいない。ややあって、創造力が枯渇したのか息が続かなくなったのか、ハリソンは黙った。

「こっちはもうすぐ保安官事務所へ行って供述をしなければならないんだけど」わたしは言った。「どう話したらいいか、確認する必要があって」

「保安官助手は、自分が撃ち殺したと話したんだったな？　そいつは書類にもそう書くと思うか？」

「思う。彼がそうしたら、誰もそれについては疑ったりしないはず。いっぽう、もしやったのはわたしだと記したら……そうしたら、わたしの正体がばれて、彼は間抜けに見える。何しろつき合ってたようなものなのに、わたしの正体にまったく気づいていなかったんだから」

ハリソンが深く息を吐いた。「いいか、おまえはこれまでにもさんざんやらかしてきたが、今度のはダントツで一等賞だ。たとえ無人島に流されたとしても、おまえってやつは何もかも台なしにする方法を見つけるんだろうな」

「たぶん」

わたしの感じているあきらめと疲労がそのひと言に表れていたにちがいない。ハリソンは責めるのをやめて、仕事に戻った。

「それじゃ、アーマドの手下がランダルの手下を殺した。それで間違いないか？」

「ランダルの部下だという確信はないけど、たぶんそうだと思う。ほかのふたりは間違いなくアーマドの手下。いっぽうの顔に見覚えがあった」

「向こうはおまえに気がついたか？」

「それはなかったと思う。撃ち殺したやつの目にひらめきが走ったりはしなかった。とはいえ、向こうはわたしの外見をよく見る時間がなかった。もうひとりの男については、わたしが顔をよく見る前にカーターが発砲した。ランダルの手下は車のナンバープレートからガーティの自宅住所を突きとめたんだと思う。アーマドの手下は、紙幣偽造犯に関する情報が得られると考えて、ふたりのあとをつけてきたんじゃないかって気がする」

「そこは重要じゃない。全員がヤバいくらいおまえの近くまで来た。物置の後ろに隠れてたやつが、アーマドにおまえを見つけたとメッセージを送ってたらどうする？　走りでてくる前に、そうする時間はあっただろ？」

　わたしは胃がきゅっと縮んだ。「カーターはふたりの死体を検めてた。わたしの正体が暴かれたとわかるものが見つかったら、間違いなくすぐに連絡をくれたはず」

「ああ、たぶんそうだが、それでも、近すぎて落ち着いちゃいられないぞ。おまえはそっちに行ってからずっと、例のばあさんふたりとつるんでた。ふたりを手がかりにおまえを見つけだすには、それほど時間はかからない。路地にいた男たちが死んだとしても、おまえの人相を報告してるにちがいない」

「確かに」

「ランダルについての情報をつかんだあとすぐ、おれに連絡すればよかったんだ」

「まだ仮説にすぎなかったから。確証をつかみたかったんだけど、そう、あなたの言うとおり。ジェイミソンの偽金造りにかかわってる可能性が出てきた時点ですぐ、名前を知らせるべきだった」

「まあ、いまくどくど言ってもしかたない。だが、ランダルとアーマドの部下が死んだとあっちゃ、両方の陣営がそっちに人員を投入して証拠を隠滅しようとするのは時間の問題だぞ」

それについてはすでに熟考していたし、ハリソンに言われなくても、見通しが思いきり暗いのはよくわかっていた。

「それじゃ、このあとどうする?」

「まず、おまえたち三人をシンフルの外に出す。通常なら、三人一緒に連れだしたあと、ばあさんふたりはバハマへ送るところだが、彼女たちが知ってることは捜査の役に立つかもしれない。それに、こんなこと言う自分が信じられないが、おまえ抜きに今回の奇襲が成功するとは思えない。FBIには優秀な捜査官がいるものの、今回の作戦に一番適任なのはおまえだ」

ハリソンがわたしを褒めるなんて、記憶にある限り初めてだ。彼がわたしの能力を評価しているのは知っているし、わたしも彼の能力を評価している。おたがいに何度も命を救い合ってきたので、こと仕事となると相手に深い敬意を持っている。しかし、これまでハリソンは、わたしにほかの工作員よりも優れているところがあると口に出して言ったことはなかった。ふつうの状況なら、自尊心がくすぐられまくるところだが、いまは恨めしく思いそうになった。

　能力がそれほど高くなく、そこまでひたむきでもなく、視野狭窄《きょうさく》も起こさなければ、わたしは人生が崩壊しかける事態になんて陥らなかったはずだ。

「わかった」わたしは言った。「隠れ家を確保したら、移動をどうするか知らせて。こっちはアイダ・ベルとガーティにここを離れる必要について話しておく」

「お友達の保安官助手にもな。自分の管轄からCIAがおまえたちを急に連れ去るのをやつは喜ばないだろうが、おまえが何も言わずに消えたりしたら、さらに怒るのは必至だ。ただし隠れ家の場所と、どう移動するかは黙ってろ」

「もちろん言わない」とわたしは答えたが、ハリソンの読みについては意見が異なった。アイダ・ベルとガーティが危険な場所にとどまることを、カーターは決して望まない。ふたりが敵の手の届かない場所に隔離され、トラブルに巻きこまれる可能性がなくなることには大賛成だろう。でもわたしに関しては、おそらくただ姿を消してほしいはず。

　その願いは叶うかもしれない。

　ニューオーリンズでアーマドを倒すことに成功すれば、わたしがこの町にとどまる理由はなくなる。シンフルからすれば、わたしは亡霊《ゴースト》のようなものになる……マックスがそうだったように。唯一の違いは、わたしは二度と戻ってこないということ。

第16章

アイダ・ベルからのメッセージと、彼女が迎えにくるのを待つべきなのはわかっていた。状況を考えれば、暗くなってからシンフルの通りをひとりで歩くのは得策ではない。でも、正直言って、かまうものかという気分だった。いまのわたしは〝起きることは避けられない〟という精神状態だったし、理屈に耳を傾ける気になるまではそこから抜けられそうになかった。

それに、しんとした家にいると頭がおかしくなってしまう。テレビをつけたところで少しも気晴らしにならなかったし、マーリンは同居者としては悪くないものの、話し上手とは言えない。彼は最近のお気に入りの場所である階段の一番上から、夜が更けていくのを見守っていた。転生が本当にあるなら、わたしは猫になってこの世に戻ってきたい。寝ているときに驚かされることはあっても、動揺することがきわめて少なそうだ。

わたしは寝室の窓から通りを見渡し、野球帽をかぶると、ポニーテールをなかに押しこんだ。通りに人気《ひとけ》はなかった――車一台すら通らない――が、それでも勝手口から外に出ると隣家の裏庭を抜けて通りのほうへまわった。玄関ドアは少し離れた場所からでも簡単に見張れる。わたしの知らない車が二台、同じブロックの少し先にとまっていた。十中八九、そこの家の友人か親戚の車だろうが、リスクは避けるに越したことがない。

メインストリートに向かって、なかなかの速度で走りだした。わたしのような体を鍛えている人間にとってはたいした距離じゃない。わたしのような精神状態の人間にとっては短すぎた。ダウンタウンに近づいたところで、走る距離を伸ばすために角を曲がり、全力疾走まで速度をあげた。そのブロックを二周すると、汗だくになったところで立ちどまり、体を折り曲げて何度も大きくあえいだ。少しして呼吸の乱れがおさまると、携帯電話を見たが、アイダ・ベルからのメッセージはまだ届いていなかった。

腕時計を見る。彼女たちがわたしの家を出てから四十五分。そろそろ終わるはずだ。このまま保安官事務所まで行って、ふたりの話が終わるまで待とう。水が飲みたかったが、そのために家に戻るつもりはなかった。ふたたびジョギングの速度で走りだし、まもなく保安官事務所に着いた。

わたしが入っていくと、受付にいたブロー保安官助手が顔をあげた。こちらのやや乱れた身なりを見て目を丸くした。「大丈夫ですか?」そう訊きながら、慌てて立ちあがる。

「平気よ。ここまでジョギングしてきただけ」

ブロー保安官助手は眉を寄せた。「ひとりでジョギングなんてよくないと思います。特に夜は。隠さずに言いますけど、ガーティの家に現れた男たちの件で、おれは死ぬほど震えあがってます」

「あれは確かに動揺させられたわよね」わたしは言った。「困ったことに、わたしはストレス解消の手段が運動なんだけど、マージの家にはランニングマシンがなくて。しんとした家のなかでじっとしてると、頭がおかしくなりそうだった」

ブロー保安官助手の体から少しだけ力が抜けた。「わかります。ストレスがひどくなると、おれは釣りをするんですけど、姉はあのステッパーってやつを使うんです。五年ですでに二台、駄目にしました。まったく心配ですよ、膝が大丈夫かどうか」

どんなストレスが彼女にステッパーを二台も駄目にさせたかも心配すべきだろう。わたしが知る限り、ブロー保安官助手の姉は小学生の子供がふたりいる専業主婦だ。誤解しないでほしい——同じ境遇に置かれたら、わたしはお酒を飲まずにいられなくなるだろう。ただし、彼女の場合は自分で選んだ生活だ。「ひょっとしたら、お医者さんに診てもらうよう勧めたほうがいいかも」わたしは言った。精神に支障を来《きた》し、正常に働くには抗不安薬が必要になった工作員をこれまで何人も見てきた。「お姉さんは、エクササイズでは解決できない問題を何か抱えているのかもしれないわ」

ブロー保安官助手はうなずいた。「姉は船着き場で倒れたことがあるんですけど、それ以来、人が変わってしまったっておふくろは言ってます。頭を強く打ったんですよ。ニューオーリンズの医者に診てもらうよう、おふくろがようやく説得したみたいです」

「よかった。問題が解決するといいわね」

「ありがとう」ブロー保安官助手ははにかんだような笑みを浮かべた。「本当にやさしいですよね、ミズ・モロー。あなたはいつも他人《ひと》のことを考えてる」

わたしはただほほえみ返した。ほかにどうしようがある？　全然やさしくなんかないと言う？　わたしのやってきたことは、たとえ利他的に見えても、ほとんどが自分のためだったのだと？

デスクの上の電話が鳴ったので、ブロー保安官助手が出た。

「ええ。了解です。すぐ行きます」電話を切ると、彼はわたしを見た。「鑑識がガーティの家での作業を終えたそうです。おれは現場を立入禁止にしにいかないと。歩道にはもう近所の人たちが集まりはじめてるんで。いったいなんて説明したらいいのやら」

「捜査中だから何も言えないけど、ガーティは無事だし、事件が起きたときは家にいなかったって言えばいい」

ブロー保安官助手は少し安心した顔になった。「それ、いいですね。そのとおりに言うことにします。ここにひとりで大丈夫ですか？　おれが出ていったら、鍵をかけるって手もあります」

「大丈夫よ」

「それじゃ、おれは行きます。ガーティたちはカーターのオフィスで供述をしてます。長くは待たないはずです」

「わかったわ。それと、気をつけてね」

「そうします、マーム」

彼がピックアップ・トラックにのりこむまで待ってから、わたしは正面の入口に鍵をかけた。ふつうの状況なら、すぐさまデスク側にまわりこみ、片っ端から書類をめくりはじめるところだが、いまはそんな活力が湧いてこなかった。欲しくてしかたないのは水だったので、休憩室へと廊下を歩きだした。

トイレにはってある応急の〝故障中〟の張り紙を見て、わたしはフッと笑いそうになったが、すぐにカーターがこの件をどう考えているはずかを思いだした。きっと、自分がまたコケにされただけと思っているだろう。この二時間ほど、彼は暇があれば過去五週間を振り返っていたにちがいない。さまざまな出来事を思いだしては嫌な気分になっていたはずだ。これまでとは見え方が違って。

休憩室は裏側の廊下の奥のほうにある。カーターのオフィスの扉は閉まっていて、なかからくぐもった話し声が聞こえてきた。休憩室に入ったわたしは冷蔵庫からミネラルウォーターのペットボトルを取りだした。受付へ戻ろうとしたそのとき、空調が静かになって、通気孔からガーティの声がはっきりと聞こえてきた。

「本当のことを聞きもしないで彼女を批判したら駄目よ」

わたしは固まった。

「自分たちだけ真相を知っていたふたりがそれを言うんですか?」カーターが尋ねた。「ご理解いただけますよね、そっちの言い訳なんて、おれが聞きたくなくても」

「フォーチュンがあたしたちに打ちあけたんじゃないんだ」アイダ・ベルが言った。「こっちが気づいたんだよ」

「そう、それが彼女の説明で、おれは一瞬たりとも信じなかった。今夜おれが見たのは接近《クラ》格闘術《ヴマガ》だし、あれだけ正確に技を決められるのは高度な訓練を受けた暗殺者だ。ヴェトナム戦争の時代にあの格闘術は使われていなかったし、当時の兵士が何をしこまれていたにしろ、病院や事務室でそれを披露してまわってたはずはない」

「戦場で見たんだよ、あたしたちは」とアイダ・ベルの声。「兵站《へいたん》業務に就いてたってのは本当じゃないんだ。ガーティとマージ、そしてあたしは防諜工作員だった」

長い沈黙が流れたあと、ようやくカーターが言った。「おれにそれを信じろと?」

「そうだ」アイダ・ベルが答えた。「あたしたちの軍歴は封印されてるよ、もちろん。でも当時の指揮官とはいまもまだ連絡を取ってるから、あたしたちが受けた訓練やどんなことを経験したか、喜んで話してくれるはずだ。あんたさ、ふつうのばあさんふたりが、あたしたちみたいに危険なことをやるなんて、本気で信じてんのかい?」

「お、おれは……もうどう考えたらいいかわからない。まったく、なんなんだよ」

「いきなり打ちあけることになって、本当に悪いと思ってるのよ」ガーティが言った。「この町の人は誰ひとり、あたしたちの過去を知らなかったし、それがあたしたちの望んだことだった。マージ、アイダ・ベル、そしてあたしは絶対誰にもしゃべらないって協定を結んだの」

「そしてそれを守った」とアイダ・ベルが先を続けた。「フォーチュンに会うまではね。あたしたちは彼女の正体に気づいてないふりはできなかったし、こっちの正体を明かさなけりゃ、フォーチュンが信用してくれるわけはなかった。間違いなくわかってたのは彼女が危険にさらされてるってことで、あたしたちは力になりたかったんだよ」

「そのとおり」ガーティが言った。「だから、あなたがフォーチュンに嘘をつかれていたことが気に食わないって言うなら――あなたに真実を話したら、彼女は連邦法に違反してしまうにもかかわらずよ――あなた、あたしたちにも同様に腹を立てないとね。だって、こちらはあなたが生まれたときからずっと嘘をつきつづけてきたわけですもの」

「そっちの嘘はそこまでショックじゃないんで」とカーター。

「わかってるわ」ガーティが言った。「それに、あなたの苦悩を軽く扱うつもりもないの。ただ、どうしてこうなってしまったか、説明しようとしているだけ」

「そんなこと、おれがわかってないとでも？」カーターの声が大きくなった。「こっちはイラクに従軍したんだ。向こうでおれがどんなことをしてきたか、知ってるのか？」

「いいや」アイダ・ベルが答えた。

「それは、あんたたちが知っちゃいけないことだからだ。そっちに頼まれたからって、捜査中の案件について、おれがほいほい情報を流さないのと同じだよ。そっちが首を突っこみたがっても、法執行機関の仕事にはかかわらせないだろ。おれは職業上の責任ってものを理解してるし、ものすごく大事にしてるんだ。でも、それならプライベートで誰とつき合ってもいいってことにはならない」

「それじゃ、フォーチュンはあなたを拒みつづければよかったわけね？」ガーティが言った。

「あなたが決してあきらめようとしなくても、彼女があなたにどんなに惹かれていても。なるほど。それは一方的な決めつけが過ぎるわ。あたしたちの経歴について知っていたら、フォーチュンの選択に対するあなたの気持ちも変わったかもしれないでしょ」

「そっちの経歴を知っていたら、そもそもこんな話し合いは必要にならなかった。さて、よければおれは次の仕事に移りたいんで。あなたたちふたりがしようとしてくれてることには感謝します。根がいい人なのも知ってる。おれに打ちあけてくれたことは絶対に漏らさないから、安心してください。ふたりの秘密は秘密のままですよ、少なくともおれの口から漏れることはない」

わたしは急いで休憩室から出ると受付に戻った。デスクのひとつから椅子を引きだし、携帯電話を出すとゲームを始めた。ぎりぎりになって、ミネラルウォーターを見られたらどこにいたかがばれてしまうと気がつき、ペットボトルをごみ箱に突っこんだ。そこへ三人が廊下から入ってきた。

受付に座っているわたしを見て、三人とも立ちどまった。

「どうやってここへ来たんだい?」アイダ・ベルが訊いた。

「ジョギングして」

「ひとりで外へ出るなんて」ガーティが言った。「危ないでしょ」

「そう、それってわたしがよく言われること。みんなちょっと手遅れなのよね、わたしの身の安全を心配するには。危険のなかに身を置くのが職務の一部だから」椅子から立ちあがる。

「わたしの供述、取れる?」

カーターはずっとしかめ面で、まっすぐわたしを見るのではなく、肩の向こうを見つめていた。「すでに文面を作ってある」ようやくわたしと目を合わせた。「あとはその嘘の塊にサインが必要なだけだ。おたがい、気まずい細かな点を話し合わずに済むように」

そういうやり方か。どうしても必要な場合を除いて、わたしとはふたりきりで過ごさずに済むようにするというわけだ。それなら、ほんの短時間でも彼を煩わせる必要はない。「すばらしいわ」アイダ・ベルとガーティを見る。「ふたりにも一緒に来てほしい。パートナーから指示があったんだけど、あなたたちにも関係があることだから」

ふたりがうなずいたので、全員でカーターのオフィスに戻った。わたしは休憩室から予備の椅子を引っぱってきてドアを閉め、腰かけた。カーターが一枚の紙をこちらへ押しだしたので、彼が書いたわたしの〝供述〟を読んだ。それは彼がブロー保安官助手に話したのとほぼ同じ嘘で、信憑性を増すために派手すぎない詳細が加えられていた。

「その内容でそっちの関係者から文句は出ないか?」わたしが読み終えたところで、カーターが訊いた。

「わたしが逮捕されずに済めば、こちらの関係者は満足する」わたしはペンをつかむとサインをし、さらにふたつの法律違反を犯した。ひとつは内容がすべて虚偽だから。もうひとつはわたしがサンディ=スー・モローではないから。けれど、望まぬ注目を集めずに済む限り、かまわなかった。いまのわたしは多くのことを気にしなくなっていた。

書類をカーターのほうに押し戻すと、彼はそれをファイルにしまった。居心地の悪い沈黙が流れたあと、わたしはアイダ・ベルとガーティのほうを向いた。「ハリソンと話した。わたしたちはシンフルの外の隠れ家に移動させられる」

「情報漏洩の危険は?」アイダ・ベルが尋ねた。

「CIAで隠れ家の場所と誰がそこにいるかを知るのはハリソンとモロー長官だけ」

「そこへはどうやって行くの?」ガーティが訊いた。

「移動手段はハリソンが手配中」わたしは答えた。「リムジンじゃないでしょうね。一般的ではないものだと考えておいて。尾行されるわけにいかないから」

ふたりがうなずいたので、カーターのほうを見た。「あなたはいまの話に異議なし?」

彼は首をかしげた。「あったら何か変わるのか?」

「いいえ」

「それなら訊いたってしかたないじゃないか。しかし、答えておくと、問題がシンフルから場所を移してくれるのは嬉しい。この町の住民が危険の真っただ中に引きずりこまれるのは、ぜひとも避けたいからな。とはいえ、このふたりの場合はほかの住民と違って、リスクを心得ていたはずだ。自分たちから突っこんでいったんだから」

刺《とげ》のある言い方に、わたしは顔を歪めないよう努力した。カーターは本当に腹を立てている。ガーティがやれやれと首を振り、顔をしかめた。アイダ・ベルは非難の目で彼を見た。

「傷ついた子供みたいな態度をとるつもりなら」彼女は言った。「勝手にすりゃいいさ、もちろんね。だけど、そんなことしたって、あたしたち三人には効果なしだよ。いま目の前で起きてることのほうが、あんたの私生活なんかよりずっと大きな問題なんでね。それにあんたは、フォーチュンがシンフルから出ていったら、問題もうせるって考えてるのかもしれないけど、そいつは違う。紙幣偽造犯にはこっちに手づるがいるし、それが誰かはまだわかってない。あんたはぼーっとして、すべて快調ってふりもできるけど、自分に打ち勝って、あんたならやれるにちがいない仕事をやることもできる。大切に思っていたはずの女がいま生きるか死ぬかって状況にいるんだよ。解決の一端を担うこともできるし、自分が負担の一部になることもできる」

カーターの顔が紅潮したので、アイダ・ベルの言葉は彼に怒りだけでなく恥ずかしさも感じさせたのだとわかった。攻撃の方法としてベストだったかどうかは不明だが、非常に効果的ではあったようだ。

「確かにそうだな」彼は言った。「その手づるを見つけるために時間を割こう。連邦政府がそれを許してくれるならだが」

「CIAからは特に要求はない」わたしは答えた。「わたしの正体がばれないように協力してほしいということ以外は。エージェンシーとしては、どんな形でもあなたが力を貸してくれれば嬉しい。ただし、紙幣偽造犯をさがしているってことは明かさないで。さもないと、わたしたちが追っている相手が聞きつける。そうしたら、あなたが連邦政府と連携していることが向こうに伝わって、警戒されてしまう」

カーターはうなずいた。「ふだんどおりの仕事を続けるが、ブロディ・サンプソンに目を光らせるとしよう。もし彼がシンフルにいる手づるなら、四人が死んだ事件に震えあがってるはずだ」

「アリーはどうするの？」ガーティが尋ねた。「あなたの家にとどまったら危ないわ」

「そう、危ない」わたしは賛成した。「ガーティの家で起きたことについて、公式にはどう発表するつもり？」カーターに訊いた。

「四人はガーティの家に強盗に入った。しかし仲間内で言い争いになり、アラームが鳴ったと聞いておれが調べにいったときにはすでにふたりが死んでいた。残りのふたりが裏庭で襲いかかってきたから、おれはやつらを倒した」

「了解。情報が少ないに越したことはないし、四人全員を仲間同士ということにすればつじつま合わせもしやすい。アリーにはわたしが何か作り話を考える。彼女がうちを出てくれて、わたしたちが町を離れることの説明になるような」

「アリーはどこへ行けばいいの？」ガーティが訊いた。「彼女の家はまだ工事が終わってないわ」

「うちのおふくろの家に泊まればいい」とカーター。「アリーにどういう話をするか、知らせてくれ。おれも話を合わせられるように」

「助かる」わたしは言った。アリーがカーターの母のところに身を寄せると決まって、ぐっと気が楽になった。カーターが一緒にいないときでも、彼の目があるのも同然だ。アリーが狙われるとは思わないが、慎重にも慎重を期したかった。まだわかっていないことが多すぎる。自分のせいで彼女の身に何かあったら、わたしは一生自分を許せなくなる。

「三人が町を離れる理由はなんて話すんだ？」

「女三人での旅行」わたしは答えた。「人に訊かれたら、フロリダへ行くと答える。わたしのジープはガレージに入れて鍵をかけておくから、誰にもばれない」

「移送はいつになるかわかるか？」

「手配が整いしだい。あすになったら、わたしたちはもういないと思う」

カーターはうなずいた。「アリーに話したらすぐ知らせてくれ。おふくろに電話する」しばらく床を見つめてから、顔をしかめた。「おたがい話をするのはこれが最後ってことになるのかな」

「ええ」わたしは答えた。「三人ともよ。あなたのほうからメッセージを送ることはできても、こちらからはたぶん返信ができない」紙に電話番号を書きつけて渡した。「わたしのパートナーに直接つながる携帯番号。名前はハリソン。彼に知らせる必要のあることがわかったら、その番号にかけて」

カーターは番号を受けとると、財布にしまった。「ＣＩＡがやろうとしてる奇襲だが。いつやるかわかってるのか？」

「いいえ。でももうすぐのはず。部下が殺されたことをアーマドとランダルが知ったら、事態は一気にヒートアップする」

「で、そのアーマドってやつが現れるのを、きみは本気で期待してるのか?」

「そう」

カーターはうなずき、しばらく口をつぐんだ。「それで、作戦がうまくいったら、それはきみにとって何を意味するんだ?」

わたしにとって何を意味するか? まいった。どこから始めたらいいだろう? それは、もう自分以外の人間のふりをしなくていいということ。これまでの違反行為すべてに関し、CIAによる処分を受けいれなければならないということ。わたしはシンフルを去り、慣れ親しんだワシントンDCへ帰っていく。自分が以前の生き方に戻りたいかどうか決めるということでもある。戻れるとしてだが。

「わたしはフォーチュン・レディングに戻れるということね」わたしは答えた。

それがどんな人物にしろ。

第17章

家に帰りついたときのわたしたちは、陰気な三人組だった。誰も何も言わなかったが、まっすぐキッチンへと向かい、ウィスキーの瓶を引っぱりだした。一杯目はみんな無言で、すでに起きたことや今後のことに考えをめぐらせながら飲んだ。ガーティが二杯目をそそいだところで、わたしは沈黙を破ることにした。

「あなたたちがカーターに話してるのを聞いた」

ふたりともいささか驚いた顔で、こちらをまじまじと見た。

「水が欲しくて」わたしは説明した。「休憩室へ行ったら、ふたりの声が通気孔から聞こえてきたの。空調がとまったときに。カーターに話す必要なんてなかったのに。いままでずっと秘密にしてきたんだから」

「あたしたちはああする必要があると感じたんだよ」アイダ・ベルが答えた。

ガーティもうなずいた。

「意味なかった」わたしは言った。「あなたたちの告白と同じくらいはっきりと、カーターの返事も聞こえてきた。あなたたちは、理解することのできない相手に無駄に秘密を打ちあけただけ」

「いまは理解できないにしても」ガーティが言った。「時間をあげましょう」

「ふつうなら」アイダ・ベルが意見を述べた。「あたしは感傷的なアドバイスなんてしないんだけどね、この件に関してはガーティに賛成だよ。カーターはいまプライベートとはまったく関係ないところで、最悪の事態に連続で見舞われてる。仕事はいつ首が飛ぶかわからないし、もっと大きいのは自分が大切に思っている町と住人まで危険にさらされてるってことだ。そのうえ、体調は百パーセントじゃない。本人がまったく問題なしと思われたがってるのは知ってるけど、あたしも脳震盪を起こした経験があるんでね。体調はそんなにすぐ戻るもんじゃない」

「ほんと、そのとおりよねえ」ガーティが言った。「あたしは脳震盪の後遺症が何週間も続いたわ」

「あんたの場合はこの五十年ずっと、後遺症が残ったままなんだよ」とアイダ・ベル。「とにかく、そんなふうに問題山積だけどエンジンはフル回転できないってときに、あんたの秘密が明らかになって、それがいわゆる我慢の限界を超える一撃になっちまったんだ」

ガーティがうなずいた。「それとね、これはあなたを苦しめたくて言うんじゃないんだけど、カーターにとっていま楽しいことって、きっとあなたとの交際だけだったんだと思うのよ」

「最高」わたしは言った。「彼の人生がめちゃくちゃになった責任はすべてわたしにあるってわけ」

「違うよ」アイダ・ベルがきっぱり言い切った。「あんたに責任はない。正体を偽ってたこと以外はね。で、それは残念ながら状況的に避けられなかった。この町で起きたほかのことはみんな、犯罪活動の結果で、どれも前からここで行われていたことだった。別にあんたがかばんに詰めてここまで運んできたわけじゃない。疫病みたいにね」

「そうかもしれないけど」わたしは言った。「でも、タイミングが最悪だったでしょ。まるでハーメルンの笛吹きみたい……自分の行く先々に悪漢を誘導してしまう」

「悪漢をまとめて大西洋の真ん中まで誘導できればいいのにねえ」ガーティが言った。「そのあと、あなたはテレポートで脱出するの」

「すごくうまい手だと思う」わたしは同意した。「でも、それができたら、CIAはわたしを昇給させないとね。ねえ、ふたりともわたしの気持ちを楽にしようとしてくれてるのはわかってるし、あなたたちの言うことにまったく異論はない。いま自分の町が置かれている桁はずれにまずい状況のせいで、カーターが打ちのめされてるのは知ってるし、彼が百パーセントの状態じゃないことは、たぶん誰よりもわたしがよくわかってる。本人は気取られないようにしてるけど、わたしみたいに人の弱点を突く訓練を受けた人間からすれば、彼がふだんのスーパーヒーローじゃないことはわかる」

「カーターには掩護が必要だと思う?」ガーティが訊いた。

「全面的なものは要らない」わたしは答えた。「誇張じゃなく、彼はアーマドの手下をためらいなく撃ち殺したし、弾は眉間に命中していた。百パーセントの状態じゃなくても、殺傷能力がおそろしく高いと言っていい。なぜならそもそもが一般的な警官よりもずっと優秀だから。町の仕事をしている限り、それに偽金造りについて知ってるってことを漏らさなければ、彼については心配ない」

アイダ・ベルがうなずいた。「カーターは隠しとくだけの頭があるし、何が危険にさらされてるかも心得てる」

「つらいわよね」ガーティが言った。「自分の鼻先で何が起きているか知りながら、いつものやり方では取り組めないんですもの。あなたの命がかかっていることを考えれば、なおさら悔しいはずよ。傷ついてるにしても、あなたを思う気持ちは変わってないはずだし。スイッチみたいに簡単に切りかえられることじゃないから」

「あんた、どうするか考えてあるのかい？」アイダ・ベルが訊いた。「今度の作戦が成功したら？」

わたしは勢いよく息を吐いた。「今夜はほとんどそればっかり考えてた」

「で？」

「で、何時間も前と同じで、いまも答えには全然近づけてない」

ガーティがウィスキーのお代わりをそそいだ。「あなたが置かれている状況のむずかしさは、想像もできないわ。ヴェトナムでの最後の軍務が終わったとき、アイダ・ベルもマージもあたしも、故郷へ帰ったらもう二度とアメリカ国外へ出ることはないって知っていた。口裏合わせもできていたし、経済的にも安定して働き口も決まっていた。自分たちがどんな生活をしたいかは、ヴェトナムに行く前からはっきり知っていた」

アイダ・ベルがうなずいた。「自分が望むことを完全に理解していたからこそ、そもそもあたしたちはヴェトナムへ行くことにしたんだ――夢を守るためにね」

わたしは誇らしさで胸がいっぱいになった。自分ではなく、ここにいるふたりの女性を思って。いつか彼女たちのようになりたい――やりたいことをやり遂げ、満ち足りていて、自分の暮らす町とそこの住民のために尽くし、そして何より、自分が何者かを知っている。

「仕事が恋しいかい？」アイダ・ベルが訊いた。

「恋しい」迷うことなく、わたしは答えた。「こっちでいろんな事件に首を突っこんでるのを見ればわかると思う。わたしはのんびりと家庭的な生活を送るタイプじゃない。その程度は自分を理解している。ほかでもないあなたたちなら、わかるでしょ」

「そこが考える起点になる」アイダ・ベルが言った。「仕事のどんなとこが恋しい？」

「正直に言う。わたしは標的に迫るときのぞくぞくする感じがすごく好き。自分のしたことが世の中をほんのわずかでもましな場所にするとわかっていることも。それと、うぬぼれて聞こえるだろうけど、この仕事ができるのはほんのひと握りの人間だから」

アイダ・ベルがうなずいた。「辞めようと思ったことは？　シンフルに来てからじゃなく、その前に」

わたしは眉を寄せた。ＣＩＡを辞めようかと考えたことなどあったろうか？　一度も思いだせなかったが、すぐにその理由がひらめいた。「いいえ」わたしは静かに答えた。「わたしを定義する唯一のものだったから」

ガーティとアイダ・ベルは顔を見合わせたが、ふたりが心配そうな表情を浮かべたのを見て、わたしは慰められると同時に胸を揺さぶられた。

「前に、あなたのお父さんは工作員だったって言ってたわよね」とガーティ。

「工作員だったたってだけじゃない。ＣＩＡ史上最高の工作員のひとりだった」

「あとを継ぐのは重責ね」ガーティが言った。

「不可能な重責よ」

「それでも、あなたは挑戦するのをやめなかった？」ガーティが訊いた。

「そう。そうみたい」

「お父さんに対して、自分の力を証明しようとしていたの？　それとも自分自身に対して？」

わたしは首を左右に振った。「どっちだろう。父に対して？　両方？　もうわからない」

「道を歩きだしたときは」アイダ・ベルが言った。「これと思う目標があったんだろう。きっとね。問題は、旅の途中に起きた変化に、あんたは適応できてないってことだよ」

「自分がすでに知っていることをそのまま続けるほうが、簡単だったんだと思う」

「まあ、今夜ここに座ってるあいだに将来を決める必要はない。ただし、リストの一番上に持ってきといたほうがいいとは思う。作戦が成功しても、あんたは前のあんたには戻れない。丸々同じってわけにはね」

「わかってる」

いろいろ変わった。わたしが変わった。シンフルに来るのは嫌でしかたがなかったのに、来てみたら、これまでの人生で最高の出来事だった。仕事以外の世界に対して目が開かれた。職務という理由がなくても、人との関係が築けた。わたしを大切に思ってくれる人たちがいると信じられるようになった。わたしに対してこうあるべきという先入観を持たない人たち。わたしは自分の職務遂行能力には大きな自信を持っていたけれど、人としてはまったく自信がなかった。

シンフルに来るまでは。

「考えるときの材料として知っておいてほしいんだけど」ガーティが言った。「あなたがここに残ることを選んでくれたら、あたしたちは嬉しいわ。どうしてそう決めたのか、ほかの人に説明するのは簡単じゃないだろうし、仕事を見つける必要があったりはするけれど、最初から可能性を切り捨ててしまうのはやめてほしいのよ」

アイダ・ベルがうなずいた。「選択肢を検討する時間が必要なら、ガーティのとこでも、あたしんとこでも、好きなだけいればいいからね」

また目に涙がこみあげてきた。母が亡くなって以来、わたしのまわりにはわたしから何かを得ようとする人たちしかいなかった。この人たちはただわたしという人間を求めてくれている。

胸を揺さぶられるという言葉では足りない感動がこみあげてきた。

苦しく、長い夜だった。眠りは十分程度しか続かず、何かが軋るたびに目が覚めた。マーリンはわたしが何度も動いたりため息をついたりするのにうんざりし、とうとうもっと静かな寝場所をさがして出ていった。ウィスキーが心の動揺を静めてくれたのではと期待していたのだが、まったく効果はなかったようだ。ひと晩中、頭のなかがまるで遊園地のコーヒーカップのようにぐるぐるし、危機的状況が次から次へと思い浮かんでじっくり考えることができなかったので、なにひとつ決断には至らなかった。

午前五時になったところでついにあきらめ、ベッドから出た。そのうち眠れるなんてふりを続けるのはばかげていた。この家にいたら特に。ガーティとわたしの関係をさぐりだすのはむずかしくない。もしハリソンがきょう中に隠れ家を用意してくれなかったら、わたしが自分で彼女たちをシンフルから連れだそう。隠れ家へは、わたしが身を隠すと決めた場所から移動すればいい。

一杯目のコーヒーをつぎ終えたとき、玄関のドアが開く音が聞こえた。少ししてキッチンに入ってきたアリーは、ちょっと驚いた様子だった。

「早起きね」と彼女は言った。

「眠れなくて」

わたしを批判するような目で見てから、アリーは自分にコーヒーをついだ。「なんだか戦争で戦ってきたみたいな顔」わたしの前に腰をおろす。「何か問題?」

「ハ!　まあね、そう言える」

「それについて話したい?」

「ノーだけど、話すしかない。その問題の一部はあなたにも関係があるから」

「あたし?」アリーが目を丸くした。「あたし、何をやらかしたの?」

「あなたは何もやらかしてない。やらかしたのはわたし。ていうか、正確にはアイダ・ベルとガーティとわたし」

「きのうの夜フランシーンのところへガーティの近所の人から電話がかかってきたの。ガーティの家の裏庭から遺体袋が四つ運びだされたって。あたし、ちょうどあなたにメッセージを送ったあとだったから、三人が一緒に映画を観てるって知ってた。フランシーンが言うには、その近所の人って年寄りの飲んだくれだって話だったし、彼女もあたしも信じなかったんだけど。それじゃ、そのご近所さんは、あたしたちが考えたほど酔っぱらってなかったってこと?」

「酔っぱらってはいたかもしれないけど、間違ってはいなかった」

アリーがぱっと手で口を覆った。「嘘、信じらんない。四人って何者だったの?」

「わからない。きのうの夜、カーターとわたしはガーティの家に行ったの、防犯アラームが鳴ったから。よく誤作動を起こしてたって話だったし、誰も真剣には考えなかったんだけど。わたしはガーティに物置から椅子を持ってきてくれって言われてたから、それを取りにいって、カーターは家の裏側の窓を点検していたの。ところが、男ふたりが急に襲いかかってきたものだから、カーターがふたりを倒したのよ。茂みのなかから、さらに死体がふたつ見つかった」

「信じられない。あなたが眠れなかったのも当然。死ぬほど怖かったでしょう」

「大丈夫。ていうか、もう一度見たい光景じゃないけど、最悪な部分はまだこれからなの。細かな話はできないんだけど——話したら法律を犯すことになるから——要するに、アイダ・ベルとガーティとわたしは、ニューオーリンズでまずい場面に居合わせちゃったわけ。見ちゃいけないものを見てしまった」

アリーの顔から血の気が引いた。「四人はあなたたちを殺しにきたってこと?」

「そう。だから、警察が真相をつかむまで、わたしたち三人は隠れ家へ移ることになって、あなたもこの家を出なければならなくなった。安全じゃないから。カーターが彼のお母さんのところに泊まれるよう手配してくれる」

「ああ、信じられない、フォーチュン。出来の悪い映画みたいな話。もちろんあなたたちは身を隠さなきゃならないし、あたしはエマラインのところへ行くので問題なしよ。あたしが泊まっても、彼女の身に危険は及ばないのね？」

わたしはうなずいた。「向こうはあなたをさがしてはいない。でも、ガーティの車のナンバーを知っていて、わたしの顔を見た。ガーティとのつながりからわたしを見つけるのはむずかしくない。銃撃戦にあなたが巻きこまれるようなことは避けたい」

「それは心配ないわ。この家には誰もいなくなるわけだし、手配ができて本当によかった。あなたたちの行き先って話せる？」

「いいえ。わたしたちも着くまで教えてもらえないはず。それに、この件が片づくまで、あなたと連絡できなくなる。何かわたしに知らせる必要があるときは、ボイスメールを残すか、SNSでメッセージを送って。携帯電話を取りあげられなかったら、聞いたり読んだりできる。でも、できるのはそれだけ。緊急の場合はカーターに言って。彼にも、彼自身の身の安全のためにわたしたちの居場所は知らされない。でも彼なら、わたしたちに伝えられる人の連絡先を知ってるから」

アリーがかぶりを振った。「とにかく信じられない。最近シンフルじゃおかしな出来事がいくつも起きてたけど、これはなかでも最悪。約束して。三人ともその隠れ家でボディガードに囲まれてじっとしてるって。それと、警察がすべてを解決するまで一歩も外へ出ないって。危険な真似は絶対になし」

「約束する」

彼女は目をすがめた。「両手出して」

わたしはにやついた。わたしのことをそこまでわかっているとは。両手を出し、指を全部広げて見せた。彼女はうなずいてから、テーブルの下のわたしの脚をのぞきこんだ。

「いいわ」満足した様子だった。「あなたを信じる……今回はね」

間違いないから大丈夫。連邦政府はわたしたち三人を囚人のように監禁するだろう。つき添いなしには用も足せないはず……トイレに窓があったら。窓は全部見張られ、ブラインドやロールスクリーンがおろされる。食事の配達はなし。人の出入りもなし。わたしたちと――何人配置されるか知らないけれど――護衛の人数分、最少限の食料と洗面用具が一週間もつだけ置いてある。わたしの予想では、護衛はふたりか三人。ＣＩＡでリークがあったことを考えると、ハリソンが信頼できる人員は限られているからだ。とはいえ、わたしたちが出し抜こうとしても無理な人数ではあるはず。

「いつここを出ることになるかはわからない」わたしは言った。「でも、たぶんきょうになる。あなたはこれから荷物をまとめて、午前中のうちに家を移ったほうがいいと思う。準備ができたら、カーターにはわたしから電話して知らせる。こんなことになって、本当にごめんね」

アリーはかぶりを振った。「謝ったりしないで。あなたたちはかかわらないほうがいいことに首を突っこみがちだけど、三人とも悪気はないって知ってる。それに、本当のところ、あなたたちは悪人をシンフルから追い払う手助けになってる」

コーヒーのマグを持ったまま、彼女は立ちあがった。「二階へ行って、荷物をまとめたほうがよさそう。人に訊かれたらなんて説明したらいい？」

「わたしたちは女三人でフロリダへ出かけたって言って」

「それが本当だったらよかった」

「わたしもそう思う」


午後三時。カーターの運転する車にのり、ずっと無言で病院まで移動したあと、わたしたちはＦＢＩのモス捜査官と並んでモルグに立ち、自分たちの脱出手段を見つめていた。

「絶対に嫌」ガーティが言った。「あたしはシンフルに残って、やつらに殺されるほうがまし」

「どのみち、あんたが最後に行き着く先はこいつのなかだよ」アイダ・ベルは目の前にある三つの棺に向かって手を振った。

「そのときにはそんなこと、もうわからなくなってるもの」ガーティは言った。「あなただって気味が悪いと思ってるでしょ」

「確かにいい気持ちにさせられるものじゃないけど」わたしは言った。「これは脱出手段として完璧なの。何者かが病院までわたしたちを尾行できたとしても、そいつは病院から出てくる棺を尾行しようとは思わない」

ガーティは首を横に振った。「窒息する。それにあたし、閉所恐怖症なの」

「あんたは閉所恐怖症なんかじゃない」アイダ・ベルが言った。「死をおそれていて、こいつは落ち着いちゃいられないほどそれに近いって話だろ」

「ここにある棺には空気穴が開けてあるのよ」わたしは言った。「ほら、見える？」木の板のように見えるが実は通気孔になっているパネルを指差した。

ガーティは身をのりだし、そこをよく見た。「本当に穴が開いてるってどうしてわかるの？　あなた、前にも使ったことあるのね？　棺に入ってあっちこっち出かけてるんでしょ。あきれた。あなたのやることに際限ってないの？」

わたしは彼女の顔をまじまじと見た。「ちょっと、ふざけてるの？」

「ご婦人方」モス捜査官が言った。「そろそろ出発しないと。われわれが葬儀社で棺をおろせる空き時間は長くないんです。葬儀に参列する人が到着しはじめてしまう」

「葬儀社の人は間違いなく信頼できるんでしょうね？」わたしは訊いた。信頼していなければ、彼がそこへわたしたちを運んだりしないとわかっていたが、確認せずにいられなかった。ランダルが手がけている事業のひとつが葬儀社であるだけに。

モス捜査官はうなずいた。「われわれが何をするか知っているのは社長だけですし、彼の娘はＦＢＩの捜査官です」

「最高」それ以上は望めないほどのセッティングだ。「さあ」わたしはガーティをせっついた。「一番に選んでいいわよ。あなたの好きな色は黄色よね。このすてきな金色のシルクを見て。さわり心地もよさそうじゃない？」

「ナイトドレスならよかったでしょうけど、棺の内張りじゃ駄目」ガーティはため息をついて棺を見つめた。

「ほんの数分です」モス捜査官が請け合った。「バンに積みこんだらすぐ、棺のふたを開けます。そのあとまた数分間ふたを閉じて、あなたがたを葬儀社へ運びこむ。そうしたらすべておしまいです」

「ほんの数分ずつ――ここと向こうで？」ガーティが訊いた。「それだけだって約束する？」

モス捜査官は指を三本立てた。「スカウトの名誉にかけて（ボーイスカウトとガールスカウトではあいさつのときなどに三指敬礼を行う）」

「あたしは別に難癖をつけたりとか、そんなことしてるわけじゃないのよ」ガーティが言った。

アイダ・ベルがやれやれと首を振り、棺のひとつのなかに入った。「ふたを閉じとくれ。これから二、三日、あたしがほっとできるのはこのなかだけかもしれないからね」

わたしはにやつきながら、棺のふたを閉めた。「なかの空気はどう？」

「最高だよ」アイダ・ベルが答えた。「ここでヨガもできそうだ、空気がたっぷりあるからね」

「わかったわよ」ガーティはそう言って棺のなかに入った。仰向けになると目を閉じ、わたしがふたを閉めたときには唇が動いているのが見えた。おそらく祈りを捧げていたのだろう。

「どう?」と訊いてみた。

「急いでちょうだい。でもってあたしを早くここから出して」ガーティが答えた。

わたしはモス捜査官を見て小声で尋ねた。「わたしの服、ある?」

彼はうなずき、自分が身につけているのと同じ黒い上着とキャップを渡してきた。わたしはヨガパンツを黒のスラックスにはきかえ、黒いTシャツの上に上着を着ると、キャップのなかにポニーテールを押しこんでから彼に親指を立ててみせた。別の捜査官ふたりがそっくりの服装をして廊下で警護に当たっていたが、モス捜査官は彼らに手振りでなかに入るよう命じた。

ふたりひと組になってそれぞれの棺を押し、廊下を進みはじめた。外に出ると、葬儀社のロゴが入った黒いバンの後部からふたつの棺をのせた。捜査官のうちふたりは同じく葬儀社のロゴが入った黒いセダンにのりこみ、指揮をとるモス捜査官とわたしはバンにのりこんだ。駐車場を出るとすぐ、わたしはバンの後部へ移動して棺のふたを開けた。

ガーティがあえぎながら上半身を起こし、そこでわたしの服装に気がついた。「どういうこと? どうしてあなたは棺に入ってないの?」

「バンには棺がふたつしかのせられないから」わたしは答えた。

「だからなんだって言うのよ。あなたが死んだふりをして、あたしが葬儀社のスタッフになってもよかったでしょ」

「そりゃね」わたしは言った。「ただ、あなたはこの棺を持ちあげなきゃならなかったの。もとが百十キロ以上あるところへ、なかの人の体重が加わってもっと重くなった棺を。でも、そんなの全然問題なかったわよね」

「アドレナリンってびっくりするような働きをするのよ」とガーティ。

「ぐだぐだ言うのはやめな」アイダ・ベルが言った。「そんなに長い時間じゃなかったし、あたしは自分のベッドに寝てるのと同じくらい楽に息ができたよ。シルクはすべすべだったしさ。これと似たシーツを買うといいかもしれないね」

「まわりの様子は？」わたしはモス捜査官に尋ねた。

彼は無線でほかの捜査官に報告を求めた。

問題なし。

短い応答が返ってくると、わたしは肩のこわばりがいくらか緩むのを感じた。誰もつけてきていない。

「それじゃ、大丈夫なのね？」ガーティが訊いた。

「いまのところは」とわたしは答えた。「まだ隠れ家までの移動が残ってるけど、尾行してきている者はいない」

「すばらしいわ」とガーティ。「アイホップ（パンケーキが名物のレストラン・チェーン）かどこかに寄るわけにはいかないわよね。あたし、おなかが空いて死にそうなんだけど」

「もうちょっと我慢して」わたしは答えた。

「隠れ家には食料が用意してあります」モス捜査官が言った。「一時間かそこらで入ってもらえますよ」

ガーティが棺の下のほうからバッグを引っぱりだした。彼女たちが棺に入る前に、ＦＢＩに強く言ってあの〝破滅のバッグ〟の中身を調べさせておくべきだったのはわかっている。でも、何か問題が起きたときは、なんでもござれのあのバッグに助けてもらえるかもしれないのも事実だ。

「人に頼らない性格でよかったわ、あたし」彼女はペットボトル入りのソーダとピーナッツバター・クラッカーの箱を取りだした。「三箱あるわよ。欲しい人は？」

「ソーダも分けてくれるんじゃなきゃ要らないよ」とアイダ・ベル。「そいつは口の上側にくっつくんでね」

ガーティはバッグに手を突っこんだかと思うと、もう二本、ソーダを取りだした。

「そこにはほかに何が入ってるの？」わたしは尋ねた。

「関係ないでしょ、あなたには」ガーティは答えた。「でもね、あたしは棺を持ちあげられたってこと、譲らないわよ」

たぶん彼女の言うとおりなのだろう。ガーティの右肩には少しへこんだところがあるし、体はいつもちょっと右に傾いている。バッグの重さのせいにちがいない。漫画みたいにあのバッグから酸素ボンベがごろんと出てきても、わたしはさほど驚かないだろう。いささか心配なのは、あそこに彼女がどんな武器を入れているかだ――品揃えが豊富なのは間違いない――が、モス捜査官の前で尋ねるわけにはいかなかった。没収されてしまう。どれも安全装置がかかっているように祈るばかりだ。わたしはソーダとクラッカーを手にアイダ・ベルの棺に腰をおろした。

葬儀社までの道のりは思っていたよりも短く感じられた。車中ではほとんどしゃべらなかったことを考えるとなおさら。自分がなぜ黙っていたかはわかっている。二十人の人が一生のあいだに考えるよりもたくさん考えることがあったからだ。アイダ・ベルとガーティが何をあれこれ考えていたのかはわからないが、ときどきこちらを見てはたがいに目を見交わしていた様子からすると、たぶんわたしと同じことだろう。

モス捜査官は顔を合わせてからずっと言葉少なだったが、それは連邦捜査官として通常の勤務態度である。モローからの指示で、ＦＢＩにはわたしの正体が知らされていない。ゆえにモスからすれば、わたしに同僚として話しかける理由はひとつもなかった。わたしたち三人は見てはいけないものを見てしまい、保護を必要とする女性たちというだけ。

わたしがただひとつ絶対に考えようとしなかったのはカーターのことだ。思考が彼のほうへさまよっていきそうになるたび、無理やり方向転換をした。絶望的となった彼との恋愛は、わたしの決断を左右する要素ではない。自分の将来については理性的で責任ある決断をする必要がある。検討する際にカーターのこと、もしかしたらこうなっていたかもしれないなどという想像が入りこむ余地はない。

残念ながら、作戦の結果がどうなるか、その後ＣＩＡがわたしをどうするかはわからなかった。両方とも、わたしが決断をするに当たっては非常に大きな要素だ。いや、違うかもしれない。もしモロー長官からＣＩＡに復帰してもよいが、一年間は電話番をしろと言われたら、わたしは従順な兵士よろしく謝罪して、ワシントンＤＣへ戻っていくかもしれない。ガーティのバッグに水晶玉が入っていればいいのに。やるべきことがひとつしかなくて、決断はほかの人が代わりにくだしてくれる状況のほうが、人生はずっと簡単だった。

バンが葬儀社の裏口に近づくと、わたしはアイダ・ベルとガーティの棺のふたを閉じ、モス捜査官の隣へと移った。車をとめるとすぐ、棺をおろすためにふたりともバンの後ろにまわった。セダンにのったふたりの捜査官が少し遅れて到着した。葬儀社の社長が裏口から頭を突きだし、背後の廊下にある台車を取りにこいと手振りで合図した。

「夕方の弔問客が来はじめるまで三十分ほどです」彼は棺にちらっと目をやった。「なかの人は間違いなく問題なしですか？」

「問題ありに決まってるでしょ」ガーティがわめいた。「こっちは生きてるのに棺に入れられてるんだから」

葬儀社の社長は顔面蒼白になり、台車を外に押しだす手が震えだした。どうやら棺に入った死者なら扱いに慣れているが、生きた人間が入っているとなると怖くてしかたないらしい。いろんな人がいるものだ。

モス捜査官とわたしがアイダ・ベルの棺を台車にのせて脇に寄せ、残りの捜査官ふたりがガーティの棺を台車にのせた。

そのときだ。このすばらしい計画が、わたしたちの目の前でガラガラと崩れ去ったのは。

第18章

捜査官たちが棺をしっかりとのせようとして最後にもう一度引っぱったとき、台車が前へと動いたのをわたしは見た。しかし、叫び声をあげて飛びつこうとしたときには、台車はすでにガラガラところがりだしていた。

「バカ野郎!」モス捜査官がわめいて、わたしと一緒に走りだした。

わたしはさながらオリンピックの短距離選手のように走ったが、勝ち目はなかった。駐車場は下り坂になっていて、棺はわたしには不可能な加速を始めていた。台車が左に寄って縁石にぶつかってくれるよう祈った。棺をおろす方法として最も快適とは言えないが、もうひとつの道よりはずっといい。残念ながら、選択権は台車にあって、葬儀社の私道から飛びだしたかと思うと、猛スピードで路地をくだりはじめた。ガタガタ揺れる棺のなかから、ガーティの悲鳴が聞こえてきた。

自分でも可能とは思っていなかったが、わたしはもう一段階、速度をあげた。モス捜査官は遅れを取ったものの、それでもすぐ後ろから彼がついてくる足音が聞こえた。走りながらずっと、わたしは路地の先の交通量の多い道路に目をそそぎ、台車が左か右にそれてくれることを祈っていた。車の流れに突っこんでしまったら、非常にまずいことになる。ガーティが棺のなかで本当に死んでしまうなんて、絶対に嫌だ。ユーモアのかけらもない皮肉になってしまう。

棺が路地の端まで二十メートルほどに迫ったとき、わたしはあと一・五メートルで手が届くという位置まで近づいた。ところが、塀が続いている横を台車が走り抜け、一本の私道の前に差しかかった瞬間、そこからホットドッグ売りが屋台を押して路地に入ってきた。屋台の側面に棺が突っこんだかと思うと、ソーセージとホットドッグ用のパンがあたりに飛び散った。屋台と一緒に倒されたホットドッグ売りがすぐに飛びおき、大騒ぎを始めようとしたが、横倒しになっている棺をひと目見るなり青くなった。

わたしが横に駆けつけると、棺のふたが開き、ガーティが這いだしてきた。ホットドッグ売りは十字を切ってから、パンだらけの路地の真ん中で気絶した。わたしは必死に立ちあがろうとしているガーティに手を貸した。追いついてきたモス捜査官は、惨状を見きわめ、いまにも心臓発作を起こしそうな顔になった。

「早く行ってください」彼は言った。「ここはわたしに任せて」

「ちょっと待って」ガーティはそう言うと、棺のなかに手を入れてバッグを引っぱりだした。

「急いで」わたしは言った。

彼女は二歩、歩いたところで立ちどまった。「これ、牛《ぎゅう》?」かがんでソーセージとパンを拾ってはバッグに入れはじめる。

わたしは彼女の腕をつかんで引っぱった。「隠れないとまずいってば」

ガーティがバッグを肩にかけると、一緒に路地を走って葬儀社まで戻った。棺をおろすために用意されていた部屋に駆けこみ、倒れるように椅子に座りこむ。すぐさまアイダ・ベルが駆け寄ってきた。

「大丈夫かい？　悲鳴が聞こえたし、社長はいまにも泣きだしそうな顔してるし。でも、何が起きたのか誰も教えてくれなくてさ」

「あの棺のなかで死にそうになったことを考えると」ガーティが答えた。「大丈夫よ。でも、あしたになったら痛みが出そう」バッグからパンを取りだし、ソーセージも取りだしてパンに挟んだ。「ほかに食べたい人いる？　いっぱいあるわよ」

アイダ・ベルが明らかに困惑した顔でこちらを見た。

「あとで説明する」わたしがそう答えたところで、葬儀社の社長が部屋に駆けこんできて、ぶつぶつ言いながらはげあがった額の汗をシルクのハンカチで拭いた。アイダ・ベルの言ったとおり、いまにも泣きそうな顔をしている。

「たいへんなことになった」彼は言った。「なんて説明したらいいいんです？　うちの評判は地に落ちる」

「モス捜査官が対応してくれるわ」わたしは言った。「心配しないで」

社長はほんの少し期待ののぞく顔になったが、安心しきってはいないようだった。彼を責めることはできない。ホットドッグ売りの屋台の修理費用と駄目になった食材の代金、売上の損失は金で解決できるが、ガーティが棺から這いだしてきた光景を彼に忘れさせるには悪魔払《エクソシズム》いが必要になるだろう。

「SUVは正面にとめてあるの?」わたしは捜査官ふたりに尋ねた。彼らは後始末をすべてモスにまかせて戻ってきていたが、おそらくこのあと一、二カ月は今回の失敗について絞られつづけるだろう。

捜査官のひとりがうなずいた。

「それじゃ、裏口にまわして」わたしは言った。「今度は失敗しないようにね」

ふたりは気が進まなそうに見えた。何しろ、彼らにとってわたしは保護が必要な若い女にすぎない。しかし、ガーティを危ない目に遭わせた恥ずかしさのほうが、一般市民にあごで使われるいらだちにまさったようだ。ふたりは黙って部屋から出ていった。

ややあってモス捜査官が入ってきた。「ホットドッグ売りについてはすべて解決です」彼は葬儀社の社長を安心させた。「われわれはとある民間の運送会社で、葬儀社と提携しているわけではないと説明しておきました。損害額を知らせるための連絡先を教えたので、彼に小切手を渡すことになります」

「助かった」椅子にへたりこんだ社長は、全身がゼリーになったみたいに力が抜けたようだった。弔問客を迎えるエネルギーがかき集められるといいけれど。客はいまにも到着しはじめるはずだ。

「捜査官ふたりにSUVを裏口にまわさせてる」わたしは言った。

モスはうなずいた。「わたしが裏口から入ってくるとき、ふたりが来ました。セダンとバンのロゴはすでにはがしてあります。ここを出たらすぐ電話をして、局員にあの二台を回収にこさせます。われわれは弔問客が到着しだす前に出発しなければ」

全員葬儀社から出てSUVにのりこんだ。わたしたちが表へ出るやいなや、裏口の扉が閉ざされ、鍵がかけられる音がした。あの社長ほど厄介払いができて幸せそうな人を、わたしはいまだかつて見たことがなかった。

SUVの二列目の座席に捜査官のひとりと並んで座ったわたしは、走行する車の色つきガラスの窓から外を見つめた。ニューオーリンズの街はよく知らないが、アイダ・ベルとガーティもきっと外を見ていて、隠れ家が街のどの辺にあるかを把握するにちがいない。外には出られないので意味がないのはわかっていたが、自分の正確な居場所がわからないと落ち着かない。アイダ・ベルとガーティと一緒にシンフル周辺のバイユーを移動しているときに、いらいらさせられることがよくある。分別がなかったら、絶対に水路の一部が一夜のうちに変わったと言いたくなるからだ。

まだダウンタウンに近い場所でモス捜査官が横道に車を入れ、二階建ての古いレンガの建物の前に駐車した。赤いレンガはあちこちが欠けていたが、周囲の歴史を感じさせる建物もみな同じような状態だった。SUVからおりると、モスがなかに入って二階へあがるよう手振りで示した。階段をのぼりきった先には、鍵のかかったドアがひとつあった。モスが鍵を開け、わたしたちは彼の後ろからなかへ入った。

　そこはワンルームのアパートメントで、広くはなかったが——七十平方メートルを少し超えたぐらい——わたしたちが滞在できるように調えられていた。いっぽうの壁にベッドが三つ並び、大きなベネチアンブラインドであいだが仕切られている。わたしたちが寝るスペースだろう。捜査官その二とその三は護衛の任務に就き、休憩のときは交替でソファを使うものと思われた。モス捜査官はほかにも監督すべきことがあるとかで、わたしたちを置いていそいそと帰っていった。

　キッチンは小さいが使いやすそうで、食品庫と冷蔵庫には食料がしっかり貯えられていた。五人に小さなバスルームひとつというのはちょっと心配だが、解決するのはむずかしい問題だ。わたしはキャップと上着を脱いでベッドのひとつにほうった。

「ここが家ってわけね」

　ガーティは真ん中のベッドにバッグを置き、その横にドサッと腰をおろした。「さっきのホットドッグのせいで胸焼けがする。食品庫にアルカセルツァー（頭痛や胸焼けに効く発泡錠剤）なんてないわよね」

　アイダ・ベルが食品庫のドアを開けてなかをのぞきこんだ。「ないみたいだね」

「近所にドラッグストアがあります」捜査官その二が言った。「必要なものをリストにしてくれれば、わたしが調達してきましょう」

　わたしたちがキッチンとバスルームを見てまわり、要るものの短いリストを書くと、捜査官その二は出ていった。捜査官その三はソファにドサリと座ると二、三分後にはいびきをかきだした。

このチャンスを利用して、わたしはさっき捜査官その二がわたしたちの携帯電話をしまった抽斗の錠をこっそり開け、それぞれに渡した。「消音モードにして、電話はかけないこと。これを持ってるところを見られたら、次は壊されるから」

「たいした警備よねえ」ガーティが携帯電話をポケットに入れながら言った。「ひとりは買いものに行って、ひとりはうたた寝」バッグに手を突っこんで四五口径を出す。「自前の護身グッズがあってよかったわ」

「そんなのしまって」わたしは言った。「見つかったら、取りあげられるに決まってるでしょ。わたしのがブラに隠してあるのはなんでだと思う?」

ふたりとも、アイダ・ベルを見た。どこに拳銃を隠しているのか気になったからだ。

「教えないよ」彼女は言った。

「それにしても、ここはどこ?」わたしは尋ねた。

「倉庫街だね」アイダ・ベルが答えた。「正確な場所はわからないけど。この辺はそんなによく知らないんだ。でも、通りの名前はメモしといたよ」

「倉庫街の端だと思うわ」ガーティはそう言って窓際に行くと、ブラインドをわずかにあげた。「あら、あれってランドンがいたグループホームじゃない?」

アイダ・ベルとわたしはブラインドから外をのぞき、通りの向かいに建つ大きな建物を見た。正面にかかっている古ぼけた看板には〈安息の地《ヘイブン・プレイス》〉とある。

「そうだ」アイダ・ベルが言った。「あそこだよ」

見ていると、医療用ユニフォームを着た女性が車からおりる男性に手を貸し、一緒に歩道を歩いて建物の入口まで連れていった。「閉鎖されたって話だったわよね」

ガーティがうなずいた。「ノーラからそう聞いたわ」

アイダ・ベルが鼻を鳴らした。「ノーラはこの十五年、酔っぱらいっぱなしだよ。この春なんて、保安官事務所にずかずか入ってくなり、自分んとこの牛がエイリアンにさらわれたって言ったんだ」

「シンフルなら大いにありうる話に聞こえる」わたしは言った。

「ノーラは牛なんて一頭も飼ってないんだよ」アイダ・ベルが答えた。

「それでも、いまのわたしの発言は妥当だと思う」

「それはそうと」ガーティが言った。「あれがグループホームなら、ここは間違いなく倉庫街よ。倉庫街の南側」

「例の画廊には近い？」わたしは訊いた。

「近くはないわ」ガーティが答えた。「まあ、倉庫街のなかとしてはって意味よ。ここは画廊と反対側にある。八ブロックぐらい離れてるかしら」

偽札の印刷が画廊で行われていることを示すものは何も見当たらなかったが、わたしはマックスが印刷所の近くの物件を選んだはずだと考えていた。とはいえ、わたしの完全なる読み違いの可能性はある。彼は本気で自分は画家としての才能があると信じていて、だからあのアパートメントを選んだのかもしれない。印刷所はミシシッピやアイダホにあってもおかしくない。現時点では、誰にもわからない。

「それじゃ、当面どうする?」ガーティが訊いた。

わたしはキッチンに行くと、冷蔵庫からビールを三本取りだした。「待つ」

いつもそれが一番苦手な部分。


その夜、わたしはキッチンスツールに座ったまま寝てしまっていたのだが、午後十時ごろに携帯電話が振動した。捜査官その二はソファでいびきをかいていたが、捜査官その三が駆け寄ってきて、わたしを見おろした。「どうやって取りだした?」彼は携帯を指差した。

それについては答えなかった。「CIAの人から電話」一般市民っぽく聞こえるように、わたしは言った。

「もしもし」

「ハリソンだ。FBIがそばで見おろしてるか?」

「ええ。わたしたちなら大丈夫。ありがとう」

「イエスだな。それじゃ、聞け。計画に変更があった。ランダルの線から印刷所がどこにあるかつかんだ。その情報を、ニューオーリンズにいるアーマドの手下に流した」

「それじゃほかにもいたわけね?」そうだろうとは予想していた。アーマドはたいてい控えの控えまで送りこむ。

「ああ。シンフルで死んだふたりは、こっちがニューオーリンズで追っていたのとは違うやつらだった。わかってるだけでニューオーリンズには四人いるが、もっといる可能性もある。アーマドのやり方は知ってるだろ」

「ええ、もちろん。その人自身についてはどうなの？」ハリソンには、わたしがアーマドについて尋ねているのだと伝わるはずだ。

「二ブロック離れたコーヒーショップで目撃されたが、観光客のグループに紛れて姿を消した。いまはどこにいるかわからない」

感情が面《おもて》に出ないよう努めたが、脈拍は急上昇した。心臓の鼓動が耳のなかでとどろき、アパートメント全体が急に大きくなったり、小さくなったりしたように感じた。ついに来た。先月からずっとわたしが祈っていた瞬間《とき》が。アーマドがわたしの射程距離に入ってきた。

「とにかく」ハリソンが言った。「四人はたったいまホテルを出て、印刷所がある方角へ向かった。ランダルは部下を連れて十分ほど前に到着したが、そいつらは美術批評家風じゃなかった」

「それをいまごろわたしに知らせてるわけ？」ハリソンはいったいどうしてしまったのか？わたしが現場に着く前に、すべて決着がついてしまっているかもしれないではないか。

「どうした？」捜査官その三が訊いた。

わたしは彼になんでもないという手振りをした。

「印刷所はおまえのいる場所からほんの二ブロックだ」ハリソンが言った。「携帯をＦＢＩ捜査官に渡せ。そうしたら、おれからおまえを外に出すように言う。おまえに男たちの顔を確認してもらう必要がある」

「わかった」

「それじゃ、ぐずぐずしないで準備しろ、おれたち全員がずっと待ってた決戦のときだ」

「あなたに話があるって」わたしはそう言って携帯を捜査官その三に渡した。

彼は眉をひそめて電話に出た。

「もしもし。それは本当に……いや、もちろんです。いますぐこっちを出ます」電話を切ると、彼は携帯を返してきた。「このあとのことは説明を受けてるのか？」

「どうしたんだい？」アイダ・ベルが訊いた。

「なんでもない」わたしは答えた。「犯人たちを見つけたと思うから、わたしに顔の確認をしてほしいって」

「あたしたちも行ったほうがよくない？」ガーティが訊いた。

わたしは首を横に振った。「ひとりで大丈夫だって」

ガーティとアイダ・ベルが険しい表情で顔を見合わせた。

「慎重にね」とアイダ・ベル。

「特別慎重にね」とガーティ。

「知ってるでしょ」わたしはほほえんでみせた。「慎重はわたしのミドルネーム」ふたりにウィンクしてからドアへ向かって歩きだすと、捜査官その三がわたしの後ろにぴたりとついた。戸口で振り返ったわたしに、ふたりがそろって親指を立ててみせた。

いよいよ、わたしの人生を取りもどすときが来た。

第19章

車の運転手は終始無言のまま、二ブロック先の立体駐車場でわたしをおろした。吹き抜けの階段からハリソンが出てきて、こっちへ来いと手振りで合図する。「再会できて嬉しいぞ、レディング」そう言って、彼はこぶしを突きだした。

わたしもこぶしを出してぶつけてから、ほほえんだ。「こっちもね」それは本心だった。ハリソンとは衝突するときもあるが、こと仕事となると、おたがいに百パーセントの信頼を寄せている。ハリソンはいいやつだし、優秀な工作員だ。とにかく彼のような工作員はそうそういない。

ハリソンは階段をのぼってわたしを立体駐車場の端まで連れていき、通りの反対側にある建物を指差した。「あそこがターゲットだ」

「あれって出版社よね」わたしは驚いて言った。「やつらは無精なのか、それとも皮肉が好きなのか」

「皮肉がわかるほど頭はよくないだろうな。高価な印刷機器を注文しやすいってのが理由だと、おれは思う。一階と二階では合法な業務を行っているんだが、三階は屋根裏で、非課税の業務が執り行われているのはそこだ。で、出版社のオーナーは誰だと思う?」

「ランダル?」

ハリソンはうなずいた。「手間がかかったがな、そっちからランダルについて知らされたあと、引っぱってこられるだけの人員に取引記録を調べさせて、ようやく点と点がつながった。広範囲の調査をやって印刷業務が行えそうな不動産を絞りこみ、そのあとはそれぞれが市の検査官やらガスの検針員やら……怪しまれないもんに偽装してその物件へ行った」

「抜かりなしね」

「決定的な証拠は見えるところになかったが、偽の建築物検査官が出版社の三階を調べたときに、複数の機器や設備からそこで行われている本当の業務と、それがほかの業務エリアと分けられている理由を見抜いた」

「あの建物にはいま誰かいるの?」

ハリソンはうなずいた。「ランダルと手下がふたり、二十分ほど前になかに入っていった」

「で、手順は?」

「こっちの工作員がひとり、なかにいる。そいつが裏口のアラームを無効化したから、アーマドの手下は気づかれずに侵入できる。おれたちは裏窓から侵入できるようになっている。アーマドの手下がなかに入りしだい、おれたちはその窓から侵入し、やつらを追って上階《うえ》へあがる。隣の建物の屋根にはＦＢＩ捜査官が四人いる。われわれが侵入したらすぐ、彼らは出版社の屋根へ移り、おれの合図で、天窓から突入する。天窓は印刷機器があるのとは反対側にあるから、短いが遮蔽物に身を隠す時間がある」

「つまり、向こうが降伏するとは考えてないわけね」

「ハ。おまえはどうなんだ」

「絶対にない。アーマドの手下はガーティの家の庭でわたしを殺そうとした。こっちは〝専業主婦のスージー〟みたいな外見だったのに。あいつらが引くなんてありえない。それじゃ、敵はランダルを含めた三人と、アーマド側が四人てわけね」

「アーマドが来ればもうひとりプラスだ」

「その〝もうひとり〟をどれだけわたしが期待してるか」ＦＢＩの応援とハリソン、わたし、それとすでになかにいる工作員でこちらは七人。対する向こうは八人になる可能性あり。武器の密売にどっぷりつかり、金で買える最高の装備をそろえているはずの八人。しかし、向こうはわたしたちが来ることを知らないから、そこで大きな違いが出る。

ハリソンがポケットから発煙弾を出し、手渡してきた。「拳銃は持ってるか？」

わたしは９ミリ口径――マージの武器庫から持ってきたもの――をブラから引っぱりだした。「あとマガジンがふたつ、同じ場所に隠してある」

ハリソンはにやりと笑った。「しばらく会わないあいだに胸が大きくなったのかと思ったぜ」

隅に来いと手振りで示し、ポールの後ろに手を入れると、防弾ベストを取りだした。わたしはTシャツを脱ぎ、スポーツブラに隠しておいた予備のマガジンを取りだしてからベストを着た。着衣の上にベストをつけるのは絶対にやめたほうがいい。わたしのような仕事の場合、それだと悪人に頭部を狙われてしまう。

上からTシャツをかぶり、拳銃と発煙弾はジーンズのウェストに挟んでマガジンをポケットに入れた。

「準備はいいか?」

「万端」

彼からアサルトライフルを渡されると、一緒に階段をおり、立体駐車場の裏に出た。路地を進み、一ブロックほど進んだところで、出版社の裏の路地にまわる。建物の裏側には照明がなかったが、足がガラスの破片を踏むのを感じて、それはハリソンが前もって排除しておいたからだと気づいた。月明かりのおかげであたりは充分明るく、何かにつまずいたりせずにわれわれはまもなくダンプスターの後ろにしゃがんで隠れた。侵入に使う窓は路地の反対側にある。

ハリソンがヘッドセットに触れ、通信が入ってきたことを示した。通りのほうを指し、指を四本、続いて一本あげる。

アーマドの手下がここから一分の距離にいる。

わたしはうなずいた。ふたりとも位置についたまま、動きを待つ。四十五秒ほどたったころ、四人の男が路地をこそこそと進んできて裏口をこじ開けた。なかに入ると、ためらうことなく扉を閉めた。

わたしは落胆した。あいつは来ない。

アーマドが来なければ、今回の奇襲はFBIにとっては大きな成果になるが、わたしの問題の解決にはまったくつながらない。ハリソンがこちらを見たが、彼もわたしに劣らず落胆しているのがわかった。ベストからスキーマスクを二枚出し、一枚をこちらに差しだした。わたしがマスクをかぶり、立ちあがろうとしたとき、彼がわたしの腕をつかんで路地の先を指差した。暗闇に目を凝らしたが、動くものは何もないように思えた。しかし次の瞬間、見えた。十五メートルほど離れた場所で、ごくわずかに影が動くのが。

息を殺していると、男がひとり、暗がりから出てきて裏口へと向かった。顔はこちらを向いていなかったが、あの歩き方は間違いようがない。アーマドだ。わたしはハリソンを見てうなずいた。ハリソンは親指を立ててみせた。彼の目に興奮がひらめいた。

アサルトライフルの引き金を引きたくて、指が痛くなるほどだった。いまなら、いとも簡単にあいつを仕留められる。たった一発で、わたしの悪夢は終わる。しかし、それはできない。その一発で奇襲が台なしになってしまうし、FBI捜査官となかにいるこちらの工作員がたいへんな危険にさらされる。

わたしたちはアーマドが裏口から入っていくのを見つめ、さらに待った。数秒後、ハリソンがふたたびヘッドセットに触れ、二本指でわたしと裏窓を指した。打ち合わせたとおり、ハリソンとわたしは立ちあがるとダンプスターの反対側の端から路地をのぞき、音もなく窓に近づいた。ライフルを構えて。

ハリソンが窓を持ちあげ、なかをのぞいてからわたしに入れと手振りで命じた。わたしはライフルを彼に渡し、窓枠をのりこえると音を立てずになかにころがりこんだ。手を伸ばして自分とハリソンのライフルを受けとると、その二、三秒後にはふたりとも待機姿勢をとっていた。

そのときわたしの携帯が振動した。

わたしの番号を知っているのは、重要でなければコンタクトしてくるはずがない人たちだ。ハリソンの肩をたたき、指を一本立ててから携帯電話を取りだした。カーターからだ。

ブロディがシンフルを出たのでＮＯＬＡ（ニューオーリンズのこと）まで追ってきた。ハイウェイをおりてマガジン・ストリートを抜けたところだ。

メッセージを見せると、ハリソンはうなずいてわたしの携帯を軽く叩いた。作戦の情報をカーターに知らせ、彼が銃撃戦に巻きこまれることがないようにしろという意味だ。

こちらはディープ・サウス出版で待機中。両方の陣営がそろって、こちらの人員は奇襲をかける準備ができている。特別に注意して行動のこと。

送信すると、すぐに返信が来た。

10―4（テンフォー。〝了解〟の意）

ハリソンにうなずくと、彼はドアの外をのぞき、廊下へ出た。わたしたちは廊下を進み、受付エリアの端を通って建物裏手の階段まで来た。階段の下に、先に侵入していたＣＩＡの工作員がいた。彼は上を指してから指を三本立てた。

全員、三階、つまり屋根裏にいる。

ハリソンが先頭に立ち、わたしには最後尾につけと手振りで指示した。三人で屋根裏まで階段をのぼっていく。階段をのぼりきると、ハリソンはドアに数秒間、耳を当てた。彼がこちらを見たので、わたしたちはふたりともうなずいた。ハリソンはヘッドセットを押してささやいた。「三つ数える。一……」

わたしは深く息を吸いこんでからゆっくり吐いた。頭と心、そして体が一部の隙もなく連携し、すっかり準備が整っているので、全身がぞくぞくしていた。体内をアドレナリンが駆けめぐり、ハリソンがカウントダウンするごとに興奮が倍々に募っていく。

「二……」

ライフルをぎゅっと握り、脚に力を込め、突撃に備える。

「三！」

ハリソンが入口からなかに飛びこみ、もうひとりの工作員とわたしも彼のTシャツさながらにぴたりとはりついてあとに続いた。時を同じくして天窓が砕け、ガラスを飛び散らしながら、FBI捜査官が屋根裏の反対側に着地した。

「FBIだ！」捜査官のひとりが叫んだ。「武器を捨てろ！」

思ったとおり、敵は降伏しなかった。部屋の真ん中にいた男たちはすでに激しい口論の最中だったが、すぐさまテーブルを投げ倒し、コンクリートの柱の後ろに身を隠した。次の瞬間、銃撃が始まった。わたしは印刷機械の後ろに飛びこみ、機械の端から発砲してアーマドの手下のひとりを倒した。アーマドはどこかと必死に見まわしたが、みなの動きが激しいのと銃撃による煙のせいで見つからない。

アーマドの手下が大声をあげたので見ると、ふたりが部屋の奥にいるFBI捜査官たちに襲いかかろうとするところだった。彼らは半分も行かないうちにFBI捜査官に撃ち殺された。わたしの斜め前方で動くものが見え、標的のひとりが機械の下に這いこんだのだとわかった。わたしは床に伏せると、男の頭に一発命中させた。

部屋の奥の隅で何かが動いたため見ると、男がひとり、屋根に出る梯子をのぼっているところだった。

アーマド！

わたしはハリソンがしゃがんでいるところまで走り、屋根に出るハッチから姿を消そうとしているアーマドを指差した。ハリソンはうなずき、梯子へと走りだしたわたしの掩護についた。部屋の反対側まで走ってから、わたしは発煙弾を自分の前一メートルほどのところに投げた。濃い煙が広がるなか、梯子をのぼりはじめると、ハリソンがすぐ後ろから続いてきた。ハッチに手が届くところまで来たので扉を押しあげ、銃撃が来るのを待った。何も来なかったため、ハッチに手が届くところまで来たので、しゃがんだまま、自分のいる位置を確認する。二、三秒遅れてハリソンが飛びだしてきて、動くものはないかとわたしと共に屋根を見まわした。

やっと見つかった。アーマドが建物の裏側の縁を越え、壁を伝いおりようとしている。逃げられないうちにと祈りながら、わたしは走った。屋根の上からなら、路地におりたアーマドを狙い撃ちにできる。

わたしの悪夢が終わる。人生を取りもどせる。

端までたどり着くと下をのぞきこんだが、アーマドの姿はどこにも見えない。くそ！　少しでも動くものはないかと路地に目を走らせていたとき、さっきまでわたしたちが隠れていたダンプスターをハリソンが指差した。月明かりに照らされて、ダンプスターの端からほんのわずかに影がのぞいている。

ダンプスターの後ろは金網のフェンスになっていて、隣接する空き地と路地を仕切っている。アーマドがフェンスをのりこえようとすれば見えるが、金網を切る道具を持っていて、フェンスを通り抜けられたら、すべてが無駄に終わる。危険など構っていられない。わたしは身をひるがえすと建物の壁に備えつけられた梯子をおり、ダンプスターを目指して走った。

すぐ後ろからハリソンがついてくる音。

ダンプスターにはりつくと、何か動く気配はないかと耳を澄ましたが、聞こえるのは微風に揺れる木の看板の音だけだった。ハリソンを見て指を一本立てた。彼がうなずいたので、カウントを始めた。三本目の指を立てようとしたそのとき、背後で何か音がした。

「武器を捨てな」女の声。「急に動いたら、あんたたちの体はまっぷたつだよ」

第20章

この声は知っている。

グレイシー・サンプソン！

ハリソンとわたしは武器と両手を上にあげて、ゆっくりと振り向いた。グレイシーがアサルトライフルを持っているのは、決して笑いごとではなかった。たった一発で、彼女の脅し文句が現実になる。

「あんたら連邦政府の人間はさ」グレイシーが笑顔で言った。「自分たちのことをそりゃあ頭がいいと思ってるけど、保安官助手のルブランクに間違ったサンプソンを見張らせてたってわけ。ブロディなんて、なんにもできやしない。人がよすぎてね。酔っぱらうと特に。シーリア・アルセノーのビッチに訊いてごらん。あの女が酔っぱらわせたりしなけりゃ、ブロディはあの女と寝たりしなかった。だからあれ以来、一滴も酒は飲んでない。あたしが絶対に許さなかったからね」声をあげて笑う。「皮肉なのはさ、人がいいのはあたしのほうだって、みんなが考えてること」

全身から血が引いた。わたしはグレイシーのようにまったく違う人格になれる標的と過去に対決したことがある。ＣＩＡの精神科医はその男を社会病質者《ソシオパス》に分類した。グレイシーがわたしたちを生きたまま路地から出すわけがない。ダンプスターの裏に隠れるには距離がありすぎるし、背中を向けようとしただけで彼女のライフルに吹き飛ばされるだろう。

「やめておけ」ハリソンが言った。「罪が重くなるだけだ」

「そんな心配ありゃしない」とグレイシー。「うちのばか亭主以外、誰もあたしを疑ったりしないし、ブロディは何も知らない。本当のところはね。それに、あたしはもう働く気がないんだ。大掃除が最後の仕事で、あんたたちふたりは片づけなきゃならないごみの一部。これが済んだら、あたしは身柄引き渡し協定が結ばれてない国へ逃げて、残りの人生をビーチに座って、いい男たちにお酒を運んできてもらいながら過ごすんだ」

出版社の建物からふたたび自動小銃の銃声がとどろき、彼女はにっこりほほえんだ。「あんたたちの仲間が、あたしの代わりに仕事をしてくれてるようだね。あたしのいとこはあちこちにツテがいるってことで利用しがいがあったけど、人の見極めが下手でさ。うぬぼれが強くて……ミスも多いし――偽金造りはその最たるものだった。本当の偽造画家をつかまえて、仕上げをやらせるまではあの偽札を使っちゃいけなかったのに。マックスじゃ、ああいう仕事には力不足だった」

本当の偽造画家？　マックスが偽造画家でなかったのなら、いったい誰が？

「おしゃべりはここまで」グレイシーが言った。「あたしにはやらなきゃいけない仕事があるから」ライフルをわたしに向けてほほえむ。「じゃあね」

銃声がとどろいた瞬間、わたしの頭から一気に血が引いた。膝から力が抜けたかと思うと、後ろによろけてダンプスターにもたれかかり、体がずるずるとさがった。

「フォーチュン！」ハリソンがわたしの肩をゆすった。「撃たれたのか？」

放心状態からわれに返り、わたしはどくどくと血が流れだしているはずの腹部を押さえた。ところが、Tシャツには穴すら開いていない。はじかれたように立ちあがり、グレイシーを見おろした。彼女は地面に仰向けに倒れ、その額の真ん中に弾痕がひとつ開いている。

人がふたり――うちひとりはライフルを手にして――立っている建物の屋上を、ハリソンが指差し、銃を構えようとしたので、わたしは彼の腕をつかんだ。

「あのふたりは味方」そう言って、アイダ・ベルとガーティに親指を立ててみせた。

ハリソンは目をすがめてふたりを見てから首を振った。「例のおばあちゃんたちか？　冗談だろ」

「彼女たちはふつうの高齢者じゃないって話したでしょ」

彼はグレイシーを振り返った。「ああ。しかし、あの距離から撃って……」感心しているのが声から伝わってきた。

「アーマド！」わたしははっとしてダンプスターの後ろにまわりこみ、フェンスの前で足をとめた。切断された金網を押しのけ、悪態をつく。「逃げられた」

ハリソンがわたしの肩に手を置いた。「チャンスはまたあるさ。こっちは徐々にあいつを追いつめてる」

いらだちを必死におさえこもうとした。あいつはすぐそこに、わたしの目の前にいたと言ってよかったのに。

「グレイシー！」男の叫び声が聞こえたので、ダンプスターの後ろから走りでると、ブロディが妻の遺体の横に膝をついたところだった。「どうしてふつうの生活じゃ駄目だったんだ？」彼は泣き叫んだ。「どうして？」

足音が聞こえたので振り返ると、こちらへ歩いてくるカーターが見えた。わたしとハリソンに向かってバッジをさっとかざしてから、彼はグレイシーとブロディをひと目見てため息をついた。こちらに目を戻すと、わたしをじっと見つめた。服装が違ってスキーマスクもかぶっているけれど、カーターにはわたしだとわかっている。

遠くからサイレンが聞こえ、ハリソンがわたしのほうを見た。「行け。ここはおれに任せろ」

「いいの？」

「おまえはここにいなかった。モローとはそういうことで話がついてる」それを聞いた瞬間、わたしにはわかった――ハリソンは嘘をついている。この奇襲作戦にわたしを参加させることは許されていなかった。彼はモローの意向に正面からたてついたのだ。命令に逆らったことなど過去に一度もなかったのに、なぜ今回はそうしたのか？　答えを知るにはもう一日待たなければならない。

ライフルをハリソンに渡し、カーターにうなずきかけてから、建物に向かって走りだし、アイダ・ベルとガーティに手振りで合図した。アイダ・ベルが屋上の端からライフルを投げたので、わたしはそれを受けとって、ハリソンが回収できるよう地面に置いた。アイダ・ベルはこれをいったいどこで手に入れたのか。棺に忍びこませていなかったのは確かだ。ハリソンはグレイシーを殺した銃弾について説明しなければならなくなる。その説明の裏付けとなる武器があったほうがいい。

路地を走り、歩道に出る前にスキーマスクを脱いでから、ジョギングまで速度を落として隠れ家へと向かった。隠れ家のあるブロックまで来ると、近くの建物の入口に引っこんで待った。ややあって、アイダ・ベルとガーティが急ぎ足で歩道を歩いてきた。

「おみごと」わたしはそう言って歩道に出た。

アイダ・ベルとハイタッチしてから、三人でたがいの体に腕をまわして抱き合った。ようやく離れると、わたしはアイダ・ベルを見てにやりとした。

「あなたが誰かわかったときのハリソンの顔、見せてあげたかった。もう最高だった」

「あたしはいまでも信じられないわ」ガーティが言った。「グレイシー・サンプソンだったなんて」

「だよね」アイダ・ベルが言った。「ブロディを疑って、申し訳なかったよ」

「彼は何か知っていた。だからグレイシーをつけてニューオーリンズまで来たのよ、自分がカーターにつけられてるとは気づかずに」

「カーターのほうはブロディがグレイシーをつけているとは気づいていなかった」ガーティが言った。「なんてややこしかったのかしら」

「そうだ！」あることに思い至って、わたしはふたりの顔をまじまじと見た。「いったいどうやって抜けだしたの？　どうしてわたしの居場所がわかったわけ？」

　ふたりは顔を見合わせた。

「正直に話したほうがいいかもしれないね」アイダ・ベルが言った。「どのみちばれちまうだろうし」

「ああ、嘘。ふたりとも、いったい何をしたの？」

「あなたが出ていくとすぐ、捜査官その二に手錠をかけてラジエーターにつないだの」ガーティが言った。「まだ眠ってたから、本人は気づかなかった」

「手錠なんて、どこにあったの？」

アイダ・ベルがぐるりと目玉をまわした。「訊く必要あるかい？」

ガーティの重さ百キロのバッグを思いだし、わたしはにやついた。「いまのは忘れて」

「あたしはあんたがのりこむ車の種類を窓から見ていたんだ」アイダ・ベルが説明した。

「捜査官その二があんたを車まで連れていって戻ってくると、ガーティがあいつにソーダをこぼしてね、着がえにいったあいつをバスルームに閉じこめたんだ」

「そのあとアイダ・ベルが彼のライフルを盗んで、あたしも一緒にあなたを追いかけたってわけ」

「通りの角まで行ったとき、なんとか間に合って、あんたがのってった車が二ブロック先の角を曲がるのが見えた。だからその方角に走ったんだよ」アイダ・ベルが言った。「あの出版社の向かいにあった駐車場に隠れたらさ、中東系の男四人をのせたセダンがやたらゆっくり通ってったんだ」

　ガーティがうなずいた。「セダンが角を曲がるまで待ってからのぞいたら、彼らが路地に車を入れたのが見えた。きっとあの通りの建物のどれかに入っていくんだろうと思ったから、出版社の隣の建物まで行って、屋上にのぼったの。あなたたちが通りに出てきたら、よく見えるように」

「隣の屋上に捜査官たちがいるのは見えてなかったんだ、彼らが天窓を破って突入するまで」アイダ・ベルが言った。

　ガーティが興奮した顔になった。「もう、あれはすごかったわね！」

「とにかく」アイダ・ベルが言った。「あたしたちは戦いの場所が屋上へ移るとは思ってなかったからさ」

「主よ、助けたまえ！」ガーティが言った。「銃撃戦が始まると、あたし、あそこで心臓発作を起こすかと思ったわ。まるで第三次世界大戦が始まったみたいな騒々しさ。そうしたら、ハッチがぱっと開いて、あの男が出てきて……あたしたち、屋根に勢いよく突っ伏したの、エンパイア・ステート・ビルから落とされた一セント硬貨並みのスピードで。ここ三十年で、あんなにぺったんこになったことなかったと思うわ、あたし。真剣に屋根と一体になったの」

「すぐにあんたとパートナーがハッチから出てきたのも見えた」アイダ・ベルが言った。

「どうしてわたしだってわかったの？」

「勘弁してちょうだい。あたしたち、あなたの動き方をもう何週間も見てきてるのよ」ガーティが言った。「顔に何をかぶってたって、あなただってわかるわ。その道のプロですもの」

アイダ・ベルがかぶりを振った。「あんたのテニスシューズに気がついたんだよ。とにかく、あたしたちはほかにも誰かハッチから出てこないか、ちょっとだけ待ってから、何がどうなってるか見に、屋上の端まで行ったんだ」

「そのときには」ガーティが言った。「グレイシーが現れてたから、こっちはまた度肝を抜かれたわ。そこから先は知ってのとおりよ」

わたしはアイダ・ベルを見た。「あなたはわたしの命を救ってくれた。それがどんな意味を持つかわかる？」

「あんたはあたしに借りができたって意味だね。でも、返してもらうのはもうちょっと先でいいよ」

「アーマドを仕留めることはできた？」ガーティが尋ねた。

「できなかった。路地におりて逃げていった男がそう」

ふたりとも顔をしかめた。「だろうと思ったよ」アイダ・ベルが言った。「で、これからどうする？」

「隠れ家へ戻る」わたしは言った。「あのＦＢＩ捜査官ふたりを自由にして、ハリソンからの連絡を待つ」

「戻ってあのふたりを自由にしないと駄目？」ガーティが訊いた。「あたしたちが出てきたとき、ものすごく怒ってたんだけど」

「わたしたちの持ちものは？　全員の身分証があそこに残ってる」

ふたりは顔を見合わせてにんまりした。「全部、階段をおりたところのクロゼットにしまってきたかもしれないわねえ、あたしたちがあそこを出るときに」ガーティが言った。

「その前にはレンタカーも一台、手配しといたかもしれないねえ」アイダ・ベルが言った。

「そこの角にとまってるホンダがそうかもしれない」

通りの反対側を見ると、隠れ家の正面にレンタカーのマークが入った白いアコードが駐車してあった。

わたしはにやりとした。「かまわないんじゃない？　これ以上、面倒なことにはなりっこないし」

第21章

午前一時に近くなったころ、玄関のドアをノックする音が聞こえた。わたしたちはそろってキッチンに腰をおろし、今夜の出来事の詳細をいま一度振り返っていたところだった。

「話はいったんここまで」わたしはそう言って玄関へ向かった。

ドアを開ける前から、カーターであるのはわかっていた。ハリソンはわたしの正体がばれるリスクを冒すはずがないし、ＦＢＩ捜査官たちはわたしたちが何者かを知らない。居場所についてはなおのこと。カーターはただわたしの顔を見つめたが、ややあってゆっくりと首を振った。

「ウィスキーがある」わたしは言った。

「絶対足りなくなるぞ」

「どうかしら」

キッチンへ戻ったわたしは、テーブルにグラスをもうひとつ出した。ガーティがそれにウィスキーをたっぷりそそぐと、カーターは腰をおろし、時間をかけてひと口飲んだ。それからわたしたちを、賞賛といらだちと、信じられないという気持ちも少し入り交じった表情で見た。

「三人について本当のことを一週間前に聞かされてたら」ようやく彼は言った。「おれは信じなかっただろう」アイダ・ベルに指を突きつける。「あの一発……暗がりであの距離、そのうえ照準器《スコープ》なし。あれはまぐれ当たりじゃなかった。おれはあんたをよく知ってるが、狙いをはずしてフォーチュンを撃っちまうような危険は絶対に冒すはずがないからな」

アイダ・ベルは肩をすくめた。「あたしはああいうことが得意ってだけさ」

カーターはうなずいた。「そっちがそういうことにしておきたいならかまわない。だが、こっちもいくつか確認をしたんで、真実は知っている」

「わたしたちがいなくなったあとはどうなったの？」

「きみのパートナーのハリソンから、偽装用の説明の指示があった。簡単な話だ。おれはFBIと連携してシンフルにいる手づるをさがしていたが、ブロディが容疑者のひとりだったから、ニューオーリンズまで彼をつけていった。それ以外のことをおれは知らないし、何も見なかった。ブロディが妻の遺体の横で泣きだしたのを除いて」

わたしは安堵して息を吐いた。それなら、カーターは事件とまったく無関係ということになり、わたしたちとのつながりが疑われる可能性も低いという意味だ。「よかった。最悪の部分にあなたが関係していたことにならないよう祈ってたから」

「ハリソンは切れ者だな」いささか悔しそうに、カーターは言った。「決断がすばやく、疑問の余地を残さない」

「体つきもすばらしいわよね」とガーティ。「顔を見たかったわあ。絶対セクシーよ」

アイダ・ベルがテーブルの下で彼女を蹴った。

「ほかの男たちはどうなった？」わたしは訊いた。

「ハリソンからきみに伝えてくれと言われたんだが、アーマドの手下は全員死んだ、だからきみの正体がばれる可能性はない。なぜならアーマドもきみを見なかったからだ」カーターが眉をひそめた。「やつが逃げおおせたのは残念だ。きみは今回、あいつを片づけられると……」

「機会はまたある」無理やりしっかりした声で言った。しかし、実際は今度の機会を生かせなかった悔しさをまだ引きずっていたし、次のチャンスがいつめぐってくるのか不安だった。

「ランダルとやつの手下が生きたままつかまった」カーターが言った。「ランダルは撃たれたものの、命に別状はなかった」

「ＦＢＩ捜査官たちは？」

「犠牲者一名」カーターが静かに言った。

「残念」正義の側から死者が出ると悔しくてしかたがない。

「彼の家族のために祈りを捧げるわ」ガーティが言った。

「そうしよう」アイダ・ベルはそう言ってから、ガーティに目をやり、もう一度カーターを見た。「隠れ家の担当だった捜査官はどうしたかね？」

カーターはじっとアイダ・ベルを見つめたかと思うと、唇がヒクつきはじめた。とうとう我慢しきれなくなった彼は、笑顔になった。「あんなに怒った人間、生まれて初めて見た。

ハリソンの電話にふたりが応答しなかったんで、一緒に様子を見にいったんだ。あんたたちに何かあったんじゃないかと心配して。心配したおれがばかだった」

「そのとおり」ガーティが言った。「これであなたも、今後はあたしたちを侮らなくなるかもしれないわね」

「そいつは喜べないよ」とアイダ・ベル。「これまでうまくやりおおせてきたのは、ほとんどの場合カーターがあたしたちを侮っていたからこそだからね」

ガーティはがっかりした顔になった。「あら、そうね」

カーターがやれやれと首を振った。「とにかく、おれたちはひとりの捜査官から手錠をはずし、もうひとりをバスルームから解放した。鍵をすぐそばの壁にかけといてくれて助かったよ」

「あのドアはアンティークだったからね。蹴破られることになったら嫌でさ」とアイダ・ベル。

「捜査官たちはしばらくハリソンに怒鳴りつづけてた。あのふたりを逮捕してやる、FBIは時間を浪費させられたから賠償請求をするだろうとか、ほかにもくだらないことをどっさり」

「あきらめの悪い負け犬たちね」ガーティが言った。

「ハリソンは迷惑をかけて申し訳ないと謝り、FBIが必要と思う賠償は謹んでさせてもらうと約束した。それから、あの三人は連邦政府の証人保護プログラムに入れられたので、捜査官たちが今後、彼女たちに煩わされることはないって。ふたりが出ていくやいなや、ハリソンはソファにドサリと座って笑いだした」

「あんたはどうだったんだい？」アイダ・ベルが訊いた。

カーターはにやりとした。「おれはふたりが出ていくまで待ったりしなかった。自分以外の人間があんたたちのやんちゃの被害者になるのは、こたえられないからな」

アイダ・ベルがフーッと息を吐いた。「あたしはいまだに信じられないよ、グレイシーが偽金造りの手づるだったなんて」

「あたしもよ」ガーティが言った。「それにわからないことがあるの。フォーチュンの話だと、グレイシーは大掃除って言ってたそうだけど、偽札の欠点を修正する前にどうしてマックスを殺したのかしら？」

「マックスを殺したのはグレイシーじゃない」カーターが言った。

「なんだって？」アイダ・ベルが訊き返した。「あたしたちはてっきり……」

カーターがうなずいた。「本来ならおれもそう考えたはずだが、フォーチュンからいくつか疑問点について聞かされたあと、事件当夜のブロディのアリバイを調べたんだ。彼とグレイシーは、三百キロ以上離れたところにある姉妹の家で結婚式に出ていた。夜通しのパーティで、彼女がシンフルに戻ってマックスを殺し、また姉妹の家に戻るなんてことは絶対に無理だった、誰かに気づかれずには」

「それじゃいったい誰が？」ガーティが訊いた。「ランダルの手下？」

キッチンテーブルにのっていたコインの山を見おろした瞬間、魔法のようにすべてのつじつまが合った。コイン、本当の偽造画家についてグレイシーが言ったこと、マックスが妙なタイミングでシンフルへ戻ってきたこと。

「違うと思う」わたしは言った。「思いあたる節があって……最初はまさかと思うかもしれないけど、最後まで話を聞いて」

それから、わたしは三人に自説を語って聞かせた。

早朝、空がまだ白みもしないうちに、ハリソンが電話をかけてきた。アイダ・ベルとガーティはまだ眠っていたし、アリーはエマラインの家から戻ってきていなかったので、わたしはベッドのなかで電話に出た。

「こっちを離れるところ?」

「ああ」ハリソンが答えた。声に疲労がにじんでいる。わたしのよく知っている疲労だ。睡眠なし、アドレナリン出まくりの長時間勤務。アドレナリンが出つくしてしまったあとは、すぐに倒れてもおかしくない。

「ホテルへ行って少し眠ったら? カーターが知ってることは全部聞いた。残りはあとでかまわない」

「補足することはたいしてない。FBIはランダルに、ジェイミソンに関して証言するなら司法取引をすると持ちかけた。ランダルは受けるにちがいないと見ている」

「ブロディ・サンプソンはどうなった？」

「あの男はマジで気の毒に思う。ぼろぼろだよ。おれが最後に見たときは、知ってることをFBIに洗いざらい話しては泣いていた。グレイシーとランダルはガキのころからずいぶん仲がよかったらしいな。しかしランダルの商売柄、大人になったあとはつながりを内密にしていたんだ」

「グレイシーとマックスはなんで手を組むことになったのか、ブロディは話した？」

「彼によれば、グレイシーが金をやってシンフルから出ていかせ、仕事を得るためにランダルを紹介したそうだ。おれにはなんでそんなことをしたのかわからないが、おまえからすると筋の通った話なのかもしれないな」

「うん、通ってる」マックスがシンフルから出ていくのを経済的に可能にしたのはグレイシーだったのだ。ブロディと寝たシーリアへの彼女なりの仕返しとして。

「とにかく、マックスはランダルの下で雑用をやってたんだが、そのうちにグレイシーがやつにコインの金型を作らせることを思いついた。ブロディはコインの入った袋を見つけた。彼にはコインの蒐集をしてるおじがいたから、そいつが偽物だと気がついた。問いつめると、グレイシーは関与を認めたものの、足を洗わなかった。マックスがシンフルに現れるまで、ブロディは妻が足を洗ったと信じていたそうだが」

「本当だったかもしれない、いとこが偽札造りのための画家をさがしはじめるまでは」

「そこでグレイシーとマックスは食物連鎖の上に行こうとたくらんだ。それなら納得がいくな」

「ところが、マックスは技量が充分じゃなくて、ほかの人間にやらせなければならなかった。グレイシーは、本当の画家が誰か知っていたのかしら」

「いまとなってはもうわからないだろう。だが、おれがマックスなら、彼女には絶対に教えなかったな。もっと腕のいいやつがいるとわかったら、お払い箱になっちまう」

「そうね、彼女にはぞっとした。あのときよりも前に彼女に会ってたら、あなた唖然としたと思う」

「唖然としたと言えば、カーターから隠れ家の捜査官たちのことは聞いただろ？」

「聞いた。思いきり笑った。あなたも大笑いしたって聞いた」

ハリソンはクックックッと笑った。「おまえに謝らないとな、レディング。あのふたりと一緒にあれこれ首を突っこむことになったのは、わたしのせいじゃないって言ってただろ。だがおれは信じてなかったんだ。この世におまえよりも頑固で、さらに大きなリスクを冒そうとする人間がいるなんてさ。おれが間違ってた」

「アイダ・ベルとガーティを創ったときって、きっと神の鋳型が壊れてたんだと思う」

「違うな。壊れてたんじゃなく変更したんだ。だからおまえみたいなやつがいるんだよ。カーターに同情する。あいつはいいやつだ。おまえたち三人なんか背負いこまされなくたっていいはずなのに」

わたしは胃が引きつるのを感じた。「それだけど……わたしがいま置かれてる状況は？」

「おまえに電話するのは、モローとの話し合いが終わってからにしようと思ったんだ」

息を呑む。「で？」

「こっちで手下が死んだこと、それにＦＢＩがジェイミソンおよびやつの取引相手なら誰でも総力を挙げてさがしてるってことを考慮すると、アーマドがとどまる可能性はないというのがモローとおれの考えだ。それどころか、おまえはそこにいるのが前よりも安全になったってことで意見が一致した」

殺していた息がフーッと漏れた。

「モローに全部は話してない」ハリソンが言った。「おまえとカーターのあいだの……個人的なことは言わずにおいた。おまえがとどまりたければ、モローはおまえをそこに置いておくんで文句なしだ。しかし、おまえがそこから出ていきたいなら、おれが手を考える」

安堵、興奮、それと同時に不安がわたしのなかを駆けめぐった。選択する権利を与えられるなんて予想外だったし、なんと答えたらいいかわからなかった。わたしがいなくなったほうが、カーターにとっては楽だろう。〝去る者は日日に疎《うと》し〟で、そのほうが傷ついた心は早く癒える。わたしの心だってそんなにいい状態じゃない。

でも……。

結局、荷造りをわたしに思いとどまらせたのは、その〝でも《バット》〟の理由だった。

いや理由はふたり《バッツ》（butts。buttsは〝尻〟の意味のbuttの複数形）かもしれない。

「どっちでもいいなら」わたしは言った。「ここに残ることにする」

第22章

朝になると、わたしがシンフルにとどまることを祝ったあとで、ガーティとアイダ・ベルは疲れ果てながらも幸せそうに自宅へと帰っていった。いっぽうアリーがうちに戻ってきて、問題はすべて解決したと知って喜び、秘密厳守を誓った。アリーと同じ説明を聞かされたエマラインを除いて、シンフル住民は誰ひとり、わたしたちの最新の冒険について知らない。フロリダへバケーションに出かけたはずなのに急に戻ってきたことは、予約していたホテルでミスがあったのだと説明し、また今度、日程を再調整するつもりだと話した。

アリーは建築業者と会いに出かけ、わたしがビールと本を持ってハンモックに落ち着いたとき、カーターが裏庭に入ってきた。わたしはハンモックの端に座り、こちらに歩いてくる彼を待った。昨夜以来、カーターからは電話もなかったので、わたしが話した仮説について、何か行動を起こしただろうかと気になっていた。

彼があきらめと悲しみの表情を浮かべているのを見てすぐに、わたしが正しかったのだとわかった。カーターはローンチェアを引っぱってくると、わたしの前に腰をおろした。

「言わなくてもいい。あなたの顔を見ればわかる」

カーターはため息をついた。「おれが質問を始めるより先にベリンダが自白した。何もかもきみが推測したとおりだった。偽札の原版がうまくしあげられなかったマックスは、ランドンがニューオーリンズのグループホームにいることを突きとめた。あいつに脅されて仕事を手伝うようになったランドンは、一年近くたってとうとう精神的にまいっちまって、ベリンダに何が起きてるかを話した」

「息子を悪事に巻きこんだのはマックスだって、彼女は知っていたの？」

「ランドンが雑貨店で軽いパニックを起こすまでは知らなかったそうだ。怪しいと感じた彼女はランドンに、おそれているのは彼かと尋ねた。それまでにも訊きだそうとしたことはあったが、そのたんびにランドンは泣きわめいて、何日も口をきかなくなってしまったんだそうだ」

「なんてひどい。かわいそうなランドン。かわいそうなベリンダ。息子を守ることに人生を捧げてきたのに、その息子をマックスみたいな極悪人に利用されるなんて」

「ああ。彼女は怒り、悲しんでいた。あそこまで打ちひしがれた人を、おれは見たことがないと思う——軍隊以外では」

「彼女、どうやって突きとめたの？」

「雨戸がはずれたときにそれをはめるために表へ出て、そうしたらシーリアの家に向かって通りを歩いていくマックスが見えたんだそうだ」

わたしは眉を寄せた。「彼、いったい何をしていたのかしら」

「いまとなっては、永久にわからないんじゃないかな。とにかく、ベリンダはシーリアが教会へ行ってるのを知っていたから、ショットガンを持って彼のあとをつけた」

「ランドンはどこにいたの？」

「キッチンに座ってiPadで映画を観ていたそうだ。母親が出ていったのには気づいていなかった。ベリンダはシーリアの家のなかまでマックスをつけていき、キッチンでやっと対決した。マックスのやつ、最初は否定したそうだが、とうとう事実を認めて、シンフルへ来た目的を果たさずには出ていくつもりはないと言ったって話だ」

わたしはかぶりを振った。「怒った母グマにショットガンを突きつけられてたっていうのに、そんなこと言って大丈夫だと考えたわけ？　ばかな男」

「ベリンダはあいつが拳銃を持ってると思ったと言ってる。それを構えようとしたと思ったから、撃ったんだと」

「本当だと思う？」

「わからない。可能性はある。こうなったら、彼女はなんでも言うだろうが」

「当然ね。自分が有罪になったらランドンがどうなるか、心配なはず。地方検事とは話した？」

「ああ。検事には自閉症を持つ弟がいて、マックスの冷淡さに衝撃を受けていた。紙幣の偽造について証言すれば、ベリンダは起訴されない見込みだ。それに、ランドンから話を聞きだせるのは彼女だけだから、検察がジェイミソンの組織を起訴するには、彼女が息子といられるようにする必要がある」

「当面はどうなるの？」

「裁判までは保護拘置下に置かれる。それがベリンダを一番安心させたことだと思う。ジェイミソンのような人脈のある人間からすれば、彼女とランドンは狙いやすい標的だからな」

わたしはうなずいた。「よかった。ふたりが安全に守られるとわかって」

「おれもだ。なあ、おれはいまも舌を巻いてるんだ、きみの推理に。手がかりは本当に少なかった」

「自分でもどうしてできたのかよくわからない。小さなことがいくつか重なって、あとは何かがおかしいっていう漠然とした感じがあったから？　理由はわからないけど、急にすべてがぴたっとはまった。雑貨店でマックスに会ったときのランドンの反応と、絵はもう描かないという言葉、それと歩道で会ったとき、偽造コインのことをそれは好きじゃないと言ったこと。マックスの帰郷、それに閉鎖されたはずのグループホームがまだ運営されていたこと。根拠が足りないように思えるけど、でもなんとなく筋が通った」

カーターはうなずいた。「捜査活動に役立つものとして、一番見過ごされがちなのが直感だとおれは思うんだ。そこにもう少し注意を払えば、もっと簡単に解決できることもあるはずだ」

彼が言おうとしているのは、わたしがマックス殺害犯はベリンダであると突きとめたことについてだけではないという気がした。カーターは間違いなくわたしに関して何かがおかしいと感じていた。おそらく初対面のときからずっと。だから、その直感を無視してわたしに惹かれるがままになってしまった自分をいま責めているのだ。誰にとっても苦い経験だが、職務の一部に人物を見きわめることが含まれている人にとってはなおさらだろう。

「たぶんあなたの言うとおりね」わたしは言った。「でも、ほかのことにまったく気をそらされなかったら、それってロボットよね。でしょ？」

「確かにそうだな」彼はしばらく地面を見つめていたが、ようやく顔をあげるとわたしを見た。「きみの今後については、もうハリソンと話し合ったのか？」

わたしはうなずいた。「けさ電話があった。彼がモロー長官とあらゆる面を検討してから」

「で？」

「ふたりとも、わたしは以前よりも安全な状況に置かれているという考え。ＦＢＩによるジェイミソンの捜査、こっちで手下が死んだことを考慮すれば、こちらに残るのはアーマドにとって間抜けな選択。あの男は間抜けなことはしない」

「それじゃ、きみはとどまるのか？」

「どうするか選んでいいと言われて、わたしはとどまることを選んだ」

カーターは眉を寄せてうなずいた。自分でも何を期待していたのかわからないけれど、彼の淡泊な反応に、わたしは傷つかずにいられなかった。

「きみがなぜ正体がばれるような行動をとったか、ハリソンから聞いた」カーターが静かな声で言った。「なぜアーマドがきみの首に賞金をかけたか」

わたしは顔が赤くなるのを感じた。「あんなことはすべきじゃなかった。何年もかけて準備したのに、自分の偽装を台なしにしたばかりか、暗殺者リストの一番上に名前が来るような結果になって。愚かな行動だった」

「人間らしい行動だ」

わたしは鼻で笑った。「まあね」

「きみはふだん、ＣＩＡの工作員史上ベストの部類に入ると考えられていることも聞いた」

「ハ！」わたしは地面に目を落とした。「違う。その名声は父のもの」

「ハリソンによれば、有能な工作員だったそうだが、同時にトップクラスの人でなしだったとか」

わたしは胸が詰まり、視線をカーターに戻した。「どうしてこんな話をするの？」

「なぜなら、きみが自分にきびしすぎると思うからだ。誤解しないでほしい。職業柄、必要なことだろう。完璧であることがゴールで、そこに近づくほど、次のミッションまで生き残れる確率が高くなる。しかし、きみは自分がどういう人間か、そもそもどうしていまの仕事に就いたのかを忘れるくらいがんばりすぎてしまう」

「どうしてこの仕事に就いたのかは一度も忘れたことなんてない」

「自分は充分優秀だと、父親に証明してみせるためか？」

わたしは顔をしかめた。それはここ数日ずっと頭を離れなかったことだし、ニューオーリンズでの奇襲作戦を通じて、これまでは確信が持てなかった真実がいくつかはっきりした。

「そこがスタートだったのは間違いない」わたしは答えた。

「それで、いまは？」

「いまは本当に好きだからやっている。わたしはふつうの生活には向いていない。それは父のせいかもしれないし、わたし自身がこの仕事に就いて長いせいかもしれない。でも、もうそんなことは重要じゃない。要するに、これがわたしだってこと。この仕事、スリルと興奮、やりがいが必要なの」

うなずいたカーターの顔には、失望が浮かんでいた。

「わかった」彼は言った。「だが、それはおれが人生に求めるものと違うんだ。おれがここへ戻ってきたのは、ややこしくない生活を送るためだから」

「それなのに、わたしが差しだせるのは複雑な問題ばかり」

「すまない、フォーチュン。しかし、きみとおれがどういう関係だったにしろ、それを続けるわけにはいかないんだ。おれたちふたりは、求めるものが違いすぎる。イラクを離れたとき、おれには二度とかかわりたくないことがあった。きみの仕事は……」ため息をつく。「きみが任務でいないあいだ、おれは安否を心配しながら家でじっとしてるなんてできない。それはおれが求める生き方じゃない」

目に涙がこみあげてくるのを感じた。彼の言いたいことはよくわかるし、責めようとはこれっぽっちも思わなかった。でも、だからといってつらさが減るわけでもない。

カーターは立ちあがると顔を寄せ、わたしの頬にキスをした。

「じゃあ」と彼は言った。

彼が歩きだした瞬間、わたしの頬を涙が伝った。

もしかしたら、わたしは間違った決断をしたのかもしれない。シンフルを去り、どこかよそで再スタートを切るべきだったのかもしれない。なんの重荷も、苦悩もない場所で。

手の甲で涙をぬぐった。カーターは、わたしにとってシンフルでの生活の一部にすぎない。ここにとどまる価値のある人が、わたしにはほかに何人もいる。それを決して忘れないようにしなければ。

携帯電話が振動したので、画面を見おろしたわたしはほほえんだ。

カフェで緊急事態発生。またシーリア来襲。

解説

柿沼瑛子

「蒸し暑い土曜日の夕方、わたしはルイジアナ州罪深き町《シンフル》にバスから降り立ち、自分が地獄に落ちたことを確信した」

われらのワニ町シリーズもいつのまにか七作目に！　このシリーズを初めて読む方のために簡単に説明しておくと、腕っこきのＣＩＡ工作員であるヒロイン・フォーチュンは、義憤に駆られて武器商人アーマドの弟を殺してしまい、敵側から懸賞金を懸けられる身となり、上司のはからいでアメリカ深南部の超保守的な湿地地帯の町に身をひそめることになる。趣味は編み物で元ミスコン女王の司書という、本来の自分とは正反対の身分を与えられたフォーチュンはうんざりする思いを抱えてピンクのスーツケースを引きずり、慣れぬハイヒールに苦戦しながら信心深いバイブルベルト（主にアメリカ南部を中心とする保守的で信仰心があつく伝統的価値観を大切にするエリア）の小さな町にやってくる。引用したのはシリーズ第一作『ワニの町へ来たスパイ』でシンフルの町にバスから降り立ったフォーチュンの第一印象だ。はたして本当にそこが「地獄」だったかどうかは、これまでのシリーズを読んできた方にはもうおわかりだろう。

第一作『ワニの町へ来たスパイ』のカバーには、フォーチュンがひとりきりで壊れたハイヒールを手に、ボートの舳先からシンフルを見つめている後ろ姿だけが描かれている。そして二作目からは必ずガーティとアイダ・ベルのふたりが一緒にいる。ガーティとアイダ・ベルはシンフルを影で牛耳《ぎゅうじ》るシンフル・レディース・ソサエティの重鎮（？）なのだが、おばあちゃんズ呼びも気の毒なので、ここではシンフル・レディースのおばあさんということで〈シン・グランマ〉と呼ばせていただく。フォーチュンは半ばシン・グランマたちに引きずられるようにして地元の揉め事（けっこう重大な犯罪につながっていることが多い）の捜査に巻き込まれていくうちに、この町と意外に水が合うことに気がつく。バイブルベルトの超保守的な湿地地帯の小さな町というのは見かけだけで、密造酒やらギャングやら汚職やら、さらには愛憎嫉妬の渦巻くグレイゾーンだったのだ。そしてそこは彼女にとっては新たな出発地でもあった。

第一作でガーティと出会い、とんちんかんな歓迎を受けたフォーチュンは「この世のどこかで何かが傾いた気が」する。そしてその後に訪れるのがあの有名な（？）プディング争奪戦である。町を牛耳るもうひとつの勢力ゴッズ・ワイヴズの女ボス、シーリアに対抗するべく、フォーチュンがその工作員としての能力を最大限にいかしてフランシーンのバナナプディングを獲得するあのシーンでは、何かとアクションに目を奪われがちだが、実はけっこう重要な瞬間だったのではないかと思う。それまで己の任務のことだけしか考えず、ひたすら目の前のことを片付けていく暗殺者《アサシン》マシンだったフォーチュンは、おそらくここで「覚醒」

したのだ。例えば何もしたくないほど精神的肉体的に疲れているとき、たった一杯の珈琲《コーヒー》でもパフェでもビールでも、まあなんでもいいのだが、美味しいものを口にしたとたん、しみじみとため息が出るような、乾ききっていた砂漠に慈雨がしみこんでいくような体験をしたことはないだろうか？　美味しい食べ物にはそれだけの「力」がある。なぜかといえばそこには作り手の（人間だろうと機械だろうと）「情」が宿っているからだ。その「情」の味を知った者はもう元どおりの自分ではいられない。それはフォーチュンがこれまで自分に否定してきた、というよりは禁じてきた愛や友情や深い人間関係といった心の一番柔らかい部分にはたらきかけるエッセンスのようなものなのだ。シン・グランマのふたりとの友情はもちろん、カーター保安官助手とのロマンスや、手を差しのべてくれる人の「情」を彼女は躊躇しながらも受け入れていく。その「情」を象徴するのがフランシーンのバナナプディングなのだろう。だからシーリアみたいな嫌な女でも、フランシーンのプディングにすがらずにはいられない。そのシーリアに輪をかけて嫌な彼女の（死んだはずの）元夫も、フランシーンのカフェに朝食を食べに来ていた。

と、いささか本作のストーリーの紹介が遅くなってしまったが、シン・グランマたちの天敵シーリアが新町長に就任したことで巻き起こった騒ぎはいっけん落着したかにみえて、シンフルの町はいまだ落ち着かない。そこに長年行方不明で、死んだのではないかと噂されていたシーリアの夫が戻り、フランシーンのカフェでハブとマングースよろしく派手に対決したあとで、シーリアの家にとんでもない置き土産を残していく。おりしも最近シンフルではアーマドの組織の影をちらつかせる物騒なものが出回り、フォーチュンを弟の仇《かたき》とつけねらうアーマドの手が、ついにシンフルにも及び始める。もしアーマドと対決するようなことになれば、せっかくいい感じになってきたカーターにも正体を明かさなければならず、それどころかシンフルにいられるかどうかも危うい。そんなところにハリケーンが襲来し（初めてすさまじい自然災害に遭遇するフォーチュンの驚きぶりとワクワクぶりが楽しい）そして嵐の後には、フォーチュンの公私にわたるシリーズ最大（今のところ）の危機が訪れる……。

　このシリーズのいいところは、作者の思い入れを押しつけて読者を傷つけたりはしないことだ。これはシリーズものにありがちなのだが、だんだんシリーズが進んでいくうちに、主人公に深み（？）を与えようとひどい目にあわせたり、いりもしない不幸な過去だのをつけ加えたがる作者がいる。だが、いわせてもらうなら、キャットウーマンや峰不二子やドロンジョ様の隠された陰の（それも不幸な）顔なんて誰が見たい！　たしかにフォーチュンにだって、スーパースパイの父親との葛藤や、「この世で一番美しい女性」である母親に対するコンプレックスはあるかもしれないが、それを含めて今の変化しつつある自分を「肯定」しているのだ。本作のラスト近くでフォーチュンはひとつの大きな決断を下さなければならなくなる。だがいったんバナナプディングの味を知ってしまったフォーチュンが元どおりの自分に戻ることはない。なぜならそれが自分の選んだ道だからだ。

「帰れば○麦、帰れば○麦」という某コマーシャルではないけれど、どんなに疲れてイヤなことがあっても帰ったらアレがあるという幸せ、「どこかにこういう町があってこういう人たちがいる」と考えただけで人生がちょっぴり明るくなる——それが読者にとっての「ワニ町」だ。だからこそ、永遠に冬が終わらないように思えるマンガ『ミステリと言う勿れ』のようにシンフルの夏が永遠に続いてほしいとも思うが（さすがに二十五作では夏のまんまではいられないだろう）読者は心配する必要はない。これから先にあらわれるのはアップデートされたフォーチュンだからだ。

「シンフルに来るのは嫌でしかたがなかったのに、来てみたら、これまでの人生で最高の出来事だった。仕事以外の世界に対して目が開かれた。職務という理由がなくても、人との関係が築けた。わたしを大切に思ってくれる人たちがいると信じられるようになった」と本巻のラスト近くでフォーチュンは回想するが、今回のハリケーンとそれに伴う事件がもたらしたのは絆の再確認だけでなく、フォーチュン自身の新たなスタンスなのだ。本作でアイダ・ベルに工作員としての仕事が恋しいかと訊ねられたフォーチュンは迷うことなく「恋しい」と言い切る。「わたしは標的に迫るときのぞくぞくする感じがすごく好き。自分のしたことが世の中をほんのわずかでもましな場所にするとわかっていることも」

だから今回の『嵐にも負けず』は、ある意味では第一作への「回帰」ともいえる。本来の戦う女としての自分にフォーチュンはふたたび目覚めるのだ（それはシン・グランマたちも同じである）。人間としてプロとしてアップデートされたフォーチュンに、これからどんな未来が待っているかは作者のみが知るところだが、たとえ美食のせいでウェストがゴムの服しか入らなくなろうと、いつかカーターに自分の正体を明かさねばならなくなろうと、フォーチュンには幸せになってほしい、そしていつまでもシン・グランマたちと暴れまわってほしいというのが、わたしたち読者の切なる願いである。

検 印
廃 止

訳者紹介 津田塾大学学芸学部卒業。翻訳家。訳書にアンドリューズ「庭に孔雀、裏には死体」、ジーノ「ジョージと秘密のメリッサ」、スローン「ペナンブラ氏の24時間書店」、デリオン「ワニの町へ来たスパイ」、ナゴルスキ「隠れナチを探し出せ」など多数。

嵐にも負けず

2024年4月12日　初版

著 者　ジャナ・デリオン

訳 者　島《しま》 村《むら》 浩《ひろ》 子《こ》

発行所　(株) 東京創元社
代表者　渋谷健太郎

162-0814/東京都新宿区新小川町1-5
電　話　03·3268·8231-営業部
　　　　03·3268·8204-編集部
URL　http://www.tsogen.co.jp
DTP　キャップス
晩印刷・本間製本

乱丁・落丁本は、ご面倒ですが小社までご送付ください。送料小社負担にてお取替えいたします。

ISBN978-4-488-19610-3　C0197

元スパイ&上流階級出身の
女性コンビの活躍

〈ロンドン謎解き結婚相談所〉シリーズ

アリスン・モントクレア◎山田久美子 訳

創元推理文庫

ロンドン謎解き結婚相談所
王女に捧ぐ身辺調査
疑惑の入会者

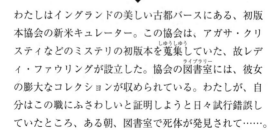

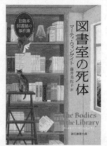